一生不借谁的光

马鹏程 主编

北方联合出版传媒(集团)股份有限公司
春风文艺出版社
·沈阳·

图书在版编目（CIP）数据

一生不借谁的光 / 马鹏程主编 . —沈阳：春风文
艺出版社，2023.1（2023.8重印）
ISBN 978 - 7 - 5313 - 6297 - 5

Ⅰ. ①—… Ⅱ. ①马… Ⅲ. ①散文集 — 中国 — 当代
Ⅳ. ①I267

中国版本图书馆CIP数据核字（2022）第144946号

北方联合出版传媒（集团）股份有限公司
春风文艺出版社出版发行
沈阳市和平区十一纬路25号　邮编：110003
永清县晔盛亚胶印有限公司印刷

责任编辑：姚宏越		责任校对：张华伟	
封面设计：黄　宇		幅面尺寸：145mm×210mm	
字　　数：243千字		印　　张：11	
版　　次：2023年1月第1版		印　　次：2023年8月第2次	
书　　号：ISBN 978-7-5313-6297-5		定　　价：60.00元	

目　录

1

母亲的辉煌

叶广芩

母亲活着的时候我曾经跟她讨论过"辉煌"的话题，我问她有没有过人生的辉煌。母亲低头想了半天，淡淡地说："没有。"

真的没有。

母亲的娘家在北京朝阳门外日坛坛口叫南营房的地方。南营房顾名思义，是过去驻兵的营房，分头甲、二甲、三甲、四甲、五甲，每个甲都是一条南北向的胡同，如同棋盘一般，每条胡同里有许多相同的院落。院落房屋矮小拥挤，住着当时社会的底层。母亲家是四甲57号，附近的邻居多是坛口市场的买卖人，炸回头的、修脚的、戏园子扫堂的、打小鼓的、炸开花豆的，还有附近莲花池的妓女、芳草地的刽子手和东大桥的盗墓贼……总之，五花八门，净是些没头脸的下九流。用父亲的话说，南营房是个五方杂处的"穷杂之地"，让我们"少去为好"。

外祖父是山东文登人，在东安市场做买卖，姓陈。1924年东安市场着了一场大火，起火的时候外祖父在家里，他是后来到火场去的，结果一去再也没有回来，不知是何种缘故。为这个，后来我曾经托山东的朋友打听过，没有任何线索。外祖父失踪后，家里靠母亲做补花维持生计。在北京朝阳门一带的妇女都会这个手艺，现在还有北京市补花厂，好像是已经不太景气了。母亲还有个小她九岁的弟弟，每月的嚼裹儿都要从她的手底下做出来。她不能嫁人，她嫁了人，她的母亲和兄弟便绝了活路。只有她的弟弟自立了，她才能嫁人。这一拖，就把母亲的婚事拖下来了。

母亲三十二岁才出嫁，那时她兄弟，即我的舅舅陈建民当上了警察，已经可以挣钱了。舅舅是日本占领北平时代的警察，一般被称为伪警察。当伪警察之外我舅舅还开过小酒铺，卖过炸油饼，从事的职业几乎没有固定。三十二岁的母亲嫁人的出路只有一条——做填房。北京城不可能有哪个三十多岁的爷还在耍单身。父亲是国立北平艺术专科学校的教师，娶我母亲的时候已经五十岁了。花轿一进叶家门，母亲便知道了：属兔的、比她大六岁的丈夫并非如庚帖所写"山林之兔，五行属金"，而是"蟾宫之兔，五行属木"。当然，天上的兔子比山野的兔子高贵了不少，但这一高贵竟又长了一轮，也就是说父亲比母亲大了整整十八岁，而且还有前房的儿女……都是事先瞒了的。这无疑是因了母亲家穷、没有势力，才敢这样瞒天过海地欺负，换了别家，大概是不敢。母亲得知如此，当下如五雷轰顶，变得木讷呆傻，连步子也迈不开了。后来，母亲对我

2

说："为这个我哭闹不止，叶家人从南营房请来了你姥姥，你姥姥站在我的旁边也哭，最后说，闺女，咱们没辙，认命吧。"

母亲就认了命。

但是，事情并没有结束。母亲进门不久，父亲第二位妻子的大儿子、我的二哥便偷偷离家走了。他离去得坚决又彻底，毫不拖泥带水，义无反顾地走出了这座大宅门。可怜初为人妇的母亲，她不得不跟着众人到前门火车站去堵截那个执拗的儿子，背着"一进门就挤对走前妻儿子"的黑锅，徘徊在车站站台上，其难堪可想而知。后来又有话传出，说那儿子是在母亲眼皮底下，大摇大摆地上了火车的，这便将母亲推向了更加难以辩白的窘境。几十年后，我单独问过这位哥哥出走的原因，他说他的出走是为了参加抗日。

他是抗日去了，却坑了我的母亲。

老夫少妻，白发红颜，不足相当；豪门小舍，深院陋屋，贫富悬殊。如果说婚礼是一出悲苦戏紧锣密鼓地开场，那以后的日子就是愁烦、绵长的二黄慢板了。

父母亲的结合，于贫困出身的母亲来说，不是幸福，是个悲剧。

父母亲不但年龄相差悬殊，文化修养的差异也很大。母亲只看小人书，她对父亲的那些文化事情不感兴趣。父亲是搞美术的，母亲却不懂画，她只欣赏烟盒上的大美人儿。有一回，母亲教我唱"妈拍着，妈抱着，你好半天没吃妈妈的乳哇"，大概是妈妈哄小孩子的曲儿，调子很好听。后来，父亲跟母亲一通好闹。原来，母亲教我唱的是《马寡妇开店》里面的段子。

3

《马寡妇开店》当时属于淫荡的小戏，流行于朝阳门外坛口市场那样的地界并不奇怪，进入大宅门已不仅是荒腔走板，更是有伤大雅了。

从此，我再也没见母亲唱过歌。

姥姥常来，舅妈也常来。来了都是悄悄的，见了父亲便机阻地赔着笑。她们来的目的是向母亲要些钱，母亲没有钱，钱都在父亲手里，所以，她们见了父亲就直不起腰来，眼皮也不敢往上抬。这使我很为姥姥家的人难为情，也为母亲难为情。

那时，在我的小心眼儿里不能说没有嫌贫爱富的心思，长在深宅大院，与之相入相化而不觉，到了"穷杂之地"，竟是百般的不习惯，嫌姥姥家破，嫌屋里气味不好，嫌院子污浊脏乱，嫌一帮表兄弟没规矩。我甚至为炸油饼的舅舅感到羞耻，炸油饼，这算什么事呀？我竟然会有这样的舅舅！我从不到舅舅的摊子上去，虽然油饼很香，尤其是刚炸出来的糖油饼，更是难以抗拒的诱惑，但是，我从不吃它们。有一回，母亲带着我回娘家，刚一进门，我就要出去，不愿意在那破房子里待。姥姥生气了，骂我是狼崽子。

而父亲，在我的印象中，压根儿就没到姥姥家去过。

不管怎么说，"穷杂之地"给予我的是另一个生活侧面，是小百姓的柴米油盐，是小门户的喜怒哀乐，是日子的平常和艰难，是透过窗棂的温馨日光。平民的意识，平民的眼光，潜移默化地融入我的血脉，这无形中成了我生命中另一个很重要的组成部分。

那年我七岁，舅舅突然来了，说姥姥得了急病，将母亲叫去。我是随后跟着亲戚赶去的，亲戚一边走一边在黑暗的胡同里唏嘘，我感到家里发生了什么大事。到了姥姥家，姥姥很健康，桌上有一桌未动过的饭菜。舅舅把我拉到一边，悄声说："丫儿，你得懂事，不能哭，广荃（我的妹妹）还小，你不能吓着她。"

我又被推到母亲身边，母亲看见我，哭了，说："你父亲殁了。"

我一下蒙了，呆呆地靠着炕沿，从那时我才知道，悲痛至极是哭不出来的，后来我见到古书上有"扶棺临穴而无泪"，觉得它太贴切了。

父亲突发心脏病，死在外地彭城峰峰矿区。

那年母亲四十七岁。

人的长大是突然间的事情。

我怕母亲一时想不开而走绝路，便时刻跟着她，甚至夜里不敢熟睡，母亲半夜只要稍有动静，我便呼的一下坐起来，这些我从没对母亲说起过。母亲至死也不知道，在她那无数不眠的凄苦之夜中，有多少是她的女儿暗中和她一起度过的。

经此变故，我稚嫩的肩开始分担了母亲的忧愁。

母亲所生四个儿女，大的十五岁，小的三岁，弱息孤儿，所恃已为活者，唯指父亲，今生机已绝，待哺何来！我们的生活陷入绝境。母亲没有工作，目不识丁，家中从此靠典当来维持生计。先是父亲的文物字画，后来是母亲的衣物首饰……哥哥、姐姐都在学校住校，母亲不忍与旧物相别，打点完东西就让我提着到委托商行去跟人讨价还价。后来，我写的家族小说里面有些地方涉及了古玩方面的知识，有人以为我或在收集古董，或是北京潘家园文物市场的常客。殊不知，那闻名中外的潘家园我至今是一次没去过的。许多文物知识我是通过卖自家物件而获得的，其学费便是难与人言的酸涩、无奈和感伤。尤其是在卖金银首饰时，看着精美的物件在银行职员的检验下被扭曲变形，我的心一阵阵为物件的命运而叹息，物也如斯，何况是人。母亲从我手里接过卖东西的钱时，手常常是发颤的，脸也变得苍白无色。我也觉得悲苦难言，不敢与母亲对视。

要争气，此时咬得菜根，即便他年得志，也不能为纷华绮丽所动。

钱，没有不行，多了也无益，经我手从家里倒出去的古玩字画不可计数，现在看来，那一切都是虚的，也就是那么回事。家里的收藏救了我们，但是我反感收藏，至今家里不存一件古玩。

1962年，是个饥馑之年，饥饿几乎使我们绝望，母亲没有单位，便没有任何贴补，邻居家的单位常发从青海打来的黄羊，从东北搞来的黄豆，甚至从京郊分配来的豆饼，我们家什么也没有。母亲看到我浮肿的双腿，哭了。那时我还是个正长身体的孩子。后来，有人为母亲介绍了"一个人"，人家也是好心，她看母亲带着我们几个孩子太难了。只刚刚提起，我便将此视为世界末日的降临，我当着别人的面大声指责母亲，从外人的尴尬里我体会到了母亲的难堪，我其实是有意地让她下不来台。我内心深处的邪恶与自私，在那件事情中得到了充分的暴露，恶毒至极！

我以绝食来抗议这件事，每天一言不发，坐在廊子上晒太阳，这件在别人看来似乎是很合理的事，在我却怎么也过不去。这就苦了母亲。她几次叫我去吃饭，我均不理睬，我的心里装满了愤懑，我不能管父亲以外的任何男人叫爸爸，也不允许毫不相关的人进入这个家庭充任父亲的角色，我的父亲不是谁想当就能当的，甭管他是谁！

　　绝食的第三天，我已无力在廊下呈夜叉状，而改为静默卧床。

　　傍晚时，母亲端着一碗红小豆粥来到我的床前，我至今不知道母亲在那种年月是如何做出这碗粥的。母亲将粥放在桌子上，搓着手并不离开，明显她是想跟我说什么，我将身子掉过去，把后背冷冷地摔给了母亲。半天，我听见母亲声音低低地说："……那事，我给回了……"

　　泪水由我的眼中涌出，依着我的本意，该是抱着母亲大哭一场，但倔强的我有意不回过头去，以继续显示我的冷淡，显示对她行为的不屑，让她做进一步的反思。无奈中的母亲，再没有说什么，她……跪在了我的床头。

　　母亲这一跪，无异于给了我一个响亮的耳光，我实在是个禽兽不如的东西，我知道，我这一刀，直扎进母亲的心里，我对母亲的伤害太大了。为此，我后悔一辈子，内疚一辈子，什么时候想起来，什么时候恨不得把自己杀了。让母亲下跪，我成什么了？如果说在以后的日子里我所经历的磨难，是苍天因此而给我的惩罚，那么我情愿这苦难更深重一些，非此不能减轻我心里的压力。全中国大概再也没有我这么不懂事、不孝顺的孩子了。我今天把这件事写出来，是让人们看到我的丑恶，看到我的卑鄙，我要让所有人为此诅咒我，以赎我的罪过。

如果说当初媒人的哄骗使母亲落入陷阱，那么，我后来的这一举动则如同落井下石，是我，将母亲生活中最后一点儿希望也给掐断了。

愁苦憔悴的母亲变得沉默寡言，病从心起，她得了青光眼，双目失明，贫病交加，更无可诉之人，每于灯昏漏转之时便一人独坐床头，呆呆地向着某一个地方，一动不动，那思路分明已经走得很远很远。亲戚给了十块钱，我拿这钱带母亲去看病，大夫放过了母亲却留下了我，问家里有没有"拿事的"，在大夫眼中，我还是个撑不起家的孩子。我说："有哥哥也有姐姐，都在外地，母亲身边我最大。"大夫告诉我，母亲得的是"亚急性播散型红斑狼疮"，绝症。

回家的路上，我抑制着，憋着，不敢哭，眼睛使劲望着公共汽车的窗外，以掩饰我的绝望和悲哀。母亲什么也没说，在医生留下我单独谈话的那一刻，她什么都明白了。下车往家走的路上，我说："妈，歇歇吧。"

母亲说："歇歇吧。"

母女俩在台阶上默默地坐着，半天半天……

我真的有点儿撑不住了。母亲静静地攥着我的手，将她的温情、她的安慰和她对生死的豁达传递给了我，好像我是病人，她是家属，那情景整个颠倒了。

母亲的生命在油尽灯枯的摇曳中苦熬，其情其景之悲，令我至今难以回首。

1968 年，我由学校分配去了陕西，我无法抗拒那滚滚的西行潮流，不去不行，没有选择的余地。母亲越发地虚弱了，她的话也越来越少，看得出，她在用耳朵随时地捕捉着我发出的任何声音。出发的那天早晨，我想对妹妹说照顾好身患绝症的母亲，话到嘴边又咽了回去，把病重的母亲交给一个十四岁未成年的孩子，我何以心安！

　　我来到母亲床前，母亲依旧躺着，脸朝着墙，好像在熟睡。我知道，她醒着。我站了一会儿说："妈，我走了。"

　　母亲动了一下，没有说话。我又说："妈，我走了。"

　　这回母亲连动也没动。我真希望母亲能说点儿什么，哪怕是一声轻轻的叹息，对我也是莫大的慰藉呀。可是，母亲什么也没说。我等着，等着……母亲一直没有声响，更没有把脸转过来。我迟迟迈不动脚步，心几乎要碎了。临行听不到母亲的言语，我如何迈开离家的第一步……

　　我用手抓着母亲的床头，不忍撒手。妹妹走过来，让我再不要搅扰母亲，被她推着，我走出房门，临出门，回过头最后看了一眼古旧破败的家，看了一眼母亲躺在床上的单薄身影，将这一切永远深深地印在心里。

　　不久，我的妹妹也插队来到陕北，家里只有母亲一人，靠邻居和偶尔过来的亲戚照料，很快，她的生命就走到了尽头。心血耗尽的母亲在弥留之际保存着最后一口气，没有钱进医院，没有钱看病，她在冰冷的小西屋里，在黑暗中等待着陕西的两个女儿的归来，她有话要对我们说。那口气足足拖了三天，那是一种什么样的等待，什么样的毅力呀！世间大约只有母亲才会有这种等待吧?!当我和妹妹风尘仆仆地从外地赶回来,扑在母亲的床前时,母亲已经昏迷,已经没有气力说话了。我们千百遍地呼唤着母亲,她没有反应,只有一行清泪由眼角淌下,滴到枕头上。人说这是辞行泪,是临终的人留给亲人最后的祝愿与嘱托,是全部生命的凝结。我料定,母亲的生命凝结里只有悲苦,只有辛酸,母亲的嘱托里只有担忧。

三十二岁出嫁,四十七岁守寡,六十六岁故去,一生坎坷颠踬,艰苦备尝,何曾有过舒心?何曾有过辉煌?

1995年清明,我母亲所生的四个子女将父母的骨灰安葬在北京香山东麓法海寺旁的山坡上。墓地周围满是桃林,漫山的树,枝叶未绿,粉艳的花已将半山遮严。透过花丛,可以看见秀丽的玉泉山古塔和碧绿的昆明湖水。这片山紫水明、景致优美的处所是父亲生前所喜爱的,他在1924年写的一篇笔记中详尽地描述过这个地方。当然,在他滞留于法海寺,陶醉于香山"春云如粉,春雨如丝"的绚丽时,绝不会想到这里就是他将来永眠的墓地。他的另外两位妻子,我们的另外两位母亲大概也知道这里,甚至有可能随父亲来过。家中保存的大量的他们游览西山的照片证实了这种可能。来过也罢,没来过也罢,都已无关紧要,重要的是她们的骨殖并未葬在这里,而是早已随着祖坟的失去而荡然无存。在此与父亲合葬的是我的母亲,是那个"南营房的穷丫头"。

在合葬父母的那个温暖的春日,我们将父母的骨灰轻轻放入穴中,与他们做最后的告别。墓穴渐渐封严,透过越来越小的缝隙,我向穴中望了最后一眼,母亲在父亲身后站立着,已昏暗得看不清所以然。

我听到一声重重的叹息，它来自母亲。

谁都有过人生的辉煌，在这鲜花环绕的墓地，我试图找到母亲的辉煌，的确很难。

随着墓门的合拢，与母亲的维系被冰冷的石板隔开，再难触摸得到了。母亲在灿如云霞的桃花中安然睡去，不再为人情冷暖揪心，不再为红盐白米犯愁，她得到了永久的安宁。

我在墓前站立许久，母亲无言，我亦无言。

我要离去了，正待转身，大风忽起，山林呼啸，花雨纷飞如雪，远望近观，湖光山色尽在扑朔迷离之中。风将石桌前的鲜花果品吹乱，风将我的心祭与无数花瓣高高扬上天空。

山大恸，人亦大恸。

母亲好辉煌！

（原载《辽海散文》2013年第2期）

作者简介

叶广芩：国家一级作家，中国作协会员，陕西省作协原副主席。著有长篇小说《采桑子》《全家福》等，长篇纪实《没有日记的罗敷河》获全国第六届少数民族文学创作骏马奖，中篇小说《梦也何曾到谢桥》获第二届鲁迅文学奖。

再次走近你

魏 丹

记不清多少次了。只是记得每次到京城，只要有空闲我都会走近你。参加全国作家代表大会时，我也痴痴怀想着能在无数的身影中看到你，一个风姿绰约、聪颖睿智的美丽少女形象。是的，在人群中，我相信一眼就能挑出你。你才华横溢，著作甚丰，曾被誉为五四新文化开创时期的"著名女作家"，曾如耀眼的明星升起在中国文坛……参加全国作家代表大会，你绝对当之无愧。

但我知道这不可能。假如你真能活到今天，也该是一百一十多岁了。那会是一幅更加厚重的人生风景。

又是不由自主地走近你，在京城冬日的寒风中。

记忆中碧草绿水的陶然亭疏朗而又萧瑟。北风呼啸着，凌厉地刮过，枯草在寒风中瑟瑟发抖。

辨识着曾走过的路。穿过湖畔曲曲弯弯的石径，在那矮小断残竹篱笆围起的一块平缓空地间，我又见到了你——石评梅先生之墓。不，还有旁边的另一座"吾兄高君宇之墓"。

并肩的墓碑挺拔伫立在寒风中。不远处石桌上穿着棉衣戴着棉帽的老人们搓着麻将，几个背包指点着旅游图的青年学生在小径上走着。再远处就是寂静不动的逶迤的丘陵和凝冻的湖水。没有鸟叫，没有虫鸣，寂静得天气越发清冷了。眼前仿佛流着几十年前的飒飒风声，一阵紧似一阵。

又来探望你了，石评梅先生。带着遥远的北方风雪，带着永远的敬重。哦，先生，生与死难道仅仅隔着一块青青的石板吗？

我摸着冰冷的石碑，神情凄然。我想，我是在抚摩一个曾经有过如花的年华而又过早凋谢的生命，是在抚摩一段悲艳地打上了句号的情节，当然，我又是在抚摩一种曾经令我激动与流泪的记忆。

七八十年前，作为现代文学史上少有的才女石评梅实现了她"生前未能相依共处，愿死后得并葬荒丘"的遗愿，被安葬在陶然亭，自己生死相依的恋人高君宇的墓侧。从此可以朝夕相伴了，可以日夜相偎了，这不就是最大的也是最后的宏愿吗？

两座墓碑就像当年两个人手挽手地在艰难岁月里穿过荆棘，栉风沐雨，为国家民主事业积极奔走，相互顾盼地眷恋着。就像当年两个人时常肩并肩地在陶然亭亲热漫步。为了留住与纪念他们共同的美好岁月，评梅按照君宇遗愿亲自把他安葬在陶然亭，评梅的好友也按照评梅的心愿将她葬在了君宇的墓旁。两个相爱的人最终走到了一起。

"我是宝剑，我是火花，我愿生如闪电之耀亮，我愿死如彗星之迅忽"，石评梅将高君宇生前自题肖像的几句话镌刻在石碑上。

"君宇，我无力挽住你迅忽如彗星之生命，我只能把剩下的泪流到你的坟头，直到我不能来看你的时候。"

碑文并没有关于他们爱情的文字，只是简单地记载了作为我国早期的马克思主义者高君宇的革命活动和作为北京师范大学附中女教员石评梅的经历。但这丝毫不会遮蔽他们爱情的凄美光芒。虽然像闪电，像流星般迅逝。

凌厉的北风穿过湖面从墓碑上疾疾刮来，一种深远的苍凉揉在北风中使我浑身颤抖。我握着手中的笔，在瑟瑟寒风中记下了那些冰冷而又滚烫的文字。我一字字默念着，记着，翩想着他们曾拥有的岁月。

石评梅只度过二十六个春秋（1902—1928），但她追求富有真正意义的人生，她充溢的才华、柔婉鲜活的风韵、红梅傲雪的气质和她在君宇精神感召下对革命理想和人间真情的美好追求，却使她短暂的生命富有了厚重的质量。"走君宇的路来纪念君宇"，她主创《京报》副刊——《妇女周刊》，热情刊发进步作品，深受鲁迅关怀与支持；她的小说、诗歌、散文、剧本、评论，以犀利的笔触揭露抨击社会黑暗，激励人民革命斗争，充满对真理、光明、自由的渴望，颇受鲁迅先生的好评。她死后，崇拜她的读者、新闻界、报章杂志界的朋友、评梅的师长、学友都默默地加入了那支长长的足足走了近三个小时的送殡队伍。

她对君宇的爱更是达到了极致。我在读那篇早已被收入世界散文宝库《情爱永恒录》中的长达九章缅怀高君宇（1896—1925）的《墓畔哀歌》时，就被那哀婉悲艳的情爱所震颤："假如我的眼泪真凝成一粒一粒珍珠，到如今我已替你缀织成绕你玉颈的围巾。假如我的相思真化作一颗一颗红豆，到如今我已替你堆积永久勿忘的爱心。哀愁深埋在我心头……我爱，这一杯苦酒细细酌，邀残月与孤星和泪共饮，不管黄昏，不论夜深，醉卧在你墓碑旁，任霜露欺凌罢，我再不醒……"那是用血泪写就而永远不会变质的刻骨铭心的爱。虽然他们当时的爱还更多属于柏拉图式的，虽然在初恋受挫，抱定独身主义的评梅爱上君宇是在君宇死后，虽然她当时还没有完成文化观念的痛苦蜕变，可一旦面对深爱她的死去的君宇时，她才知道自己也是那样深深地爱他。悲痛悔恨至极中，她跪在君宇病榻前，在心底默默地正式地接受了君宇的爱，并把自己全部的爱献给了君宇。那以后的每个礼拜日每个清明节她都要去到君宇墓畔，抱着墓碑哀悼泣诉，直到把所有的泪水都流到君宇的坟头，病残相随而去，不再醒来……

高君宇对石评梅的爱同样真挚而崇高。他在写给石评梅的信中说："我是有两个世界的，一个世界都是属于你的，我是连灵魂都永禁的俘虏；在另一个世界里，我是不属于你，更不属于我自己，我只是历史使命的走卒。"在黑暗如磐的年代，高君宇作为坚定的马克思主义者和忠诚的共产党员坚信未来的光明，以壮志凌云的胆魄和无私无畏的精神投身革命，他的英年早逝令人痛惜，但他的生命是灿烂辉煌的。而他这种集人类男女之情爱与对革命事业之爱于一身的真挚而博大的爱，更辉映出高君宇作为一个革命家和一个富于情感有血有肉的男儿的崇高境界。邓颖超先生曾慨叹："我和恩来同志对高君宇同志和石评梅女士的相爱非常仰慕，但他们没有实现结婚的愿望，却以君宇同志不幸逝世的悲剧告终，深表同情。缅怀之思，至今犹存。"

是呀！真正美好的东西是珍贵而易逝的。真正达到了某种极致时便也寻到了旷久的寂寞与孤独，便也不免带有或浓或淡的悲剧色彩。一如这儿旷久的冷清。几次造访的日子虽然分别在春、秋、冬几个不同的季节，可这儿总是被冷寂所笼罩，依然是默默伫立的松柏，不肯流动的湖水，依然是长不高的矮小的竹篱，被风吹得憔悴的野草。是因为它们知道是在陪伴虽然正值青春却早早歇息了的一对生命，才如此悄寂如此缄默吗？

然而仍然是幸福的，拥有过同样优秀的自己所爱的人的爱情，拥有了死后与之相伴并为连理的美好……

遥想与沉思时，眼角早有冰凉的东西流下。隔着久远的时间，动情地与掩埋在黄土青石中的女子对视。她离我很近，就在咫尺；又离我很远，隔着时代，但我们并不陌生。我在一代又一代的优秀知识女性形象中寻到了她：齐耳弯曲的秀发，灵慧清丽的面庞，含蓄深远的目光，高雅恬淡的气质……那么，她能看到我吗？她能知道一个想走近她的后来的女子在悉心地想象她，在默默地注视她吗？手指缓缓移动，缓缓移动，摸着那些被寒风浸过的冰凉文字，我仿佛触到她飘逝了却仍旧历历在目的岁月……然而又有多少美丽哀婉的情节，又有多少留给后人回味的东西在这些凝固的文字之外呢？

我试图追寻。是的，我试图追寻一种久远的精神，一种被尘风逐渐吹散了的精神，一种人生的高格。不知何时，我们曾怀有的信仰、理想、圣洁、挚爱、纯粹，这些依然应该闪光的东西，似乎越来越黯淡，越来越不合时宜。而功利、欲望、虚伪、丑恶、污浊，却越来越横行……痛惜惋叹中，我也曾无数次地告诉自己，在不断文明进步的人类社会，浊雾终究会被驱散，而在清正之气中，人生依然会有公正而严峻的汰选，不管是心志还是爱情，依然有高尚与卑微的区别，依然有清俊与艳俗的区别。仰望着石评梅和高君宇崇高的人格、圣洁的灵魂、真挚的爱情和悲壮的人生，我们更会从深层理解什么是爱情的真谛，什么是有价值的人生。而任何一己悲欢个人愁肠，同丰富的人生意义相比都是苍白的，唯有熔铸崇高的人格力量，并奉献于人类进步的事业，人生之树才能常青，爱情之花才能鲜艳。

一个鲜活女子的肉体永远地陨灭了。昨天的一切已经没有办法凝固了。但精神的高境、传世的文字和追求真挚情感的美好心灵，却永远留下了，留下了。是的，在岁月的苍茫中，有限的是生命，不朽的是文字，是精神。

（原载《辽海散文》2014年第2期）

作者简介

魏丹：中国作协会员，国家一级作家。曾在《人民文学》《散文选刊》《鸭绿江》《海燕》等海内外报刊发表文学作品三百余万字。出版作品集《冷月》《寻找一枚太阳》等。多篇散文与散文集曾获全国及省、市文学奖，作品被收入多部散文精品选集。

一朵洁白的云

文　畅

一

　　父亲刚逾不惑之年且身体健壮却突患急症，乡间闭塞，缺医少药，病了仅仅五天，就在我出生整整一百天那天，便撒手人寰离我们而去。这在我们家犹如晴天霹雳。母亲被震傻了，她不知所措。那时母亲仅四十岁。

　　当时，我下颌处正生着碗口大的一个脓包，天天流着脓，病况也很重，生死未卜。母亲抱着我坐在已经停止呼吸的父亲身旁，不停地流着眼泪，神情悲怆呆滞地流着眼泪。她怎么也没想到身体一向很好的父亲就这样匆匆地走了，家里的顶梁柱就这样倒了。

　　当亲友和邻里帮着把父亲发送出去之后，我们那个贫穷残缺的家就被愁云惨雾所笼罩。我还有三个姐姐，大姐十五岁，二姐十一岁，三姐七岁。就这么一家五口，外无期功强近之亲，内无应门五尺之童。父亲在世时是村子里有名的瓦匠，一年多数时候在外做瓦匠活，家里只有两亩半地，家庭生活日常开销都靠父亲挣钱维持，日子虽说不富裕，但维持得还可以。可父亲走了以后，这日子可怎么过呢？

对这个家庭生活最为关切最为忧虑的当数我的外祖父和外祖母。他们出于对唯一的女儿的关爱，两位老人白天和黑夜时常在筹划女儿的家事。左思右想，反复掂量，也想不出什么能够解难的好办法。一天，外祖母对外祖父说："还是改嫁另找人家吧，不然这日子没法过。"外祖父却说："这人家难找哇！别说旁的，就带着那四个孩子，红虫一般，特别是那小崽，半死不活的，谁人肯要。"

我的几个舅舅也都赞成母亲改嫁，改换门庭。于是，他们四下张罗，托亲告友，为我们这个家寻找新的出路。

经过半年有余的寻觅，终于找到了合适的主。我家北五里有辽金时代留下的一座古镇，镇上的店铺商号密集，有家布店掌柜丧偶不久，需要续弦。这掌柜五十出头，为人和善，家境殷实，膝下只有一儿一女。女儿已经出阁，儿子在为布店跑外。

家庭人口少，主要是看中母亲的温厚，这布店掌柜愿意接纳母亲带着四个孩子进他的家门。相见之后，母亲也感到这个家不错，人也挺好，最起码四个孩子的生活有了着落，她有点儿心动。可是她又一想，把四个孩子带去，他们就成"带犊子"啦，在中国20世纪30年代那个社会里，"带犊子"矮人一截，是被人蔑视的。就是小孩子在一起玩都会被轻蔑地喊"他是带犊子""带犊子,带犊子,到老了也不长胡子"。况且孩子带去叫随娘改嫁,连姓都得改,得随人家的姓,原先那个家就消失了,连祖宗传下来的姓氏都换掉了。母亲想到这些心像针刺的一样难受,这怎么能对得起孩子他爹呢?想到这,母亲的眼泪不由得潸潸而下。这门亲事,母亲没有当即答应外祖父和外祖母,只是声调低沉地说:"这我得回家好好想一想。"

母亲回到家把此事对我那位十五岁的姐姐讲了,想听听大女儿的意见。姐姐听后低头不语,沉默好一阵子,然后抬起头来问母亲:"你答应没有?"母亲轻轻地摇摇头,在黯然沉思。这时姐姐眼里噙着泪对母亲说:"妈,你不能走哇,不能把我们带到别人家去!要那样我们这个家就完了,谁还能看得起我们呢?穷富还是自己家好哇!""可今后的日子怎么过呢?我主要想的是你们几个。"母亲悲楚地自言自语。我这位姐姐很懂事,立事也早,父亲在世时家里的事情她就帮着张罗,伶牙俐齿,能说会道,长相也漂亮。因为自小就喜欢云,总坐在自家院子里凝望空中云翻云滚,云卷云飞,所以母亲就给她起名叫"爱云",可是后来叫白了,就说成是"二云子",在村子里是有名的厉害姑娘。我长大以后,还时常听村子里人说:"那二云子可是百里挑一,丁对着呢!说起话来句句咬人,就是大人都惧她。"她看母亲对家里以后的日子犯愁,便说:"妈,家里生活你别愁,我帮你过日子,再过两年我就是大人了,咱就咬牙过穷日子呗!我一定帮你把弟弟拉扯成人,等他长大就好了。"这是父亲死后姐姐对母亲做出的第一次许诺,是一次关系到家庭存散的重大承诺。她的承诺让母亲感到这姑娘是长大了,让母

20

亲眼前一亮，也给母亲增添了生活的信心和力量。

　　第二天，母亲领着姐姐到外祖父家表明了坚守家门的态度。姐姐还当着外祖父、外祖母和几位舅舅的面说："往后就谁也别劝母亲改嫁出门了，我知道你们是好心，替我们着想，可那样我们这个家就没了，咱们三个姑娘还好说，长大都得嫁出去，可是弟弟怎么办？连姓都改了，那我们家不就断了香火，这怎么能行！"外祖父也觉得外孙女的话说得在理，只是觉得生活没法办，就问："二云子，那你们以后的日子可怎么过？""我帮妈过穷日子，一定能过下去！"姐姐说得干脆，外祖父家的人都知道这姑娘厉害，尽管心里还是愿意母亲改嫁，可又不好强制，就这样母亲改嫁的事便搁置起来。

　　二云子阻拦母亲改嫁的事很快便在村里村外传开，此后也就无人再敢搭这个茬。应当说，我们这个家能保存下来，我还能顶着祖传的姓氏，母亲和姐姐都功不可没，我永远虔心地感谢母亲和姐姐。可是我又总在思考，直到写这篇文章时我还在想，从儒家的传统道德来说，从社会通行的习俗来看，母亲矢志不渝，坚守家门，母亲和姐姐都足可称道。可是从人性来说，从男女情感来说，又是我拖累了母亲，母亲的正常人性受到了扼制，从四十岁就守寡，就再无男女之情，直到终老。我又感到对不起母亲。我不知道姐姐后来想没想过这一点。

　　那次从外祖父家回来，姐姐就到距家三十公里以外的县城城郊的一个村子的大户人家去做工。拔草、栽烟、捡棉花、洗衣、喂猪，什么活都干，从夏到秋，从秋到冬，从未回过家。母亲在家侍弄那两亩半地，还要上山打柴。那时我的病已经好了，二姐和三姐在家看着我。姐姐年终时才回来，挣了一些钱，既可过年，还可补家庭之需。过完年，姐姐又进县城，到一家有名的富商家去做用人，一做就是三年多。这时，她已是十八九岁的大姑娘了，已经有能力和母亲一起承担家庭生活的重担。她时时都没有忘记对母亲的承诺，要帮着母亲把日子过下去，把弟弟拉扯起来。为了支撑这个家，她认为得学门手艺，那年月讲"是艺都养人"，于是她又到一家理发馆去，既做零活，又学理发手艺。就是从那时起，理发成了她的终身职业，是理发成就了她，也养活了我们这个家。

后来，她曾是鞍山头号理发店"大光明"的从业人员，并有"技术标兵"的称号。直到退休以后，在家里她还时常为邻里和亲友们义务理发。

二

我是家乡解放即共和国成立的前一年入本村小学读书的。学校是由一座荒寺改建而成的，学生也大都是贫困人家子弟。开始没有正规的课本，老师教大家《三字经》《百家姓》《千字文》之类，学生也不用笔记本和铅笔、钢笔之类的文具，用的是在镇上买的石板和滑石笔条。练字和写作业就用滑石笔条写在石板上。石板一般都是一尺长、半尺宽、几厘米厚的一块青色石头薄板，四周镶上木框，在上面写字可以随写随擦，很方便。考试，就在石板上写好后送到老师那里批阅，然后老师把石板返回。每个学生都很精心地保护这块石板，每天都放在书包里背来背去。

可就这块石板，我也没有。我用的是一块黑色的瓦盆底，是邻居家的瓦盆打了，只是盆边坏了，底尚完好，我便把被扔掉的瓦盆捡回家，用斧子轻轻地把边都打掉，剩下那个圆形盆底，把它当石板用。写字也不用买滑石笔条，而是到处捡孩子们玩的滑石块，磨得尖尖的，我这种特制的石板和石笔照样可以写字。第一次考试交卷时，我双手捧着瓦盆底交给老师，只见他看看这圆形瓦盆底又看看我，他想笑，但又憋回去了，脸色反而沉郁起来。因为他是本村人，知道我家孤儿寡母生活困窘，似生出怜悯心。就这样，我把瓦盆底当石板用了一个学期。因为家里穷，自卑，在学校的行为也就中规中矩，把劲都用在学习上。虽然是瓦盆底当石板用，可它上面经常得到老师写的100。

有一次姐姐从城里回来，她看到我在这个瓦盆底上用滑石块写字，便在一旁凝神地看着。这时母亲走过来高兴地说："这都是他自己弄的，还挺会想办法。"只见姐姐苦笑一下，但随即又把笑容收敛起来，她用手抚摸着我的头说："明天姐就到镇上给你买块石板，还有石笔。"妈说："这也能用，别看是瓦盆底，学习却用功，总得100，老师没少当我面夸他。"可姐姐说："买石板石笔用不了几个钱，咱不能让人笑话，咱家是穷，可是念书用的钱得花。"姐姐没有念过书，可能是因为她目不识丁在外闯荡吃了不少苦，所以她就更重视读书。说完这话的第二天午间放学回家，我就看到家里那旧木箱盖上放着一块石板和十多支石笔。我立即把石板捧起来，张嘴向上面哈哈气，只见石板上呈现出一片湿润的黑色，又用衣袖在上面轻轻拂拭，板面光滑细腻，都能照出人来，我翻过来掉过去地看，舍不得撒手。这时妈对我说："可得精心用，别摔碎了！"姐姐见我对石板如此珍惜，又看着我说："好好用功学习，等下次姐从城里回来再给你买个好书包。"当时我没有书包，是用一块蓝色旧布包裹皮包着那个瓦盆底上学。那时学校不太正规，学生的穿着和文具也都各式各样，老师也不做统一规定。虽然换了新石板，可那个瓦盆底我仍然精心地保存着，在家里练习写字，舍不得用新石板，多数时候还是用那个瓦盆底。

年底姐姐从城里回来，不仅带回一些年货，还有一个式样新颖的草绿色帆布书包。那时学校已经发了统一课本，只有语文和算术两本书。我把这两本书和那块石板装进新书包里，又把书包横挎在肩上，在屋子里转了好几圈，母亲和姐姐都在一旁看着，她们说："这还像个学生样。"姐姐还问期末考试没有，考多少名。没等我回答，母亲在一旁说："第二。"这时姐姐把我揽在怀里，用她的脸贴着我的脸，问："能不能考第一？"我从小不爱言谈，对姐姐的问话未作回答。她又说："若能考第一，我给你买双球鞋，再买个皮球。"那年月在村子里，人们大都是穿自家做的布鞋，莫说是孩子，就是大人也很少有穿球鞋的，我们班只有两个人穿球鞋，他们家里都挺富裕。穿双球鞋很神气，这我可从来没想过。我最喜欢的是皮球，因为我喜欢玩球，就是比碗口还小一点儿的那种小皮球，大家传来传去，像而今手球比赛那样。可是姐姐要我考第一，我倒觉得挺难，我认为考第二就不错了。因为我每天回家就帮母亲干活，不是拾柴就是捡粪，再就是在园子里干零活，没有时间学习，全靠在学校课堂上听讲。我听课还是非常专注的，加上记性好，所以学习成绩从来都在前面。既然姐姐做了如此诱人的许诺，后来在课外或家里我还真挤出一些时间学习，无论语文还是算术我都爱学。可能因为对学习在时间上多投入一些，在期末考试时还真位列第一。此后，我也真穿上了姐姐给买的"人"字牌球鞋，玩上了姐姐给买的皮球。

在我的印象里，姐姐好许愿，但说了就算。不仅对我，对别人也如此。不像有的人，总是许愿，但说了不算。

自从姐姐进了理发馆学成了理发手艺，钱挣得就多了一些。那时二姐已经出阁，找了个富裕人家。三姐也到姐姐工作的理发馆学了理发手艺，只有母亲和我在家里，姐姐每月都往家里寄钱，这时家庭生活已有很大的转机，日子过得已不犯愁了。在新中国成立后第四年的暑假，我小学毕业。毕业前两个月的一个晚上，母亲对我说："你小学毕业了就得找个事干。我想来想去，还是进城和你姐姐学理发吧。理发这行好，风吹不着雨淋不着，哪朝哪国都需要，挣钱也不少，咱家不就全靠你姐姐理发养活吗？但也不能总靠你姐姐呀！"我一听妈说得很有道理，我也亲眼见到就是靠姐姐理发家里的日子才好起来，所以我立即同意母亲的意见，并且想马上就进城，剩下来的两个月书就不念了。母亲说："这也好，不差那两个月，早学早出手。"那年我十五岁，和姐姐出去做工那年是同一年龄。我心中在想："你十五岁出去闯荡，我也十五岁出去闯荡，也一定要闯荡出个样来。"于是隔两天我就进城了，只是先告诉老师进城办点儿事，过两天就回来。进城后把母亲的想法告诉姐姐，姐姐也同意。第二天，我就开始了理发学徒生涯。

学徒，主要是扫地、往街上下水道倒洗头水，几天以后就开始给客人洗头，我没活的时候就站在姐姐身旁看她理发。晚上闭店后，还可以到街上走走，从农村到城里来看哪儿都新鲜，有时还跟姐姐到剧院去看京剧、评剧。一天很有意思，我干得蛮有兴致。就这样干了半个月左右，一天晚间闭店后姐姐同我说："这些天我就想你的事，你不能在这学理发，还是回家念书考中学，多念点儿书，将来做点儿大事，理发能有啥大出息，咱家不能都是理发匠啊！"我却说："都耽误这些天了，还有一个多月就考试了，今年中学不好考，我能考上吗？"只见姐姐严肃地说："明天你就回去，抓紧把课补上，多用点儿时间学习，一定要考。"因为我喜欢理发，也想早点儿挣钱养家，又讲了一些继续当学徒的理由，可是姐姐怎么也不同意，我只好依她。第二天我又回到乡下，继续回到学校学习。当然，得向老师做一番检讨，取得了老师的谅解。那年，中学确实招生很少，同学们都憋着一股劲，老师也很下功夫。考试结果，不知是我用了功的原因，还是运气好，我们班五十多人有六个人考中，其中有我一个。这有如古代中举一样，一时间村子里都议论这件事，我听到了很多赞扬声。我自然喜不自禁，母亲也为之高兴。当我进城把喜讯告诉姐姐的时候，她高兴得合不拢嘴，直说："过些日子我就给你买辆自行车，家离学校十多里路，那么老远，得骑车上学，免得把时间都搭在路上，留那时间多看点儿书，也免得妈为你起大早做饭。"她又一次做了许诺。对姐姐的每一次许诺，我都坚信不疑。

当开学的时候，我果真是骑着一辆"工"字牌自行车上学，同学们都很羡慕。

三

父亲死后，姐姐把全部心思都投入到我们这个家，无论做什么事，她首先考虑的是这个孤儿寡母的家。就说她的婚姻大事吧，她和母亲说："不管和谁结婚，第一条他得同意我挣钱养活母亲一家，这件事他不能阻拦，否则就不嫁人。"她再三让母亲放心。这既是她对母亲的许诺，也是向对方提出的严格条件。因为姐姐模样出众，说话办事又讨人喜欢，况且她自己也有手艺能挣钱，尽管有赡养娘家这一条件，但是爱慕姐姐的人还是很多，最后她选择的也是位理发同行。应当说，我的这位姐夫还算够样，对姐姐照顾娘家，照顾母亲和弟弟，虽然彼此也有过龃龉，但总的来说还算守信诺，尽人情。所以几十年后在姐夫临终时我经常看望他，对他说："你做了大好事，我永远不会忘记你。"

姐姐婚后不久，他们的理发馆经在鞍山理发的姐夫牵线便迁至鞍山。迁到鞍山后姐姐考虑的第一件事便是把我转学到这座城市来，在她看来城市里的中学比乡村中学各方面都要优越，更为重要的是把我放在她身边更容易施以调教。为此，她特意回家把此事同母亲和我讲了，还说，我先过来，以后母亲也过来。对我转学，母亲和我都赞同，可是母亲故土难离，告诉姐姐她以后再说。说来也巧，当时姐姐的理发店就在鞍山七中附近，七中的一些人经常到姐姐的理发店理发，就这样认识了七中的接洽人，加之那时七中刚建校不久，学生也少，转学不难，于是我便顺利地转来，读初三上学期，即1956年下半年，我是鞍山七中第一届毕业生。我在乡下时从来未想过将来要到鞍山念中学。这也是我与鞍山的缘分，后来上山下乡，最后还是转回鞍山，把根扎在了这块土地上，这都是后来的事。那时鞍山还很残旧、零落、空旷，学校周围也没有像样的建筑，给我印象最深的是学校西南处有日本人留下的跑马场，断壁残垣，凄清孤寂。学校的南面是一片空地，北面和东面是简易的矮小红砖房，为工人宿舍。学校倒很肃静，适宜学习。我转到这座学校来，姐姐最为关切的是我的学习能不能跟上。她说："你从乡下来，人家都是城里学生，要多下点儿功夫。"经过初三上学期的比试，我去掉了不少畏惧和自卑，感到城里的学生言谈穿着比我标致多了，可是学习倒不比我好多少，也可以说很多人的学习并不比我好。

初三下学期开始不久，学校和社会上就都传出信息，说这年的高中很难考，录取率仅为百分之十几。这不仅对学生们是种挑战，对家长们来说也是种压力。我时常到姐姐的理发店去，理发的人经常谈论此事。在理发店里，有一天姐姐问我："考高中你有没有把握？"我未做正面回答，只是说："反正今年挺难，用力考呗，考不上到鞍钢当工人也挺好。"因为那时鞍钢经常大批招工，进鞍钢当工人挺容易。姐姐却说："不要先想去当工人，就是要想考上高中。"她边为客人理发边说，"你若能考上高中，我这块新买的罗马表就给你。"说着，她放下剪子，用手指着手腕上戴的那块崭新的表，并且手指头在表上点了又点。她的这一许诺使在场的人都大为惊讶，有的人说："这可是重奖啊！"还有人说："这姐姐可真够样。"当时社会上手表的档次，风行的就是"英格""罗马"，都是瑞士进口好表，能戴这表的人并不多。我深深理解姐姐的心意，理解她对我的期望，因为她早已同我说过为我设计的人生蓝图，就是念完初中考高中，然后念大学。当初她对母亲许诺，要帮助母亲过日子，把弟弟拉扯成人，这话她一直存在心里。随着社会的发展和家庭生活的好转，她的"成人"目标也越来越高，她已经把这个"成人"目标放在念大学上。姐姐的话不管怎么说也给我形成了压力，我倒不是想要那块表，我从来就没有戴手表的奢望，况且学生一天总是按规定的时间活动，也用不着自己有表。是姐姐那颗心、那份情，在我心里涌动着，形成了一种力量。我在想，不讲个人前途，就是为了对得起姐姐，有颜面见姐姐，也得跨过这艰难的一关。按照平素的学习水平，倘若考试不失常的话，那百分之十几的录取率，我还是有一定把握的，如果再多下些功夫，可能性就更大些。因此，初三下学期，我打球的时间减少了，看课外文学书的时间也减少了，就是星期天坐在姐姐的理发店里听着唠闲嗑儿的事情也取消了，把更多的时间都放在学习上。那年升学考试的试题普遍较难，特别是数学有一道题更难，25分，就是要用这道题往下甩人。考完试了，很多人都被这道题难住了。这是一道烦琐的几何求证题，我乍眼一看，也有点儿蒙，可再想想，根据公式、定理，还是求证出来了。考试的时候老师都在外面等着，当我出来把我求证的方法和结果向教我们的几何老师讲了以后，老师说我做得对，能得满分，这使我心里安稳不少。

考试结束后，不管如何，反正是一身轻了。我到姐姐的理发店去，大家都问："考得怎么样？"有的人还开玩笑说："能不能戴上罗马表？"我虽然心里有点儿谱，但不敢像现在的学生考试后总爱说"还行"那句话，我告诉他们："够呛！"接着又说一句，"准备当工人吧！"这时姐姐反而轻松地说："行啊，你从农村来，到市里能当工人也不错。"打那以后，她还真问了一些理发顾客鞍钢哪个工厂招人、什么工种好等事情，已经为我当工人做准备了。

因为报考时我把通信地址写成姐姐的理发店，所以接近发通知的时候我天天到理发店去，在那里听大家讲天南地北、街头巷尾的事。主要是想，能不能接到考上的通知。一天上午，邮差来了，他一进门就说："这是一份录取通知书，得收件人签字。"一听说是录取通知书，整个理发店的五六个人都停下手里的活围上来，只听有的人说："这小子，还说够呛，这不考上了吗？"还有的说："今年能考上可真不容易。"理发店里热闹了一阵子，议论了一阵子。待稍微平静下来之后，姐姐的第一个动作，是把她手腕上那块大罗马表摘下来，走到我跟前，说："给你。"我知道这是姐姐的心爱之物，几个月前花了很多钱才买的，便说："不用，学生用不着。"姐姐却说："你戴着吧，用得着，掌握时间，对学习有用。"她眼里噙着泪花微笑着，硬是把表戴在我的手腕上。这块表，我一直戴到大学毕业，工作后又戴了十余年。一看到这块表，就想起了那次考试，想起了理发店那一幕，想起了姐姐……

四

我刚上高中不久，姐姐照她以前所说，回到乡下要把母亲接到市里来，同时要接过来的还有姐姐唯一的六岁的儿子，这孩子刚过周岁便一直由姥姥照料着。姐姐考虑，老人带着孩子在乡下生活多有不便，我在乡下时尚能减轻母亲负担，我离开以后那生活中麻烦事就更多了。另外，姐姐也考虑再过一年孩子就要上学了，先得适应适应城市生活。所以姐姐特意回到乡下办理此事。

可是，母亲在乡间生活习惯了，很不愿意到城里来。同时，她也在想，女儿怎么都好说，还有女婿呢，长期生活在一起，担心有矛盾，她更担心寄人篱下女婿给脸子看。所以她执意不来，告诉姐姐说："我带孩子在乡下生活得很好，孩子日后也可以在村子里上学，学校离家还近。我想你们了就领孩子进城看看，住几天，若长期住可不行。"大凡农村老人都不喜欢到城市生活，尽管城市的生活条件比农村好，但是城市对他们来说还是缺乏吸引力，这就是长期生活环境形成的生活习惯，想改也难。所以任凭姐姐如何劝说、许诺、保证，也未打动母亲的心。姐姐在乡下住了两天，只能叹气而返。

姐姐从乡下回来，反复在想，母亲在农村穷苦生活了那么多年，而今虽然说不愁吃不愁穿，但只是领着一个孩子在那里过着凄清的生活，若是有病有灾的谁来照顾？就是每天做饭从井里汲水都得自己动手，平常日子还好说，那雨天雪天到井边去不是太危险了？姐姐想得很多很细，想来想去，还是决心把母亲接过来。母亲在家也想，女儿全是一片孝心，自打父亲去世，全靠这个大女儿帮着维持这个家，她知道女儿刚强，怕别人说自己在市里过好日子，把老妈扔在乡下不管。女儿是孝女，也是个注重面子的人，不能让女儿在人前没面子。于是她想："还是依了她吧。"大约两个月以后，姐姐把母亲和孩子都接到市里。那时我在学校寄宿，母亲住在姐姐家。

姐姐与姐夫结婚前已有君子协定，姐姐挣钱照顾母亲和弟弟，姐夫不能干预。姐夫是个通情达理的人，也是个面上人，母亲过来以后，一家人生活得还和谐。姐姐也时常提醒姐夫，遇着什么不愉快的事，尽量不要在母亲面前耍脸子。对此，姐夫也很是注意。

但是，居家过日子没有总是平平静静的，终于还是出了问题。这问题，就出在我那个外甥即姐姐唯一的儿子身上。这孩子因为长期在乡下生活，在活泼中带有乡下孩子的野性，一天总喜欢在外面这跑那跑，小孩子式的淘气在所难免。孩子淘气，姐姐和姐夫自然要严加管教，可是孩子是由姥姥长期带着，老人对孩子溺爱也是情理之中的事。为此，母亲对姐姐和姐夫管孩子，有时就心中不悦。终于在一件事情上矛盾爆发了。那时姐姐家的房后曾是蔬菜公司的菜窖，菜窖废弃后，大坑犹在，夏季里面积了雨水，好似农村的方塘。一天雨后，这孩子跑到这方塘里去洗澡，他游泳似会不会，险些出溺水大事故，幸亏被救了上来。当时把母亲吓得魂飞魄散，把这孩子好一顿骂，但边骂还是边为孩子换好衣服，抚摸孩子的头顶，做亲昵状。姐姐的理发店距家很近，得知信息后立即赶回家，见到孩子拽过去就打，边打边骂，手也挺重。这一下子母亲不让了，又把孩子拽过来，反而数落起姐姐来："小孩子哪有不闯祸的，骂几句就得了，对孩子吓唬吓唬就行了，还能真打！"姐姐却说："不打，他记不住，以后不知又闯什么大祸！真要出事，可怎么得了！"其实姐姐当然也是一片慈母之心，希望孩子规规矩矩地成长。可能是因为我们那贫苦家庭出身以及她的性格原因，她总希望孩子不出任何差错地健康成长，记得我念小学和中学时，她就再三叮嘱我："可别犯错误！"

外甥溺水遭姐姐痛打，打在外甥身上，痛在母亲心上。于是母亲向姐姐提出要领孩子回乡下去，她说这城市咱可待不得，碰哪哪是错，在乡下没这么多危险，孩子也不用受这么多气。她本来就不愿进城，加之姐姐管孩子又这么严，她自然不能接受。母亲提出回乡下，并且是动了气，严厉地提出，这无疑是对姐姐下了一道通牒。应当说，母亲是很温和可敬的，虽然没有文化，但很擅长讲民间故事，可以讲一个月不重样，是无文化的知书达理。姐姐见母亲动了气，孝心上来，只得服软妥协，她同母亲说："打孩子也是正在气头上，孩子是得管，但打不对，今后不打了。"又赔着笑脸说："妈，别生气，也不能回乡下去。"自那次以后，姐姐有时虽然也教训外甥，但确实从未打过。多少年之后提起这件事，姐姐还当故事讲，还笑着对外甥说："就你姥姥护着你，你免得挨打。过后我一想也对，打一个得罪俩，这是干傻事。"母亲是很能护小孩的，记得我的女儿小时候也被我打过，可是这孩子跑到她奶奶的房间告状，我追过去之后母亲就拿起她常用的拐棍要打我，我赶忙退出，生气地说："这小兔崽子，还知道找保护伞。"过后我把这事告诉姐姐，她听后哈哈大笑，说："那你以后就别打孩子啦，别惹妈生气。"那时，我已经是市委的处长了。

母亲在姐姐家一直住到我大学毕业正式成家以后，当我要把母亲接到我家时，她又舍不得姐姐家，还是姐姐劝她说："自从父亲死后，你就盼着儿子长大成人，执掌门户。现在儿子真的长大成人，成家立业了，你应该去尝尝儿子家的滋味。若待不习惯，或者他们对你不好，你再回来。"因为我与姐姐同居一市，且相距不太远，姐姐还表示，至少每星期要来我家看一次。果然，母亲到我家后，姐姐如她所说，每周都来我家一次，每次都是很晚才走。母亲晚年患中风病，肢体不遂，姐姐三天两头就来一次，每次都带来母亲喜欢吃的东西，还为母亲洗脚、梳头、擦身子，把母亲收拾得干净立整。母亲虽然有病，但也活到八十六岁。邻居和亲友们都说，这老太太能活这么大岁数，儿子、女儿都有功啊！确实是，在母亲的生命里，在老人欢愉的神情里，凝结着诸多姐姐的情愫。

五

姐姐讲信誉，重许诺，同时还讲义气，重亲情。这信誉、许诺、义气、亲情，都是中华民族传统道德的精华，是为人处世的标尺。姐姐同社会上任何人一样，虽也并非完人，也有着这样那样的毛病，但是因为有着这几个方面，她的整个人生是永远闪光的，是永远值得人们钦佩的。

当年姐姐在县城学成理发不久，就把三姐带到城里也学了理发手艺，接着又把我们本家的两个堂姊也弄到城里同样学成了理发。当时在县里理发这行里，人们都知道有亲密的四姐妹，很是耀眼。每逢春节，这四姐妹同时回到乡下，也为我们那破旧的小山村带来一道亮丽的风景，乡亲们都羡慕不已。人们说："二云子真行，别看人厉害，还真讲乡情，你看这姊妹几个都是城里人了。"

我们本家还有一位堂兄，小学毕业在乡下务农两年，后来到鞍山找姐姐想到鞍钢当工人。姐姐满口答应，告诉他先不要着急，便安顿在姐姐家。没有几个月工夫，堂兄就成为鞍钢的一名正式工人。若干年后，我这位堂兄到姐姐家串门还说："我能到鞍山来，可全靠我大姐。"那时村子里不少人都到市里来找姐姐办事，凡是姐姐许诺的，她都像办自家事那样来办。家里经常是人来人往，大都是穿着土气的乡下人。对这种情况，姐夫自然要有些想法。一次他半认真半开玩笑地对姐姐说："你怎么像老母鸡似的，走到哪儿身旁总要带一群鸡崽，你不闹心吗？咱家都快成村子里办事处了！"听这话，姐姐可上来厉害劲了，冲着姐夫说："人家来找咱，那是看得起咱们。咱要像过去那么穷，谁还来找！我可知道求人那滋味，真难哪！你就没有求过人，你别翅膀硬了就爹翅！乡亲乡亲，就得香着点儿，亲着点儿，要不怎么叫乡亲呢？若是臭狗屎一堆，谁还理你！"她这一番话，说得姐夫只好连连摆手："好，好，你办你的，我不管。"姐夫赶忙干别的事去了。

前些年有一次姐姐生病，我到她家去探望，就我们姐弟二人说起知心话。当说到姐夫的时候，她说："你姐夫这个人能干，能吃苦，办事认真，有不少优点。他最大的毛病是不重亲情。过去那些年我跟他吵架，多数时候是因为亲戚，特别是你二姐家。"她还说，"不讲亲情，就是最大的自私。"

平心而论，姐夫对母亲、对我，还够样，这我在前面已说过。对二姐家，我也知道一些。二姐家住海城东部山区一个偏远的山沟里，起初家庭生活还殷实。可是后来孩子生得越来越多，男孩女孩七八个，特别是生产队那年代，家庭生活就很困窘。二姐每年都要到姐姐家住几天，临走的时候总是大包小裹的，都是姐姐给拿的一些旧衣物，还有面粉之类。那时城市的细粮也是限量供应，姐姐宁可自己少吃一些，也要给二姐家的孩子们带回去几斤。二姐走后，姐夫就和姐姐争吵，有时争吵得还很激烈。可是第二年二姐再来，临走时还是大包小裹的，还是姐姐给准备的旧衣物和面粉。二姐走后，姐夫又和姐姐争吵。姐姐告诉姐夫："我和她是一奶同胞，现在她家穷，我绝不能看着不管。不管你怎么跟我吵，我能给她的还是要给，你吵吵也白搭。"每次给没给二姐拿钱，给了多少，这别人是不知道的，只有姐姐知道。若干年后姐姐告诉我，每次多多少少得给拿点儿。因为家里是姐姐掌握财权，姐夫的工资每月都得如数交给她。当时我是由姐姐和三姐供给在大学里读书，既为二姐家的困难感到揪心，也为她造成姐夫和姐姐争吵感到无奈。后来二姐家的孩子都长大了，生活有了转机，才结束那"大包小裹"的局面。

可是二姐命薄福浅，当家里生活刚刚有所抬头的时候，她却身患绝症，那时她才五十多岁。从发现患病到去世只三个多月。在二姐生命的尾声阶段，姐姐到二姐家陪伴了半个多月。二姐临终时，用她那微弱沙哑的声音对姐姐说："等小珍中学念完了，就到你家去吧，就当女儿待她，将来再帮她找份工作，找个对象。"这小珍，是二姐的小女儿，当时十二岁，因为在孩子中她最小，也最让二姐放心不下。姐姐边拭抹眼泪，边告诉二姐："你放心吧，我能做到。"姐姐把二姐的这个嘱托沉甸甸地放在心上。二姐离开人世之后，姐姐帮助料理完后事回到自己家里，把照料小珍的事同姐夫说了。可能是因为二姐去世得早，扔下这孩子挺可怜，加之小珍自小就活泼可爱，过去她跟随她妈过来，唱起那《我是公社小社员》的歌，边唱边表演，甚是招人喜欢，因此姐夫对这孩子也表现出应有的同情。就这样，小珍中学毕业后就来到了姐姐家，开始时帮着家里做些零活，姐姐也经常给她讲为人处世的道理，果真像母亲对待女儿那样调教着，呵护着。小珍这孩子也懂事，有眼力见，也深得她大姨夫喜欢，很快便融入这个家庭。

几年后，小珍这孩子出落得精明秀气，落落大方，姐姐又托人情为她找了一份稳定的工作。那时，我也时常到姐姐家去，看到他们生活得很快活，特别是小珍生活得很快活，心中自然感到惬意。后来，姐姐又左挑右选，为小珍找了一个知根知底的对象。这对象也是理发的，他自己开个理发店。婚后，白天小珍到单位工作，晚间有时到理发店帮着忙活，生活得很充实，也很美满。看到这种情景，姐姐心里也踏实，感觉她圆满地完成了二姐临终前的嘱托，可以告慰二姐的在天之灵。姐姐对小珍的关爱与呵护，博得了邻里们的赞赏，说："这大姨真够意思，就是小珍亲妈活着也做不到这样啊！"

六

就在二姐辞世半年以后，三姐因患脑出血也被送进了医院。三姐头几年就一直有病，是一种不常见的疑难症，病的表现是血压高、腿软，发病时不能走路。那时三姐的理发店与姐姐的理发店同属于一个理发总店，根据姐姐的要求，经单位同意，姐姐既作为单位的职工又作为家属陪三姐住院。先是住市中心医院，后又到沈阳医大住院，最后被介绍到北京一家全国有名的大医院住院，在那里为三姐做了大手术。孰料，问题就出在这著名的大医院里。在开刀过程中由于医生失误，划破了脾，硬是把不该摘除的脾给摘除了，结果，造成了医疗事故。当时是姐姐领着三姐的大女儿在医院陪护，出了医疗事故，医生还未告诉病人和家属，是三姐的大女儿在医生办公室看病历得知的。当她把这情况告诉姐姐的时候，当年"二云子"那厉害劲儿又上来了，直接找医院院长理论。为三姐的这起医疗事故，姐姐又找医院，又找医院的主管部门，据理陈述，慷慨陈词，毫不让步。那时姐姐不到六十岁，精力旺盛，头脑清晰，讲起话来句句在理，光这场"官司"就打了一年，最后医院终于服软，道了歉，进行了经济赔偿。医疗事故的"官司"虽然打赢了，三姐的身体却受到了很大影响，自北京回家后三姐的身体便每况愈下。这次患脑出血自然与她以前的高血压有关，病情很重，入院后三天便离开人世。

三姐早在这次入院之前，就曾对姐姐说："我身体不好，看来也没有多长活头，以后你要帮助我照顾这个家，主要是几个孩子。"对三姐的话姐姐直点头，自然应诺。三姐走后，在三姐夫身边只有两个没有结婚的男孩子，为了照顾，姐姐想办法，竟把三姐家的房子换过来，把三姐夫家变成自家的邻居，且是同一个厨房，两家近如一家，这样姐姐照顾他们就更为方便了。

一天，姐姐急匆匆地找到我，见面就说："小三子（三姐的小儿子）搞了个对象，人挺好，可是姑娘常来，就那么一个屋，谈话多不方便。我想把楼下原先那个破棚子拆了，在那盖两间小房，家里不就宽绰了！现在正是春季，你帮我买点儿建筑材料，再找几个干活的人，把小房盖上。"姐姐知道让我办这点儿事也不难，所以说完又加一句，"快点儿办，最好一周内就开工。"姐姐的话，到我这里就是指令性意见，我岂能说"不"，也不能怠慢。第二天，我就抽空给张罗这件事，大概是四五天以后就开了工。姐姐是工地总指挥，那时她已六十奔七十了，可身体很好，一天直忙活，每天都很晚才休息。不到半个月，一座挺标准的两间小房就建成了，室内也是姐姐亲自指挥粉刷，安排家具等等。从此，那小三子和新搞的对象就有了年轻人谈情说爱的地方。一天我去看房子，只见小三子笑着对我说："舅，谢谢你的帮忙，才有这房子。"我赶忙说："要谢，就谢你大姨吧，是她的主意，也是她张罗的。"只听小三子说："我大姨那还用说，对咱们可是一百个头的，真是热心肠，咱们没想到的事，她早就替咱想好了。"这小三子嘴挺甜，颇招人喜欢。

据我观察，这样两家成了如同一家似的近邻，三姐夫和两个孩子的生活是得到了照应，但是每个人都有着自己的性格，都有自己的长短，况且居家过日子细枝末节的事特多，加之姐姐特别好管事，有时管得又特别严厉，在她自己全然是一片好心，可这好心能否为人所理解，她就不多想了，因此，彼此间也就时有不愉快发生。不过我的那两个外甥很通情达理，他们曾和我说："我大姨对咱们真是一片好心，就是骂咱们，咱们都不记恨。咱永远也不会忘记她老人家。"后来这座楼动迁了，他们才分开来住。

姐姐这一辈子以一颗真诚的心为很多人做了很多好事，同时，也说了很多令人不高兴的话，有的人理解，一直感恩于她，但有的人并不理解，至少当时不能完全理解。可她常说："我这个人做事、说话，从来不藏坏心眼，都是为别人好，我也不图别人对我怎样，就图个对得起自己良心就行。"我常说她是刀子嘴豆腐心，她自己似乎也承认。应当说，姐姐对家人、亲人、友人，都是一片冰心，一诺千金。姐姐年轻时相貌很美，她的终生人格更美，更为可贵。我和姐姐在一起唠知心话的时候最多，她一听到社会上不奉养老人、不疼爱亲人的事情，就愤愤然责骂。我最理解姐姐，也最敬佩姐姐。

七

　　21世纪第三个年头的飞雪腊月，天气特别寒冷，这样寒冷的天气对老人的健康多有不利。姐姐在过完她八十岁的生日第九天，因肺心病的无情折磨，走完了生命的最后路程，结束了她这个平凡人的不平凡的一生。姐夫是在夏天时离她而去的，姐姐竟不顾三九严寒去追赶姐夫。在她进入医院之前，已把身后诸事吩咐妥当，各有着落，各得其所。这次，她似乎感到将要与世告别，她是躺在医院的病床上缓慢地停止了呼吸的。她临走时没有遭罪。当把她停放在殡仪馆的安放间里，就像平常睡觉一样，神情是那么安然，那么慈祥，嘴角似乎还现出微微笑意，好似在对她的一生进行回忆。亲友们流着热泪围在她的身旁瞻仰，每个人痛楚的心似乎也都在感念往昔从她那里所得到的好处。她那安然、慈祥的神情，也似乎在告诉人们，她并无什么遗憾地走了。

　　遵照姐姐生前的嘱咐，我们把她同姐夫的骨灰一起安葬在家乡的东山坡上，她可以敞亮地看着家乡的阡陌田禾，望着家乡的青山绿水。家乡的青山苍苍，绿水潺潺，当年都映照着二云子的身影，刻写着二云子的足迹，而今似乎都在诉说着她那颗纯真的心，她那份受重的情。她好像家乡山顶上空一朵洁白的云，参差而又规整，绵厚而又轻盈，在蓝天下聚着，飘浮着、永不变色，永不散去，她不希求人们的赐予，却毫不吝惜地把她的美赐予人们。

　　她的墓地宽敞，四周围满了苍松，就是那一棵棵苍松陪伴着她以后的岁月，还有活着的人们的心对她永恒的思念……

作者简介

文畅：原名邢德昶，1939年生，辽宁海域人。中国作家协会会员，辽宁省作家协会顾问，鞍山市委原常委、秘书长，鞍山市人大常委会原副主任，鞍山市作家协会原主席，鞍山市散文学会原会长，国家一级作家。出版著作有《杜鹃的性格》《山水人情》《国宝灵光〉《心灵流泉》《情系鞍山》《漫谈散文创作》《望园斋文丛》《回望云烟》等十余部；另主编《文秘工作实用大全》《中共鞍山地方史》《天下大观》等十余部。曾获辽宁文学奖、东北文学奖、第三届全国冰心散文奖等省级以上奖项。

蓬门今始为君开

徐光荣

写下大诗人杜甫这句名诗做文题，勾起的是我对兄长般亲切的陈玙同志的许许多多难以忘却的记忆。

1994年，为创作一部反映鞍钢公安处干警成功破获一起重大钢材诈骗案的电视连续剧《415大缉捕》，我住进了鞍钢东山宾馆，一住就是一个多月。剧组的执行导演朱文博，是已故鞍山著名作家朱赞平的长子，对鞍山了如指掌。一天吃过晚饭他问我："你和陈玙熟吗？"

"熟哇，三十年前我们就认识了，这些年交往更多了。"

"他就在附近住。"

"快领我去拜访拜访。"

我们走进陈玙的家。看见我，陈玙一脸惊喜："什么风把你吹来了？稀客！稀客！"

"有名家在此高卧，不来拜望岂不失礼？"

进入历史新时期，陈玙先以话剧《白卷先生》震动京城，大江南北剧团争先上演；其后又以八十万字的长卷《夜幕下的哈尔滨》蜚声全国，特别是电视剧播出后，可以说是家喻户晓。但是这样一位在文艺创作上有贡献、有影响的作家，居住条件仍不宽绰，不足七十平方米的居室里书房很小，高高的书橱下，写字台上上下下堆满了书报、书稿。他把我们让到书丛中的一张旧沙发上，随口说道："我这里屋子窄小，书报放得杂乱无章，应了那句古诗，花径不曾缘客扫，蓬门今始为君开……"

我熟悉这首唐诗，是杜甫的《客至》："舍南舍北皆春水，但见群鸥日日来。花径不曾缘客扫，蓬门今始为君开。盘飧市远无兼味，樽酒家贫只旧醅。肯与邻翁相对饮，隔篱呼取尽余杯。"于是接过他的话说："你是巷深有好酒，客人自然愿意来呀！"

确实，在陈玙这里可以品味到如浓醇酒香的真情、友情。那一年，我认识陈玙已整整三十载。1964年，辽宁省在沈阳市举行戏剧会演，鞍山市话剧团排演了陈玙与陈淼合作的话剧《风华并茂》，这是一部以鞍钢进行技术改造为题材的新剧，剧本经过精雕细刻，演员阵容强大，由三位著名导演共同执棒，省委书记周桓指导，未正式上演时就先声夺人，被认为是这次调演中可拔头筹的大剧。由于反映的是工业题材，省剧协秘书长解洛成特别找到我与宋学祁两名身在工厂的业余剧评人为辽沈两报写评论，事前让我们先找陈玙同志要剧本看看，再看彩排与首演。

这使我与陈玙有了第一次见面，陈玙那时刚刚四十岁，年轻英俊，虽已是辽宁著名编剧，但人很谦和，他把剧本交给我们后还客气地说："剧本在演出过程中还会不断充实修改，欢迎你们提出宝贵意见。"我们听得出，他的话是由衷的，也很尊重工厂的业余作者，把我们直送到他下榻的东北旅社的大门口。

再见陈玙已是十六年后，《白卷先生》上演的时候。白卷先生的扮演者刘文治和爱人刘玲子邀我观摩这出戏的彩排，又是在辽宁人民艺术剧场的走廊上我见到了《白卷先生》的编剧陈玙。岁月为年近花甲的陈玙脸上抹上几许沧桑，他已记不得我，我却始终难忘他谦和的样子，在匆匆而过的人流中一下子发现了他。"陈玙同志！……"他开始时露出几分惊诧，但说起1964年的初交，他握着我的手重重地摇了又摇："万两黄金容易得，知心一个也难求！谢谢你一直记着我！"在得知我也调到文艺工作岗位后，他再一次握紧我的手说："光荣，从此我们是一个战壕的了，多联系，多交流。"果然，从那时起我们的交往日益频繁起来。

《夜幕下的哈尔滨》出版后，陈玙很快送我一套，我拜读后拍案称快，逢人便赞誉这部作品。

正是在与日俱增的交流中，我更多地了解了陈玙同志的真挚与友善，质朴与笃诚，所以在客居鞍钢东山宾馆的日子里，一次次去陈玙家"串门儿"，有时去谈电视剧创作，谈我正在执笔创作的《415大缉捕》，也谈他正在完成的一部二十余集的电视剧，那是一部以一个人物的传奇经历和命运贯穿起来的连续剧；有时，我请他带我去拜望省作协的老作家罗丹，我在执笔写作《辽宁省志·文学卷》与《辽宁文学概述》时，曾认真读过罗丹的《风雨的黎明》，还获赠过一部罗丹的新作《严峻的岁月》，这一次与陈玙一起近距离聆听了他讲初到鞍钢的经历与写作感悟；我还请陈玙同志引领我去拜访了欧阳黛娜，她是欧阳山的长女，是我们省作协老领导草明在鞍山工作时照顾长大的，而今已是全国闻名的普通教育教师、全国劳动模范。我对陈玙说："将来有时间了，我想为省作协的老作家、老编辑们写点儿东西，留点儿念想……"

"这个想法很好，既可以写出好的散文，也能为文学研究留下点儿资料。"陈玙支持我的想法。他给我看了一大摞文稿，首页写着《艺文陈语》。其中收入了他多年写下的文艺评论、序跋、随笔、杂文以及他从事文艺创作以来的回顾等。陈玙说："这个集子，我开始起名叫《酸甜苦辣集》，你大嫂说这个题目像食谱，不合适。我听她的意见，改名为《艺文陈语》。陈语，一语双关，既是说，这是我从事文艺创作多年积累下来的一批短文，也是说，这是我陈玙的一家之言，百花齐放，百家争鸣，这是我陈玙这个文艺普通一兵的声音！"

"你快整理出版，我一定认真拜读，仔细倾听你这一家之言！"

"好，这本书出版我一定先送你一本。"陈玙爽快地答应。

而今，说这话的时间已过去十八九年。2001年夏，我才收到他寄到辽宁文学院的两本新书《艺文陈语》与《文友絮语》。第二年春末夏初，我退休后也加入了省作协老干部行列，同陈玙等老同志一起到营口鲅鱼圈采风，在海滨仙侣山庄的林荫中，我问他："你写的电视连续剧开拍没有，什么时间播？"

"投资一直不到位，剧组一直也没组建起来，真难说什么时候开拍。"陈玙有些无奈地说。

"那我送你一份祝愿吧，祝你新的电视剧早日问世！"我真诚地期冀着。

然而，我的期冀没有变成现实，陈玙同志却带着他的几分遗憾于八年前驾鹤而去了。因为知道消息迟了，我未能赶到鞍山看他最后的容颜。但我在他辞世前听到了一个让他颇为快慰的讯息，在文畅等同志的努力下，鞍山市委、市政府帮助陈玙解决了住房问题，他搬进了宽敞明亮的新居，他可以在装饰一新的客厅、书房里接待友人了。真该谢谢鞍山市，办了这件大好事。

"花径不曾缘客扫，蓬门今始为君开。"

陈玙同志，你搬进新居我还未及去拜访你，先送上这篇短文，以表达我的真诚怀念吧！

（原载《辽海散文》2013年第4期）

作者简介

徐光荣：国家一级作家，辽宁文学院原副院长。作品《赵一曼》获全国优秀畅销书奖，《科技帅才蒋新松》获全国"五个一工程"奖，《大江东去》获辽宁电视剧最佳编剧奖。2005年获中国当代优秀传记文学作家奖。有作品译成英、俄、日文。

我与萧乾

罗定枫

我青年时期爱好文艺。1933年在邢台师范学院读书时，就常写些散文和诗，发表在《大公报》等报纸的文艺副刊上。现在查到的有首题名《拾煤渣的小姑娘》的诗，刊载在天津《大公报》文艺副刊上。这首诗的原文是：

黄昏留下一个黑影子，
在铁路道旁隐现，
挎着空篮，
微风举起发辫；
空空的希望，
焦急的心，
想到的是茅屋里后娘的藤鞭。
羸瘦的躯体只得落后，
看着同伴们拾了满篮往家走；

饥饿从腹腔走上来，

疲倦把每个细胞浸透。

　　当时担任《大公报》文艺副刊主编的萧乾，在发表了我写的一些散文和诗后，给我写了一封热情洋溢的信，对我从事创作起了鼓舞作用，我至今记忆犹新。

　　进步文艺作品，特别是鲁迅鞭挞时弊的杂文，对我走上革命道路起了促进作用。当时许多爱好文艺的青年各在一方，互不相识，往往是通过报纸文艺副刊的媒介互相通信的。我的有些文艺界青年朋友，就是从萧乾主编的文艺副刊编辑那里了解到他们的地址后而互相通信、认识的。

　　在战争年代，我还常常想起萧乾对我的鼓励和通过他手下的副刊编辑结识的一些爱好文艺的青年朋友。1985年，我偶然在《人民日报》的文艺副刊上看到一篇署名肖乾的散文，但不知道是否是那位给我写信的萧乾，贸然通过当时《人民日报》总编辑李庄同志转给他一封问候的信。不久，便接到萧乾同志很热情的回信，特别是信中有一句话，使我感触颇深。他说，知道我是在半个世纪前同他有过神交的同志，非常高兴。"神交"的含义多么亲切，深厚哇！联系到目前的人际关系，就更感到值得珍视。

　　1988年2月25日的晚上，我怀着激动的心情，同老伴洪淑英专门从辽宁省沈阳市到北京市阜外大街萧乾的住地去看望他。他的夫人文洁若引领我们进入室内。他坐在一把藤椅上，我报了姓名后，他马上站起来，紧紧握着我的手，好像是久别的老朋友，把我和老伴让到沙发上。老伴请他坐在沙发上，他说习惯坐在那把藤椅上。

他的书房不大，十四五平方米。一面放着沙发，三面都是书架。紧靠着书架里的书放了许多各种色彩的贺年卡，有国内友人的，也有国外友人的。他生活、工作在友谊的海洋里。那年他七十八岁，我七十三岁。两个老人第一次见面，却像老朋友久别后重逢，没有一点儿生疏的感觉。我们相互讲了几十年来走过的路，风风雨雨，曲折复杂，但都是夕阳无限好。他说了从1949年至1979年的经历，虽然颇为坎坷，然而，晚年过得颇幸福。他谈到自己的创作生活，每两年出一个集子。现在正写回忆录。拟写八十万字，已写了五十万字。回忆录写完后，再写一个长篇，就打算停笔了。谈到这里，他说我的生活经历很丰富，希望我也写回忆录。我说参加革命几十年来，从事党务和宣传工作，逻辑思维发达了，形象思维削弱了，写起文艺作品来，笔沉得很。他还是鼓励我写。和他告别前，照了几张相，留作纪念。他送给我和老伴一本书《负笈剑桥》，并写上年月日。他深情地说："这是我们见面的日子。"他紧握着我的手，送我们到门口，有点儿恋恋不舍。当我们走下楼梯后，他和夫人才走回屋里。

萧乾的一生非常坎坷。他出身于贫寒家庭。自幼半工半读，织过地毯，送过牛奶。学生时期，曾因参加学生运动而被捕。1935年毕业于燕京大学后，先后在天津、上海和香港的《大公报》主编过文艺副刊，并兼做旅行记者。第二次世界大战期间，他是中国唯一去采写大战新闻的记者。1948年至1949

年间，参加香港《大公报》起义，并协助我地下党编辑英文刊物《中国文摘》……

我写到这里，一个笑眯眯、慈祥的老年知识分子，又浮现在我的面前。他不仅在寂静的深夜里伏案凝思，赶写着他的回忆录，而且还奔波于异国他乡，从事国际文化交流、增进人民友谊的工作。我衷心地祝愿他健康长寿，这是我和老伴发自肺腑之言。

以上是我和老伴到北京看望萧乾回到沈阳后，我以《半个世纪前的"神交"》为题所写的一篇短文，发表在1988年11月29日的《辽宁日报》上，记述了我和萧乾同志这种特殊的感情。

从1988年2月25日看望萧乾同志之后，直到他于1999年2月11日在北京逝世，我一直和他保持着密切联系，成为无话不谈的知心的老朋友。我以后又曾两次到北京他的家里看望过他。他和夫人文洁若曾于1991年9月3日来我家做客，并相互写了数十封信。每次见面后畅谈的内容，大多是关于文艺创作方面的问题，也相互谈些生活方面的情况。每次晤谈，都对我有很大的启发和帮助。

1989年1月12日，我到北京开会，又去看望了萧乾同志。老朋友相见，总有说不完的话。他的回忆录已经写完了。他常常深夜两点就起来写作。我说年岁大了，还是要劳逸结合，洁若嫂要管管他。洁若同志说，他就是不听话。他没有反驳，只是朝她笑了笑，那双很有神的眼睛，笑得很甜蜜。他还是希望我写点儿东西，不一定出版，留给孩子和后人看。他接着向我介绍了写回忆录的方法。他说："可以不按年写，而是把每一个回忆的事件写成独立的文章，积累几年再穿成完整的回忆录。近期的《未带地图的旅行》（回忆录）将出版，就是那么先后写的。目前在写文章、回忆录，也仍照此法。兄何妨一试，这样就保证每段都各有内容。"五十多年前，他曾鼓励我写作，现在更殷切地希望我写点儿东西，这种诲人不倦的精神，很使我感动。

1991年夏天，我托人将我和老伴合著的诗集《多色的枫叶》的复印稿送给萧乾同志，想请他写几句话。仅隔一个多星期，他就把序言写好了。他说："30年代神交、80年代末才相见的老友将合出诗集，嘱我写上几句话。尽管我自知无此资格，还是欣然接下这嘱托。"我捧读着他写来的序言，又深深感到新相识、老朋友真挚的情感。

1991年9月3日，我因食物中毒发高烧，在大连住院。经医生精心治疗，好几天后体温才由40℃逐渐降下来，但身体很虚弱。突然接到沈阳的家人电话，说萧乾和文洁若夫妇已到沈阳，要看望我，并将于14日乘飞机回北京。我决意回沈阳，医生劝阻，老伴也觉得太冒险，不同意我回来。但我总觉得不回来心情难以平静。最后，我以少有的固执和坚持，使他们无可奈何。我到底在12日乘汽车回到了沈阳，并于当晚就同淑英到沈阳迎宾馆看望了萧乾和文洁若夫妇。当他得知我是带病赶回来看他时，心情很激动，紧紧握着我的手说："这次我来沈阳是以中央文史研究馆馆长的身份，来沈阳市文史馆参加工作座谈会的。到沈阳来，当然要看看老朋友。"告别时，淑英和我请他们夫妇第二天到家里坐坐。淑英说，不搞宴会，不搞形式，到家来吃点儿家常饭，说点儿家常话。问萧乾想吃点儿什么？洁若说他喜欢吃馄饨，清蒸鱼也可吃一点儿。

次日下午4点多，萧乾同志参加完闭幕式，便与夫人赶到我家。在客厅里，我和萧乾坐在一张大沙发上，紧紧地靠在一起。他又非常中肯地对我说还是要写点儿东西，回忆录要用散文体写。我说准备按照他介绍的写作方法，试写回忆录，现在已开了头。他听后很高兴。由于他6点钟要去参加市里的宴请，我们的"家宴"吃得很匆忙。尽管如此，他还是吃了两碗馄饨和一些清蒸鱼。我们边吃边谈，谈笑风生。他说："在这里是真吃，6点钟的宴会是假吃。"

他和洁若14日早晨乘飞机回北京。我和淑英早晨6点准点到迎宾馆送他俩到桃仙机场。他在进入候机室前，突然转过身来拥抱了我。我们都十分激动，难舍难分。他进入候机室后，还几次回过头来挥手，表达他的留恋之情。他俩回到北京后，很快写信来，说在沈阳的欢聚，感到无限温暖。洁若还以《新老友》为题写了篇散文，发表在《散文百家》杂志上。我也以《老友之交挚情深》为题写了篇散文，发表在1991年10月15日的《沈阳晚报》上，记述我们这次难得的欢聚。

几年来，他先后给我寄来近年来的几本著作。我对其中《八十自省》感触颇深。读后，一个历经人生崎岖坎坷、终身耕耘文学田地，至今仍在伏枥的老人，仿佛就在我的面前。

最近十年来，他写了七八十万字，我只阅读了其中一部分。我很欣赏他的创作思想和创作道路。他在《八十自省》中说，他"坚持了言必由衷的原则，没有写让自己事后脸红的什么"。他总"尽力把自己的职业文字写好"，他"高兴1935年踏访鲁西水灾区时写的《流民图》，至今犹有人看，有的还被选入教科书"。他的文学作品是与读者心心相印的，因而，至今人们还喜欢读。

他在生活上要求也是严格的，不向上攀比，而和群众做比较。他是全国著名的老作家，又是中央文史研究馆馆长，但是仍然住在过去的一座公寓楼房里。他在《八十自省》中说："领导曾再三表示要进一步为我提高，但我不想让自己的生活水平脱离国情。"看到萧乾同志写的这段话，在我的脑海里又浮现出了一个真正的中国知识分子平凡中见伟大的形象。

1998年，萧乾同志因病住院，他的夫人文洁若陪伴在他身边。他住院期间，虽重病在身，仍笔耕不辍。我从报纸上还不断看到他写的文章。1999年，他九十寿诞时，国务院还在医院为他举行了隆重的生日会。完全没有想到，之后没有太久，他就逝世了。我和洪淑英在异常悲痛中，给文洁若同志发去了唁电，萧乾同志的逝世，不仅使我们失去了一位相知、尊敬的朋友，也是国家文艺、翻译界的重大损失。希望她节哀。

文洁若同志毕业于清华大学外国语言文学系英文专业。她是人民文学出版社编审、中国作家协会和翻译家协会会员、中国日本文学研究会名誉理事。因数十年来研究、翻译日本文学，促进中日文化交流的功绩，2000年7月受到日本外务大臣表彰。2002年11月荣获日本政府颁发的"勋四等瑞宝章"。萧乾同志逝世四年多来，我仍像他生前那样，同文洁若女士书信往来。衷心祝愿她抑制悲恸，健康长寿，以慰萧乾同志之英灵。

（原载《辽海散文》2013年第8期）

作者简介

罗定枫：20世纪30年代学生时期在天津《大公报》等发表诗作。1938年后，曾任《新华日报》华北版编委，《冀鲁豫日报》《冀南日报》《平原日报》社长兼总编辑。业余时间经常写诗、撰文，发表在各类报刊上。离休后曾与洪淑英合作出版诗集《多色的枫叶》。

记国学大师南怀瑾

王雪丽

南怀瑾先生是中国著名学者，我对他的了解，是从王十朋研究会开始的。

王十朋为南宋名臣，是我家先祖。《辞海》中载有他的词条，写道："王十朋（1112—1171年），温州乐清（今属浙江）人，字龟龄。初在梅溪乡间讲学。秦桧死后应试，绍兴二十七年（1157年）中进士第一名。任秘书郎、侍御史等职。屡次建议整顿朝政，力图恢复北伐。孝宗隆兴元年（1163年），张浚北伐失利，主和派抬头。他上疏称恢复大业不能以一败而动摇，未被采纳。出知饶、湖广等州，官至龙图阁学士。著有《梅西集》。"《辞海》记载这段，基本符合事实；因为是词条，当然不能详述。这里要说明的是，进士第一名即"状元"，说是温州乐清人，具体说是乐清梅溪人。在家乡梅溪，后世人都称王十朋是状元郎，为之骄傲和自豪，感到荣光。我们作为王十朋的后裔自不例外，也自当敬之。在颇讲名人效应的今天，家乡政府因本地曾出了一位状元，出了一位载入《辞海》的全国大名人，不仅感到荣光，还要借名人搞各种纪念活动，以兴本地经济和文化。成立研究会，建设纪念馆，竖起碑林，发表研究文章，组织研讨会，不仅国内，国外一些华裔名人也前来参会，搞得很有声势，很有气派。

温州乐清，可谓山清水秀，人杰地灵。从古至今，就出了不少大名人，南怀瑾先生是其中的一位。在王十朋研究会成立后，他被聘请为首席荣誉会长，他本人乐于为之，众人亦极为推崇。家父是王十朋研究会会长，我忝列为副会长，多为家父做些庶务勤杂工作，这样我就与荣誉会长南怀瑾先生多有联系，对先生的为人也就有所了解。

南怀瑾，1918年出生于温州乐清市南宅后村。先后就读于浙江国术馆国术训练员专修班、中央军校政治研究班、金陵大学研究院社会福利系。青年习武，军人出身。抗日战争时期，国难当头，投笔从戎。后潜心研学佛典，1945年，曾前往四川、西藏等地参访，闭关修行三年。1949年前往台湾，受聘于辅仁大学等高校讲学。1984年移居美国，并成立弗吉尼亚东西学院。1988年移居中国香港，2004年移居上海，2006年移居江苏省苏州市吴江庙港，并创建了"太湖大学堂"，旨在传播中国传统文化。南老幼承庭训，少习诸子百家。他早年曾兴兵抗日，一生致力于中国文化的传播，并辗转美国、欧洲等地考察讲学。南老学富五车，著作等身，被世人称为"南师"。南师历来敬仰先祖王十朋的人品和才学。他们都是温州乐清的人才，乐清的骄傲。

南老先生还是温州至金华——金温铁路的催生者。金温线1992年开工，1998年6月全线通车。近十年间南老为修建这条铁路奔走呼号，集资运营。想当初温州市政府领导赴香港拜访南老，请他帮助筹资，以利造福桑梓时，是费了一番苦心的。南老历来孝敬父母，他几十年在外，与他结婚两年便分离的原配妻子王翠凤，在离别丈夫四十余载的岁月中，一直陪在婆母身旁。1990年2月14日除夕之夜，百岁高龄的老夫人在故乡辞世。她平素梳头时常将落发积在一起，老夫人辞世后，政府人员很有心，设法用老夫人的灰白色发丝，特为南老绣制了一张慈母绣像。20世纪80年代末，温州市领导赴港晤谈时，呈上这幅用南怀瑾先生母亲的发丝绣制的绣像。南老见到母亲肖像后当即热泪盈眶，双膝跪地接过母亲绣像。亲情大礼衬托出家乡人民的真情和祈愿。1998年6月，金温铁路通车，其火车站的站名就是南老书写的。南老几十年来坚持中国文化的传承必须与时俱进、经世致用，并以此改变大众的生活状态、行事方法和价值取向。南老辞世后，在南老的告别仪式上，文明办的领导致悼词时称南老是大学问家，是永远的精神导师，他是把经典文化与大众文化相融合的导师。他精通儒、释、道典籍，出版有《论语别裁》《禅与道概论》等几十种专著。

　　我还清楚地记得，1990年9月，我与家父合著的《王十朋传》出版后，家父首先想到请南老斧正。于是他设法找到南老的地址，将《王十朋传》寄到香港，并附上一书致意并求教。如能得到南老的指教那是何等荣幸！南老日理万机，学案公案繁忙，然而他老人家在百忙中给家父和我回信，在国际文教基金会专用的蓝色信纸中，南老回信道：

祖光先生（家父名为王祖光）雪丽女士左右：

　　顷接贤父女惠赠令太祖王十朋传，至感盛情。十朋公乃乡贤辈，自南宋以来，素为故乡后辈敬仰，惜无专著表扬令德。今得贤父女之作光扬先德，殊为敬佩，特此致谢。

　　又：先生题于书面嘱辞过于谬奖，实不敢当。不慧如吾读书学剑一无所成，俯仰有愧，何足道哉。

　　又：贤父女尊著此书惜未定好书名，反而自阻销路，并使十朋公德泽声光却为减色，倘易名为南宋状元王十朋，且将公之画像移作内封面，封面但取雁荡一峰挺拔，当更为生色矣。区区鄙陋之见不知有当否？聊以供献微诚，代向十朋公先辈之敬意也。专此即颂

撰安

辛卯1991.5.3南怀瑾拜

　　南老的来信给我和父亲极大的鼓舞，看来五年工夫才写成出版的《王十朋传》得到了大师的肯定，我父女极感欣慰。甚至南老认为这本书的书名更改成《南宋状元王十朋》更好，对封面设计如何更正，封面王十朋公像应移至内封等一系列不足，都指点得十分精到。一份感动，两份感恩，十朋公虽是我们的先祖，然而他的爱国精神和思想及《梅溪文集》的诗文是

民族的文化遗产，我们要把家事当作国事办，要把先祖宝贵的精神财富传承并弘扬开来，古为今用。南怀瑾先生在20世纪90年代初金温铁路筹建和建设时，被温州人民称为金温铁路的催生者，1991年南老的这封来信，也催生了成立王十朋研究会这一文化工程。倘如没有南老对我父女研究王十朋这一初熟成果的肯定与支持，也许至今也不会有王十朋研究会和系列活动。1995年8月18日，王十朋研究会筹备会首次在风华居召开。二十年来，王十朋研究会搞了一系列工程和文化开发活动。南老还亲自为《王十朋纪念论文集》题字，为纪念馆题名。在南老的倡议和推动下，我们召开了大型王十朋国际学术研讨会，将王十朋研究的文化工程向文化产业推进，这都是南老的功德。

成立王十朋研究会，为了请南老出山担任首席荣誉会长，父亲致书南老征求意见。不久南老即回信父亲，同意担任王十朋研究会荣誉会长的职务。南老在1996年3月8日的回信中写道：

王祖光先生左右：

二月十日手书及附来有关王十朋先生研究会等件均拜悉。所嘱担任名称，任随先生安排。我因年老很忙，不及细述。又：为王十朋先生全集出版事，正承温州方之嘱，要我写一篇序言，尚未交卷，近日当勉为其难完卷。匆此不另。祝

平安 令爱安好

一九九六年三月八日 南怀瑾

南老在信中提及，乐清政协《梅溪集》重刊委员会，由上海古籍出版社出版了王十朋公全部诗文著作，以原《梅溪文集》五十四卷为蓝本，出版后更名为《王十朋全集》，王十朋公的诗文集共八十万字，南老为此全集写了"抱负经纶之才　贞守纯臣之道"——重刊《王十朋（梅溪）全集》前言。南老在此前言的第二段中还专门提及我父女所撰《王十朋传》一书，其文曰：

丙子（1996年）初春，又得王氏后裔王祖光先生来函，言及其事。前年，祖光先生曾与其女公子雪丽合著《王十朋传》寄示，读竟，唯建议其应改书名为《南宋第一状元》更为恰当。今又为《梅溪全集》之事有所举措，公案学案双关，再三延宕，似又不妥。于是，乃强起提笔，不自惭拙陋，改序文为前言，庶免塞责之难……

由父亲专职主办的王十朋研究会经常得到南老先生的支持和关心，凡有所求极尽满足和指教。1997年5月15日南老在给父亲的回信中，特为先祖王十朋公赋诗，其信函曰：

王祖光先生左右：
承寄有关王十朋研究会资料两次，及今得启读，逾期致歉。请见谅是幸。因我年老，虚名在外，凡国内外及欧盟等地，例如各种学术研究会及个人著作，乃至海峡两岸，有关政经等件每日收到，积成一月即堆积如山，而且大多为题词等要求，或为个人企望，不胜枚举。我以一介平民，为应付公私等件案牍，俨如一重要公司或一小政府机构，倘每日面对此等函件即可令人望之兴叹，为之气阻。故在不得已中，由同学等一二人组成秘书室，拣最有时间性及现实政情有关者，由其分别答复。至如有关涉及虚名增华、添叶者，皆视为次要，有时一搁笔，即过年余，甚之。将其归档，不一而足。因此得罪诸方，实所难免。今因清理积件得见尊札，不胜歉仄。先生嘱为王状元颂梅集题字，稍过数日待写毛笔字之便，即当奉上。唯我不善书法，难免贻笑大方，又嘱为状元公题诗，今随笔口占一绝，待数日后一并写成寄上。用与不用皆不在乎，只为先生所嘱，再来应命一次而已。诗曰：

一代文星百代光，常闻人说状元郎。

而今时世皆非昔，犹见高风颂故乡。

南老情之殷殷，言之切切，令家父深为感动。家父感念南老之德，将题字"一代文星百代光"，用红色大理石镶刻在风华居院内的白墙黛瓦的围墙上，赫然醒目。

自1995年8月王十朋研究会筹备会召开，至1997年12月研究会正式挂牌，我和父亲幸蒙南老关爱，多次得到南老的题诗和来信，然而从未谋面。我很想能亲自聆听南老的教诲，并且渴望依南老之见题写《南宋第一状元——王十朋大传》的书名。于是，于2011年3月下旬某日致南老信函一封，后于3月29日亲到江苏省吴江庙港镇拜访南老。

由南老亲题的"太湖大学堂"坐落在江苏省吴江庙港镇的太湖之滨，中式结构的学堂门楼简洁质朴，大门通透，园内景物一览无余，门楼连着黛瓦白墙，大门右侧的黑屏上题写太湖大学堂各种教学机构名称，左侧白色围墙旁的大理石石壁上镌刻着"太湖大学堂"金字。一排修剪整齐的灌木丛依墙而立，更显白墙素洁，门前方砖草地宽阔。我携两书一信，轻轻敲开门卫大门，通报我拜访南老的来意。不一会儿，一位姓张的小伙子出来客气地对我说，因未事先联系安排，南老不得见。我再三请求，他执意不肯，最后只能留下我给南老的一封书信。他指点我回杭州的班车，上班车前他还为我拍照，在"太湖大学堂"门前留影，我深深回眸门口的景物，难舍难离。

当日下午3时左右，在去杭州的长途汽车上，我的手机响起，一个安详温柔的女声告诉我说："我叫宏忍，是出家人。南老午休后已看到您的书信，老人家见您远道而来，特叫我转告您，请您到'太湖大学堂'里来转一转，玩一玩。"听此来电，我激动不已，遗憾至甚，只能礼貌地回答道："我已离开庙港，现正在去杭州的车中，再过一个钟头就要到杭州了。请代我和父亲问南老先生安好！""那甚好，以后有机会再来，代问您老父亲好。"汽车在奔驰，我的心在颤抖，离庙港越来越远，我的身心却觉得仍留在"太湖大学堂"……

于西湖逗留一日后，我便回到温州与父亲言及南老的热情相邀和情谊，甚觉感恩，只是没见到大师，遗憾之情溢于言表。父亲安慰我说，我们抓紧时间争取与电视台再访谈南老一次，请他讲讲梅溪先祖的光辉事迹。于是我和父亲马上又各自给南老修书一封致谢，用快递寄给南老。第三天又接到宏忍的电话："南老已收到您的书和信，他特别敬仰你们的先祖梅溪先生，他老人家已九十四岁高龄了，现在已经很少有什么活动了。"我感谢宏忍两次来电话，感谢南老的关爱。我多么希望南老健康长寿！

然而，就在2012年9月29日下午4时，南老却在"太湖大学堂"驾鹤西归，享年九十五岁。得知噩耗，我的眼泪止不住地流下来。此时，家父也已八十五岁高龄，正住在温州的一家医院的抢救病房中，我在身边侍候。当家父得知南老辞世时，我从父亲的眼神中读出了他的悲痛，只是他不能说话，用笔在本子上写出了他的心意，他要写一对挽联速传南老秘书室致哀。老人家是在生命极度艰难时留下的这对挽联：

温州怀瑾出，乐清家学优，少年研诸子百家，抗战从戎。进佛道修经典，赴欧美等地设坛，育英才济世，学贯四海。

太湖文星沉，举国双泪流，毕生携海峡两岸，帷幄运筹。金温线功千秋，崇南宋状元及第，怀雄韬文略，德布五洲。

我把挽联快递给秘书室的马宏达和宏忍老师，以寄托我们

64

的哀思。想着南老已去，此时此刻，我的心在自责，至此我才感悟到世上有很多事不能等，时不我待呀！为什么那次在离开"太湖大学堂"后，我不马上从杭州转回庙港镇拜谒大师呢？我真后悔！看来，我的心还不够诚挚。我有一个错觉，总以为我下次还有机会再来大学堂拜访南老。这种侥幸的心理，耽误了我和南怀瑾先生的会面，终成失之交臂的痛，成为我永远的遗憾。南老哇，请您原谅我这个学生的不恭，辜负了您老人家关心梅溪后人的一片挚诚。

先生之德，山高水长。大师之文，润泽四方。正值清明，以此文作祭。

（原载《辽海散文》2013年第6期）

作者简介

王雪丽：浙江省青田县人。温州王十朋研究会第一任副会长，辽宁省散文学会原副会长，中国散文学会会员，辽宁省作家协会会员。自1990年以来出版著作两百余万字，著有《王十朋传》《雪晴集》《云彩缤纷》《王雪丽文集》等。

怀念晋培兄

周兴华

　　人到老年，往往容易怀旧。有时怀念故乡，有时怀念朋友。这些天，我竟怀念起殷晋培老兄。或许因为前几天去鞍山同文畅聊天时，又提起晋培兄的缘故吧。论年龄，我和晋培兄差不多，他只长我一岁，可论毕业年限，他却早我四年。他是上海人，南方孩子上学早，二十岁刚出头，他就大学本科毕业了。而且，他是当年在社会上颇有影响的北大中文系55级毕业生。

　　凭着他的才华，毕业之后留在北京的中央文学研究所，本来可以在事业上有一番作为。然而，不久被分配到鞍山文联，时间不长，又逢"文革"，真是屋漏偏逢连夜雨。这个年龄段的知识分子，正是干事情的时候，宝贵年华被无情剥夺了。

　　20世纪70年代，我和晋培兄相识于鞍山。那时，我在《辽宁日报》当记者，常跑鞍山，又是负责采访文化方面的事情。当时，文联尚未恢复，只有个临时的创办处，晋培兄就在那儿工作。听别人介绍说鞍山有个叫殷晋培的，北大中文系毕业，搞文学批评的。有了这些铺垫，我们虽未曾谋面，但相识后很快就熟了，尽管当时自由度有很大局限，我们也有好多共同话题。

1976年之后，文艺界迎来了自己的春天，晋培兄变得异常兴奋，我们见面的机会更多了。

一次，在沈阳的东北旅社，他为省作家协会修改一篇评论邓刚小说的稿子，打电话约我去聊天。那时，文艺界的话题多的是，我们唠了有两个多小时。当时，更多的是谈到当时创作的形势。我们从邓刚唠到金河，唠到达理。说起辽宁在全国报刊上发表过的优秀作品，他如数家珍，头头是道。自然也为某些作品感到惋惜。他说，邓刚这个年轻人东西写得不错，很有前途。从短篇小说《八级工匠》到中篇小说《刘关张》《迷人的海》，越说越来劲。他写的这篇文章，后来发在《当代作家评论》上，题目是《邓刚小说的力度和光彩》。这篇作品，他实在下了功夫，刊出后，自然受到好评。后来参加省里评奖，被评为文艺理论一等奖。

晋培兄待人诚恳，很重感情。一次我去鞍山，中午在文畅家小酌。记得那时文畅家住在鞍山电台附近的一个装有铁大门的小院子里。女主人不在家，晋培兄亲自下厨，只见他在灶前忙乎了一阵子，菜就做好了。他做的上海风味的熏鱼，至今我还记得。我们三个边吃边唠，真是其乐融融。平时，我也喜欢喝点儿小酒，我知道文畅酒量不行，就和晋培对饮起来，他突然说一句："这回可碰上茬子了！"说完哈哈大笑。下午我回沈阳，他非要亲自到火车站相送。

不久，鞍山作家协会成立，晋培兄担任秘书长。他和作协主席文畅在工作配合上可谓默契。鞍山作协十分注重培养人才。为交流信息，我也曾应晋培之邀去给他们办的青年写作班讲过课。其实在我看来，就是和大家坐下来聊聊。晋培告诉我，有几个小青年很有前途，记得他提到的就有傅汝新和范力。果然眼力不错，晋培说的这两个人后来都在各自领域里发展得很好，傅汝新担任鞍山文联副主席，成为鞍山文艺界骨干，发表过有影响的评论。范力则是省内重要媒体《辽沈晚报》的副刊主编，栏目办得很有特色。晋培兄有时会对我说，当秘书长，有一点不可忘记，除了善于联络，也还要有点儿理财的本事，他把仅有的经费用得很仔细，小日子过得不错。

　　在他担任秘书长期间，鞍山作协的活动开展得很活跃，多次举办各类研讨会。我记得先后开过文畅散文集《山水人情》讨论会，李成汉散文集《砬子山寻梦》研讨会，还有董学仁报告文学作品讨论会等。每次会都开得很活跃，与会者心情很是舒畅。记得那次开李成汉作品讨论会时，我赶到会场，他把李成汉介绍给我，并且开起了玩笑："他不仅有才，还有点儿屁！"李成汉只好上前去拽他胳膊。可见，他和作家之间，关系十分融洽。

　　晋培兄对我，不仅在工作上支持，每次约稿，毫不推托，如约而至，在为人处世上，他对我也十分友善，令我十分感动。一次，我们同在大连开会，参加达理小说创作讨论会，会上来了不少知名评论家，北大的谢冕教授、上海的吴亮、天津的滕云、省里的刘齐等。会开得很热闹，特别出奇的是创造了一个"零点会议"。到了半夜，人们仍然很兴奋，便三三两两凑在一起，无话不谈，此事一直受到一些年轻人的追捧。会议期间，我和晋培兄单独聊了两次。参加这次会，我真有些不太情愿，原因是，会前不久，《辽宁日报》拟发一篇批评达理小说创作的稿件，认为达理小说创作势头是好的，但也有值得注意的问题。有些提法现在看还有点儿过头。文章已经上了大样，就在准备见报的前一天，突然被撤换下来。尽管如此，我见到达理仍然有些不好意思。当时，我虽然不是主要领导，但毕竟也是个副主任。看我心事重重，有些不高兴的样子，晋培兄便主动约我出去散心。我们住的招待所就在旅顺海滨，去吹吹海风，听听涛声，倒也十分惬意。我们边走边聊。当他听了事情的原委，便用他特有的带点儿沙哑的嗓音大声说："就这么点儿事，得了，别往心里去。"事后，达理还专门来看我，彼此做了交流，我心里如释重负。这肯定又是晋培老兄事后做工作的一个延续。

晋培兄为人正直，做学问踏实，看问题有见解。20世纪80年代初，中国作协和辽宁省作协共同举办了一个中篇小说研讨会，在丹东锦江山宾馆召开。那次会，是当时任中国作协书记处书记的韶华同志主持的，顾骧、雷达等都到会了。会上，好多名家发了言。晋培老兄那次也做了发言，具体内容我不能完全说清楚，但有一句话至今记忆犹新。他说，现在的小说越来越像小说了，真是一语中的。改革开放以来，我们的文艺创作摆脱了公式化、概念化的束缚，正在向艺术本体回归。这是时代所赋予的，历史所赋予的，是一种必然趋势。大家都为他的发言叫好。

晋培老兄的直言，有他豁达的一面，有时也会伤人，因而有的人对他不理解。但不论别人怎样看他，他都照样走自己的路，表现出一个知识分子的正直与良知。

正在他工作和事业如日中天之时，意想不到的事发生了，万恶的癌细胞夺去了他宝贵的生命。对他的英年早逝，朋友们都十分惋惜。

记得那天晚上，我刚刚看完《新闻联播》，电话铃响了，那头传来张毓茂同志（晋培的同学，时任沈阳市副市长）沉重的声音："殷晋培去世了，我们一起去送他一程吧。"于是，第二天我搭他的车一起去了鞍山。

尽管二十多年了，晋培兄的音容笑貌仍如在眼前。

（原载《辽海散文》2013年第10期）

作者简介

周兴华：辽宁法库人。1940年生。1964年毕业于辽宁大学中文系。先后在《辽宁日报》和省文联工作，从事编辑工作大半生。以文艺评论为主，兼及其他。出版评论集《潮汐集》，主编杂文集《多情的蔷薇》等。获国务院政府特殊津贴。

严父 慈父

王 玮

"父亲"的形象对于任何一个做儿女的来说都应当是清晰的、深刻的。这是放之四海而皆准的硬道理，也是我个人的切身体会。在我的心目中，家父王建中始终是高大、伟岸的，需要我凝神仰视才行。这一"结论"初萌于我的孩提时代，定型于我上小学后。然而这么多年星移斗转一路走来，我却始终认为根本没必要对自己的仰视之说予以修正。

我从小是由姥姥、姥爷经手带大的，整个学龄前、小学和中学前两年的时光都没能和父亲生活在一起，与小朋友和同学们相比，我见到自己父亲的次数有限，通常都是他于周末来姥姥家看我，一起度过半天或一天的时光。所以迎接父亲的到来，往往成了我的每周大事。老实说，对于这件大事我是且盼且喜且畏的。因为父亲每次大驾光临，总是要给我带些"好东西"的，糖果不多，也不是我企盼的重点。我最渴望也是最为满足的，是每周父亲都会给我带来几本好书——有的是从新华书店为我买的，我可以终身拥有、反复阅读；有的是从辽宁大学图书馆给我借的，我必须抓紧时间看完，以便及时归还后再借新书。《动脑筋爷爷》《小布头奇遇记》《野兽医院》《十万个为什么》《战地红缨》《新来的小石柱》《闪闪的红星》《红岩》《林海雪原》《欧阳海之歌》《放歌集》《海岛女民兵》《西沙儿女》……至今这些书还会让我如数家珍，历历在目。父亲为我选书，一是不急功近利并带有一点儿休闲阅读的性质，二是注重知识面的拓宽且总要比适龄读物更"深"一点儿。这些问世于不同年代的"精神糖果"陪伴我度过了无数个课外的美好时光，滋润着抚慰着我的心灵。当然，父亲同时更关心我的课业情况及校内表现，定期与班主任沟通情况。而常态化检查我的作业本，则是父亲每周身体力行的"必修课"。凡因我的马虎将答案写错，或者推断我因"心里长草"而致字迹潦草时，父亲便毫不留情地将那几页撕扯下来，责令我重写一遍，有时甚至还要再"搭配"一篇检讨书，写好后贴在墙上促我自省。这种处罚叫我既不敢怒也不敢言，只好乖乖地认命与从命，以行动证明自己可以"痛改前非"。每逢其时，父亲的不苟言笑往往让我产生敬畏。事后多年，我曾戏言：奠定我一生文字功底的三大基石是"检讨书""大批判稿"和"讲用稿"。

有道是"严师出高徒，虎门无犬子"，不知道这句话放到我这个属狗的人身上是否问心无愧且又严丝合缝。事实上，父亲对我的严格与严厉，经年累月锻造了我的严谨与严直——在学习与工作、做事与做人方面皆然，几十年如一日，既是优点又是特点也是弱点。那是在几年前的一次同学聚会上，有同学旧账重翻，笑谈我上学时因常撕作业本被老师批评的糗事（当时有不少同学经常撕本折飞机玩，而老师并不知道我的作业本何人所撕因何而撕）。另外一位在座的外校朋友插嘴断言我当年肯定与他一样厌烦学习，当即遭到我同学的反驳："那你可看错人了，人家王玮是考过全年级第一的才子！"同学不讲事已淡忘，而一经提醒则宛若昨天。是呀，遥想当年，在九十九中学我曾以期末考试各科平均分99.83的成绩名列年级榜首，记得那次家长会是母亲为我开的，事后听说许多外班家长也都要与母亲认识一下，搭讪两句。我不知道父亲是因工作忙无法到会，还是有意回避了这次预料之中的"风光"，但无论如何，我想他心里应当略感欣慰才是吧。另有一次朋友间的聚餐，只不过时间、地点和参加者不同。餐桌上，有朋友"数落"我："王玮呀王玮，二十五岁你就是总经理助理了。放着现成的仕途你不走，非得跳槽去迷恋文字。三十年过去了，如今还是个百无一用的书生，你赔不赔呀！"我笑而小诘："赔与不赔，是辩证的。看来只有天知地知，你不知那就是我知了。如果能够倒转年轮，我肯定会有自己的重新定位。但这是假设，是假设就难免会有它虚幻的一面，所以我的态度是'顺其自然'！"是呀，回首几十年间的失与得真是一言难尽，但有一点是明晰的：获得尊严之时，令我陶醉之时，往往都是与文字结缘之时，尤其是与父亲的文字相伴之时。多少次，我与父亲的文章发表在同一张报纸的同日同版或同一本杂志的同期上。多少次，我与父亲的论文被收入同一册评论集中。多少次，我和父亲获邀出席同一场学术研讨会。多少次，我与父亲参加同一征文赛事同获最高奖项，比肩站在同一领奖台上迎接闪光灯的"咔、咔、咔"……每当这种场景出现时，我都会情不自禁地想起现代京剧《红灯记》中李玉和气宇轩昂的豪迈唱段"万里长江波浪翻，我家红灯有人传"！但男人之间表达感情的方式自然应是含蓄的，不言可能是最好的言语，所以这番话至今我也没有说出口。

"北大醉侠"孔庆东先生在一篇忆念父亲的文章中这样摹写他心目中的父亲："他的侧面太多，似浅又深，似简实繁，虽然不是圣人，却真有'瞻之在前，忽焉在后'的感觉。"坦白地讲，这种感觉，我也有。在我的心目中，严父的形象和慈父的形象在家父身上很大程度是重合的、统一的。特别是自己身为人父之后，才懂得当父亲的对子女关爱的最高境界是"大爱无言"。小时候的一件事，料定父亲已经百分之百记不得了，但于我而言仍刻骨铭心，时有忏悔。那时我已上小学，但抓蜻蜓、捉蛐蛐仍不失为我的乐事。父亲怕我玩心太重，不赞成我沉迷于此，但在一个星期天，不知为什么破例陪我去南运河一带抓蜻蜓、捉蛐蛐，这难免让我欣喜若狂甚至有点儿得意忘形了。当我真的捉到一只蛐蛐后竟滔滔不绝地炫耀起我的"学识"来。我对父亲说，蛐蛐还是一味中药呢，把它弄死焙干就能治疗肝硬化。鬼使神差的是，接下来我竟然冒出一句要命的话来："等你哪天得了肝硬化，我来给你捉蛐蛐入药。"话语一出，把我自己都吓了一跳。虽说童言无忌、孝心可嘉，但这分明是"恶毒的诅咒"哇！依父亲的脾气，我推算该是巴掌落到我脸上的时候了。但出乎我的预料，父亲虽脸色有变，但只是瞬间，接下来苦苦一笑，对我并无半句责怪。而这时的我却已兴致全无、心不在焉，草草地转了一圈便拉上父亲打道回府。事过多年，仍如鲠在喉。好在我们爷儿俩都是唯物主义无神论者，并未真正把此言等同于一个魔咒极不情愿地扣到自己的头上。如今父亲八十有二，体健心康，相当硬朗，让我们做儿女的备感宽慰。父亲退休前，外出开会的机会比较多，那时的物流不像现在这样发达，所以父亲出发前都要问我们需要带些什么沈阳没有的东西，每次除了努力完成列单上的"任务"外，还会主动添码。比如知道我爱好美术、集藏，父亲都要为我捎回一些美术参考资料，搜集几枚纪念封、名人签名封等。父亲退休后，和母亲一起到国外旅游，也往往是每到一国，都要为我带回一点儿名画邮票。即使是平时在住宅小区周边散步，路遇别人用过后随手丢掉的IC电话卡、充值卡、手机SIM卡等，也都要为我弓身拾起，回到家里用清水冲洗干净，积攒若干枚后交到我手中。其实，父亲的邮识、卡识是不如我的。他替我搜集的这些藏品，有的极富意义，如茅盾一百周年诞辰首日名人签名实寄封，被我精心收藏；有的则属于那种可有可无的"大路货"，价值很有限，但因其包含着父亲的热诚与亲情，也都被我悉数收存。父亲在物质生活上绝不娇纵孩子，但在文化素养的提高上很舍得投资。20世纪六七十年代，带小孩子看话剧是一种"奢侈"的行为，我却成了经常出入剧场的宠儿。沈阳话剧团的《兵临城下》，辽宁人民艺术剧院的《千万不要忘记》（又名《祝你健康》）等剧目的演出现场都留下了我由衷的掌声。记得当时还产生过一个"笑话"：观看《兵临城下》，对剧中的"坏蛋"到终场谢幕时为什么会收到观众登台献上的束束鲜花，我百思不得其解，并为之愤愤不平了好多天。现在想来，莫非这就是布莱希特"间离效果"的又一佐证？到了20世纪七八十年代，看电影已成为大众文娱的第一选项，但随着电影的普及又出现了新的矛盾，那就是片源少、放映的场次不足，看电影在通常情况下一票难求。当时父亲是省、市的影评员，承担着影片宣传和影片评介的任务，因而在看片方面享有某种"特权"。我因近水楼台，也成了电影院里的常客。从仅仅看热闹到开始动脑筋，从只是理顺人物关系、记熟故事情节到学会品头论足、发表己见，父亲润物无声的言传身教帮我埋下了艺术鉴赏的最初种子，也为我若干年后跻身辽沈影视剧评论坛完成了初始的"垫底工程"。

我从小到大就缺少一展歌喉的天赋，但我愿意一如既往地在心底为父亲高歌一曲：凝望您的目光，我看到了爱心。有老有小您手里捧着笑声，再苦再累您脸上挂着温馨。这辈子做您的儿子我没有做够，央求您下辈子，还做我的好父亲！

（原载《辽海散文》2013 年第 4 期）

作者简介

王玮：1958 年生人。编审。1982 年毕业于辽宁大学中文系。中国电影家协会会员，中国电影评论学会会员，辽宁省作家协会会员，辽宁省电视艺术家协会理事，辽宁省电影家协会顾问。

二　弟

李成汉

　　满头银发的二弟，脸庞瘦削，背有点儿驼，身子骨却很硬朗。他平日里总是穿着补丁的灰卡其布衣裤，洗了穿穿了洗的总也不肯丢掉。他也有一套挺像样的蓝涤卡面料的衣裤，那是要出远门或过年过节时才能穿的，也已经穿了十多年，还是不肯换件新的"节日礼服"。今年春节回家，我看他穿上了一套崭新的衣裤，面料虽然不算好，做工也很一般，却都是新的。我很是纳闷儿，便去问妈妈。妈妈说："那是你两个侄子强迫他换的。""怎么强迫的？"我好奇地问。"两个孩子硬是把他那身衣服扒下来丢到猪圈的泥棚上了，他爱干净，就不敢再穿那身皮了，不得已才把这一套在箱子里压了几年的'新'衣服穿上了。"

　　听了妈妈的解释，我真是哭笑不得，同时也为他难过，心中不由得想起他五十多年来走过的不平坦的路。

　　二弟小我两岁，在我们弟兄四人中他是最聪明的。他性格开朗，豪放中带有狡黠，好表现自己，爱好也很广泛，尤其爱演文艺节目，讲故事。在小学读书时，他就是学校的文艺骨干，走村串户说快板，演双簧、活报剧、小话剧，长大了又爱上了评剧，公社文艺演出总少不了他。他演的小生，不但扮相好，唱得更好，十里八村没有一个不夸的。下田干活的时候，他常常在田头地为大伙讲故事，逗得人们捧腹大笑，连干活都忘了。只是因为家境穷，他的才华才被压抑了许多许多……

十二岁那年，他以优异的成绩考入了镇上的一所中学，因为家里拿不起我们兄弟两个的学杂费和伙食费，他没有去读。当年，他就以十二岁幼小的年龄当了"候补社员"，开始了终身务农的生活。转过年来，他就自己把"候补"二字拿了下去，和青年们一样干活了。耕田耘垄，挑水浇地，修水库，劈石头，样样农活都干得很像样，村里人都夸他长大了会是个干活的好把式。可是谁知道一个十三岁孩子心中的甘苦。那些磨难，那些痛苦都让他自己咽到肚子里去了。记得在他十四岁那年春天，生产队派他到离家五十多公里路的碧流河水库工地干活，一干就是一个月。一个月后的一天，他从工地回来休假，瘦得皮包骨一样。他满以为生产队会派人替他去，可是三天的休假完了之后，他又带着一筐咸菜走了。临走时，他含着泪悄悄地对我说："我在工地干活时就天天往大道上瞅，盼着有人把我替回来……这活，什么时候能干到头哇！"说得我心里好难受。

那年秋天，他瞒着生产队和爸爸妈妈，偷偷地报考了大连市一所免费的中专学校。出乎意料的是，他竟然以小学毕业的文化水平考入了那所中专。可是，只有爸爸妈妈心里明白，为了这一天，他熬干了多少灯油，累掉了多少嫩肉——一个十四岁的孩子，体重还不足四十公斤。

他兴高采烈地去了那座海滨城市，进了那所学校，入校不久，就当了班长并以全5分（那时是5分制）的成绩结束了第一学期的学业。第二年夏天的一个星期天，我恰好从学校回到家里。中午时分我见他背着行李走进了家门，没有发现他脸上有任何异常的表现。我却感到有点儿蹊跷，忍不住性子急切地问："这么早就放暑假了?""没有，学校解散了。"他小声地向我耳语着并示意我不要告诉妈妈和爸爸。我的心顿时冻结了一般，嘴也突然笨拙起来，不知说什么好了。他却没事一样地劝我："你也别替我上火，当农民不也一样吗，况且我已经干了三年了。""今后还打算干什么?""当一辈子农民……干活挣钱供你上大学，无论如何我们家得有个大学生……"他痛快淋漓地如此说着，眼角却湿漉漉的，我也不忍心再看再听了，劝说他几句便匆匆忙忙返校了。

1961年他刚刚过了十五岁生日，生产队的干部们可怜他小小的年纪两次失学，又看他聪明好学，就把他派到果树队跟果农们学习侍弄果树。从那时候起，他就成了一个果农，一干就是四十多年。

侍弄苹果树在农村来说是个俏活，并不是谁都能干上也不是谁都能干得了。二弟干上这活算是不容易，他干得很好全靠他的聪明好学。我们家里人都有一个晚上读书的习惯，二弟更不例外。自打他当上了果农之后，妈妈卖鸡蛋攒下的那些钱除了供我读书之外，全都给他买书用了。他书看得很杂、很多，除了有关果树栽培的书籍之外，有关农作物栽培的技术书籍以及文学的、政治的、报纸杂志什么都看。妈妈经常因此唠叨我们是穷人的身子富贵的命，家里灯油不知让我们熬了多少。

皇天不负有心人，二弟的书没有白读，在他当果农后的第三年，县里举行一次果树技术员晋级考试，在上千名参赛者中，他竟一举夺魁，成了全县闻名的果树状元。我听到这个消息后，特地从学校返回家向他祝贺，他却若无其事地笑着说："容易，也不容易。"

他的话并不是玩笑。他能当上那个"状元"确实是不容易的。在那个年月里，在生产队干一天活挣不出一张邮票钱，社员们把生活的唯一希望都赌在果树上了，果农们知道自己身上担子的分量。每年冬季和开春，社员们还都在"耍正月闹二月带带拉拉到三月"，果农们就要背上剪刀带着锯给果树剪枝刮腐烂病了。辽南的冬天和开春，依然是烟泡雪，老北风，别说在户外林间干活，蹲在自家炕头上猫冬，如果没有充足的柴火烧炕都猫不过去。而此时，正是二弟他们的大忙季节。二弟心里明白，他们的一剪子一锯，能决定一棵果树是大年（丰收）还是小年（减产），如果误了农时，果树不但要欠产，而且还可能只果不收。他在用满身的热汗驱赶着老北风的同时，也期待着能为家乡的小山沟驱赶走贫穷。夏日里，庄稼人"挂锄"歇伏的时候，他们却又要顶着烈日，从山下的河沟里一担一担地往山上担水浇树，背着喷雾器，戴着防毒面具给果树打药，大热的天，戴着那个鬼脸一样的面具，捂得他喘不过气来。即使如此，有时候也逃不过农药中毒的厄运，公社卫生院那几张简陋的病床他不知躺上去多少次。秋天是果农最忙的时候，每到这个时候，他就昼夜不分，黑天白天颠倒了。白天里，他要树上树下不停地爬着摘苹果、装筐、打包，山上山下不歇脚地跑着，扛着百多斤重的苹果筐运送苹果，一天下来，累得他筋疲力尽。晚上，又要在生产队的选果场地里指导一大群妇女和孩子为苹果分级分等，检斤装箱，不能有半点儿含糊。尤其是对出口的苹果更要睁大了眼睛盯着，出不得一点儿差错。一年到头干下来，他累得除了骨头和肉皮之外全身上下没有一点儿肉了，却依然填不饱肚子，穿不上一件新衣服……

那几年，每当我看到他那张清瘦的脸、佝偻的腰和满头的花白头发时，心里就难过。

"一年干到头，连件新衣服都穿不上，你图个啥？"我明知故问。

"……唉，图个啥，啥也图不着，只是巴望着学点儿手艺。"他嗫嚅着，心情也不算好。还没等我回话，他拿起剪刀一转身走了。

中午回来的时候，他手里握着一捆修剪得筷子一般长短的齐刷刷的树枝。

"这是二十种苹果树枝，你随便抽出一枝我就能叫出果树的品种。"

"真的？"我不太敢相信他的话是真。

"错了管换。"他斩钉截铁地说，使我不能不信。

我依他的话办了，并让三弟和四弟在旁边做裁判，他果然一枝不差地都准确无误地回答了出来。

"唉……"此时轮到我叹气了，"还有什么奔头嘛！"

"奔啥，玉米面饼子能填饱肚子，过年时能给孩子们换套新衣服……也就行了。"他梦幻般地说着，恐怕当时连他自己都不相信会有这一天。

"还有呢?"

他笑了，可能是笑我为什么与他开这样的玩笑。"盖一栋新房。"他想了半天，才回答了我的话，说完又凄然地冷笑着，笑得我浑身冷飕飕的。

这几年，二弟家的光景，在他的操持下越来越红火了。十多年，他扒了祖上留下的破得要塌下来的旧宅，盖了一栋青石青砖的平房，还没住上三年，他又把那栋房卖掉了，花了十几万元盖上了一栋二层小楼，那小楼还是我在城里求人给设计的，因为他也明白"二十年后不落后"的道理。盖起来之后，真是鹤立鸡群了，二弟脸上的皱纹好像也平复了许多，整天脸上都堆着笑。只是身上穿的还是昔日那么寒碜，嘴里吃的虽然不再是糊糊粥了，却也真的只是用玉米面饼子填饱肚子。我不忍心看他那寒酸样，常常劝他不要过于难为自己。

"现在不挺好吗，夏有单冬有棉，不喝糊糊粥也不吃'瓜菜代'了……"他虽然说得很坦然，但脸上还挂着回忆以往酸楚岁月的痛苦，似乎还有一种莫名的忧虑。

"攒钱留下崽?"我与他开着玩笑。

"是呀。"他却肯定了我的玩笑，"果树要修整、施肥、打药，结果的树也老了，要补栽幼树，责任田要深翻……什么地方不得花钱。人糊弄地一时，地糊弄人一年哪，这事可不能小看。"

他还是那么深谋远虑，还是那么不知满足。我也没有理由再劝说他了。我不吱声了，他却来了兴趣："再说，咱还有三个孩子，总不能还让他们爬地垄沟子。"

"想让他们干点儿什么？"我试探着问。

"我这一辈子最大的遗憾是没读大学，我的三个孩子都要读大学。"他满有信心地说着，目光却很呆滞，似乎还在想三十年前那个夏季的星期天。

"考不上呢？"我将了他一军。

"所以要攒钱哪，考不上就让他们读自费大学。"他说得很肯定，好像不容我再反驳了。

这时，直到这时我好像才弄明白他节衣缩食的目的，可是按他的收入，供三个自费大学生也不至于如此节俭，所以对他的话，我还是懵懵懂懂，弄不清原委。

这是十年前的事了。现在，他真的实现了自己的愿望，长女穆儿大专毕业后已经有了一个称心的工作，还是按他的意见正在读本科函授。长子煦儿也从省内一所重点大学毕业并在沈阳市政府当了局级干部。最小一个儿子他也不肯留在家里厮守田园，也早大学毕业了。作为一个农民，他应该说是功成名就了，应该歇歇脚、喘喘气、享享福了。

"你也该退到'第二线'享享福了！"十年后的一天，我这样劝他。

他什么也没有说，只是重重地摇了摇头，其中的意思我似懂非懂。但是，他身上那件补了又补的灰卡其布衣裤，他家锅里贴着的玉米面大饼子，堂屋里摆满了的咸菜缸，像一个个问号，在问我，在问他："这是为什么？"

今年的大年初三，我回老家看他。刚迈进紫色的油漆大门，就听到了一阵阵高亢的评剧清唱声。我的心不由得一阵狂跳——多年来没有听到他讲故事，更没有听到他唱评剧了。今天是怎么回事，难道他真的高兴了？

进到屋里，我才发现，他置办了影碟机，还买了不少影碟，我去的时候，他正在忘情地唱着评剧《花为媒》呢！

"还挺有雅兴呢？"

"什么鸭（雅）兴鸡兴的，这叫'男愁唱，女愁浪'！"他一扫刚才那个兴奋劲，突然又严肃起来，我没有听懂他的话，只好去环顾他的客厅、卧室和贮藏室。客厅布置得很讲究，组合柜、角沙发、高档的电视角柜，还有装满了书的两个大书架。"嗬，你还收藏不少书呢！"我惊奇地对他说。他一本正经地说："这可不是雅兴喽，这是瘾，什么事上了瘾就改不了。以后你再帮我买点儿名著吧。"我一边心不在焉地应诺着，一边继续欣赏他的房间及摆设，终于悟出了一些什么，却没有向他说。

（原载《辽海散文》2013 年第 6 期）

作者简介

李成汉：中国作家协会会员。著有散文集《砬子山寻梦》《感情的流泉》《放眼集》《多味集》《产业文学大系——李成汉》等。

中秋情更浓

李　硕

　　在时光的沙漏里流露出的秋天总是让人伤感。在我的印象中，秋天的落叶、黄昏、西风、丝雨，都会撩起人们的万千思绪，这时我便意识到时间如此匆匆。每到此时，妈妈总忘不了叮嘱我说加衣保暖的事情。她的心情一定随着四季轮回而转换，就像我身边的生命时钟一样保护着我，提醒着我。

　　去年的中秋，我陪着妈妈应邀来到一个农场。这里的一切都是如此美妙安逸，每一个生灵，都在这最后的繁华时节，尽情地享受着属于自己的秋日私语。午后的阳光暖暖地照在这片雨后的土地上，落叶在人们蹚过的地方留出了一条小路，但雨后小路仍然有些潮湿和打滑的感觉。年近八旬的妈妈紧紧地抓着我的手，重心几乎全都落在这只手上，另一条腿在拐杖的作用下，艰难地行走，尽管如此，妈妈的眼里却流露出欣慰的目光，嘴里断断续续地和我讲述着不老的话题"妈妈年轻的时候，那是全校的……"回味她那过去美好的幸福时光。看着妈妈对我的那种依恋，我心里酸酸的，不知还能陪她这样走多久，好想让时光给我们点儿眷顾，为我们停留。

忽然间我感觉到秋日里不只是萧瑟，也有幸福拥抱，感觉到生命是那么值得留恋：秋天的小溪清澈、隽永，盈盈一水间，似乎都是妈妈眼睛深沉的凝视。我知道时间不会因为谁而停止，也不会因为谁而倒退。我知道妈妈此时多么留恋这个世界，也许在她记忆的深处，早已定格在那年轻的季节。尽管听过了多次妈妈的故事，仍然在每次听她讲时，我都装着像第一次听到一样，惊讶、赞美，并且故意做出惊讶的状态。让她感觉到她的话语多么有吸引力，多么耐人寻味。每到此时，看到妈妈的脸上笑容那么灿烂，我的心也会为此时的做法而洋溢幸福的感觉。

就这样我们慢慢地走着，走着……这条小路不足一百米，我们走走停停，停停走走，走了三十来分钟。由于年迈的妈妈耳朵已近失聪了，我们一路上大一声、小一声地说着，笑着，"私语"着，仿佛这个世界只有我们了。我的声音很大，旁若无人地谈着，在妈妈听觉里，却是微弱的。这一路我们回味着，畅想着，期盼着，我搀着妈妈的手，就像幼儿时依偎在妈妈的怀里一样，善意地欺骗着说她的腿会慢慢地好起来，我们还会重游此地。然而，这一路妈妈仿佛走过了多半个世纪。

多想陪着妈妈这样永久地走下去，哪怕走得再慢，有妈妈在身边，就不会觉得路漫漫；多想听妈妈这样就着一个话题永久地讲下去，哪怕次数再成倍地增加，听妈妈讲那过去的事情，再多的唠叨都会变成幸福的痕迹。

其实父母不一定需要太多的新衣服，太多的药品，太多的钱，需要的也许只是我们能够陪在他们身边，陪他们说说话，唠唠嗑，这就是父母！我要剪下那段时光，把它穿起来封在我残存的记忆里，让时间解读；把它放在秋天的时光里，让西风解读；因为秋以外的一切都是浅薄的。春花夏雨、雪蝶飞舞只是虚华的过程，只有枫叶飘飘的秋天才是最壮丽的交响曲。

（原载《辽海散文》2014年第4期）

作者简介

李硕：鞍山作家协会会员，鞍山诗人协会副秘书长。论文多次在省市机关获奖，入选《中国实际发展文论大系》，诗歌、散文散见于报刊。主要作品有省委电视片《腾飞的翅膀》解说词，组诗《潮湿的心》《受伤鸟鸣》《桃花深处》等。

人间最重是晚情

王立光

　　重阳节下了一天雨，细雨霏霏，像烟像雾更像柔柔的情思，使这个思念的节日更加凝重和深切。我站在小区大院正门前，竟然没有将手中的雨伞撑开，任凭细雨将衣服润透。雨滴唤醒着记忆，洗涤着尘封的亲情。

　　我等候二姨和二姨父到来，他们来看望母亲，三位年届九旬的老人家相约要在今天相聚。我站在雨中，心里充满波澜。二姨和二姨父早就打电话要来看母亲，和妹妹联系多次都被妹妹婉言谢绝：春天的时候说是等天气暖和暖和，夏天的时候说等到天气凉爽凉爽，现在凉爽了，难道还能再推辞说等再冷冷吗？妹妹的每次婉拒都是因为母亲的身体状况不好，想等等再说，但风烛残年的母亲还能等候多久呢？其实我也有同样的心情。可是我们都没有考虑三位老人家年龄大了思念亲人的感情需求，这不是不孝吗？重阳的小雨在洗涤我的心灵，被小雨淋透心里好像才舒服些。

二姨是母亲姑妈的女儿，姥爷是二姨的舅父，母亲老早说过，二姨比她大一个月，小时候常睡一个被窝，念书时就读一个学校，感情至深。1947年母亲和二姨同时参加了工作，后来二姨又参了军，一别就是几十年，其间极少见面，思念之情可想而知。

　　雨雾山青，金桂流香，天地间更加清馨。一辆黑色的轿车在小区门前停下，前后车门几乎同时打开，二姨和二姨父一前一后下了车，他们手中各自提着黑色的手提包，红光满面，笑容可掬，大声喊我的名字。我快步迎上去，让他们重新上车，将车领到我家楼下。二姨和二姨父又下车，将本已提着的手杖又回身扔进车里，整理一下衣服，随我上楼，表弟和司机则提着他们带来的礼物跟在后边。我将二位老人让进屋里，母亲坐在沙发上，脸上没有惊喜，显然已经认不出她的亲表姐。二姨凑上前去自我介绍，我是孙静。母亲说，孙静我知道，是我二姐。二姨父说，我是王教祯。母亲说，啊，王教祯我认识，和孙静是一家。但是从母亲的眼神明显看出她根本没有将眼前这两个人和那两个名字对上号。母亲的身体明显不如比她还年长的表姐和表姐夫。

　　大家坐下，我沏好了茶水，妻子和嫂子见过二姨和二姨父后则回到厨房包饺子，准备午餐。

　　唠家常，母亲插不上言，于是二姨就讲她们一起读书的往事。虽然已经过去了七十余年，却调动起了母亲的记忆。母亲说，我念书好，老师和我爸都喜欢我。说话时脸上随即飘上一片红润和喜悦。和二姨一起读书的那一段经历一定是母亲一生中最美好最惬意的时光。

顺着这个脉络，二姨讲她参军，说一辆大卡车将她们新兵从庄河拉到熊岳，辽南军区就在熊岳。分配在文化队，不久就当了排长。二姨父当时就是文化队长。一年多以后，二姨父调到辽东军区，仍然从事文化工作，二姨则调到辽阳军区从事组织干部工作。1949年成立空军，辽东军区整体并入空军。

我第一次见到二姨是在1965年。那一年二姨父调到沈阳空军，为了看望母亲，他们从丹东乘公共汽车到盖州，下午又乘火车去沈阳。那时二姨父已经当了不小的领导，可是调职赴任仍然是手提行李自己买票乘公共汽车和火车，和普通群众一样。我记得那是初秋的时节，二姨和二姨父都穿着白色的衬衫，深蓝色的军裤，神采奕奕，一点儿架子都没有。

1975年，二姨父调到大连，又一次路过盖州，二姨和二姨父专门下车来看母亲。二姨父说，派到哪里都行，职务可以不提，就是不想离开部队。

二姨和二姨父多次专门来看望母亲，特别是离休以后，书信和电话的问候更是频繁。

小区里，落叶满地，而金灿灿的菊花却绽芬吐翠，傲然怒放，彰显出生命的坚贞与高洁。她那昂首的姿态在落叶的衬托下更加迷人，使风雨也变得温柔。

二姨和二姨父把大包小包的情感从表弟和司机从车里搬上来的箱子里掏出，溢出的醇香，早已弥漫在屋里屋外。母亲只是静静地坐在那儿，倾听着二姨的述说。

二姨和二姨父特别关心熊岳的事情，二姨说她是从熊岳穿上的军装，是在熊岳认识的二姨父，熊岳在她和他的生命中都是特别重要的一站。他们让我领他们去看看"牛奶房子"，部队当时在那里驻扎过。让我领他们去看看温泉，当兵时经常在野汤沐浴洗衣服。让我给他们讲讲望儿山，当兵时曾和战友们一起爬到山顶……我一一向他们介绍，二姨父不住地点头。这时二姨却突然批评二姨父："你怎么老点头，像个老人似的。"二姨父立即改正，端出仍然年轻的状态。

二姨父说，我有几个老部下在营口，我向他们打听过你的情况，对你评价都很好。二姨立即批评他："你怎么等级的思想那么严重，都离休多少年了还老部下，是老同志。"二姨父也不辩驳，马上改口："是是，几个老同志，老朋友。"

表弟也是空军，家在北京。前年退休了，北京大连跑着住。他的孩子在北京开个饭店，跟我说，到北京去，吃住没问题。二姨父立即纠正："难道你表哥上北京吃住还有问题？是吃住不用花钱。"表弟立马附和："对对对，是吃住不用花钱。"

表弟说："我一年在大连陪二老能住上半年，尽孝得抓紧，别到时候子欲养而亲不待。"二姨说："是子欲孝而亲不得。"表弟说是"养"，二姨说是"孝"。表弟说："孔子原话说是'养'。"二姨说："我们是国家养，用你们养什么了？你们就是来陪陪我们，尽点儿做儿子的孝心。"表弟说："对对对，妈说得对，应该是'孝'。"母亲听着大家的对话，脸上也泛出光亮。

一盆兰花摆放在桌前，悠然飘香。母亲的脸庞像兰花般沉静，她的内心也像兰花一样，不论是身在幽谷还是客居华堂，都是恬淡不争孤芳自赏。而二姨和二姨父则如窗外的菊花般傲然，越是在百花凋谢时越显其灿烂夺目。兰菊在百花丛中虽然不高贵却高雅，虽然不娇媚却坚强。兰静菊芳九九相聚久久长长。这是亲人们在团聚中亲情的升华，这是最真实、最朴素的美和幸福的流芳。

辽东的秋天最美，草碧树绿，花开满眼，远山有层次的红，田野有深浅的黄，天空和海面有对称的蓝。温度冷暖恰好，气候干湿相宜。那保留着许多令人向往的古旧，令人发出思古的幽情；那每时每刻都在涌现着的目不暇接的新颖，更令人心向往之。沿着长街的延长线，向南是熊岳古城，向北是盖州重镇，那古旧和现代融合在一起的美。触目所及，无处不是那样熟悉又陌生。

晋代的陶渊明曾经写道："菊花如我心，九月初九开，客人知我意，重阳一同来。"重阳节是思亲的日子，更是尽孝心的日子。和父母及亲人们在一起总是感到真幸福。实在不能待奉在父母膝下和亲人团聚，一句问候，或者一个不长的电话，都是给这份孝心添重，给割舍不得的亲情增强底色。传统的节日与现代尊老、敬老、爱老的道德要求结合，正在成为一种时尚。

九九重阳听雨声，远山风送秋意浓。

桑榆莫道岁月老，人间最重是晚情。

作者简介

王立光：辽宁省盖州人，1952年生。中国作家协会会员，中国书法家协会会员，中国作家协会书画院艺委会委员。

探寻"老鞍钢"们的足迹

白士良

被誉为共和国钢铁摇篮的鞍钢，其职工们的足迹遍及祖国的大江南北、长城内外。社会主义的钢铁工业，就是从这里一步一步地发展起来的。

"忘记过去，就意味着背叛。"这是我十分欣赏和赞成的名言，并且深信它并没有过时。当今人们为什么喜欢忆旧，喜欢回忆往事？因为往事会使人产生对过去事物的愉悦和感叹，对新事物的思索和启迪，对哲理的探究和思辨，对未来的思考、期盼并做出正确的抉择。

最近，鞍钢集团公司要建设一个反映百年历史的大型展览馆。此举受到了广大职工和有识之士的积极支持和赞成。为此，要对过去到全国各大钢厂工作的"老鞍钢"们进行一些了解和调查，并对各个钢厂展览馆建设情况进行考察，我有幸参加了调查和考察活动。

辽沈战役接近尾声时，中央连发电报，要求保护好鞍钢留用的工程技术人员，不能与俘虏对待；要求尽快恢复鞍钢生产。

鞍钢人没有辜负党中央的期望，在经历了复杂的抢运、护厂、献交器材、修复高炉平炉之后，鞍钢在1949年7月9日举行了盛大的、振奋人心的开工典礼。中共中央和中央军委派人送来了"为工业中国而斗争"的贺幛表示祝贺，彰显了鞍钢为共和国奉献的伟大开端。

1953年年底，鞍钢的大型厂、无缝钢管厂、炼铁7高炉三大工程刚刚投入生产，党中央就开始考虑全国钢铁工业的格局问题了。1954年，为了发展中国的钢铁工业，根据当时勘测的我国铁矿石分布情况，党中央制定了钢铁工业"三足鼎立"的战略决策，即尽快恢复鞍钢生产的同时，在华中建设武（汉）钢，在西北建设包（头）钢，并确立了三大钢铁基地协调发展的大格局。党中央要求鞍钢，干部、技术工人等一分为三，包建武钢和包钢，以切实形成全国以鞍钢为首的"三足鼎立"的钢铁工业格局。

"火炉"之地建武钢

从1954年开始，鞍钢首先调集干部、工人一万多人克服重重困难，到武钢参加建设并安家落户。我们还是先来认识两位最早参加武钢生产和建设的"老鞍钢"吧。

李凤恩，鞍钢炼铁厂炉前工长、全国劳动模范，和老英雄孟泰一样，是鞍钢工人阶级的杰出代表。新中国成立前就在炼铁厂当工人，在日本侵略者统治下受尽剥削压迫，但他还是偷偷地学习炼铁技术。1949年6月27日，鞍钢的第一炉铁水，就是在他的精心指挥下，顺利地冶炼出来。1958年9月13日，武钢开工的第一炉铁水，也是李凤恩从鞍钢调到武钢炼铁厂后，亲自指挥，精心冶炼出来的。当时中央领导亲临炉前，观看了在李凤恩指挥下武钢开工炼出的第一炉铁水。后来，李凤恩担任了武钢炼铁厂副厂长、武钢工会副主席、湖北省工会副主席等职务。

　　我们考察组的同志在武汉李凤恩家里，听他的儿女们回顾了父亲为祖国钢铁事业勤劳奋斗的一生，感慨万千。在他们很小的时候，父亲就把全家从鞍山带到了号称"火炉"的武汉，参加新中国第二个钢铁基地的生产和建设。李凤恩的大儿子李振潮、二女儿李素芝说，那些日子，为了武钢开工，父亲早晨五六点钟进厂，晚上八九点钟下班，还常常几天几夜不回家。儿女们睡得早，起得晚，甚至一两个月看不到父亲，那真是以厂为家呀！听说毛主席也观看了父亲冶炼的武钢第一炉铁水，全家都感到幸福和自豪。这是共和国领袖对钢铁工人的尊重，也饱含着对祖国钢铁工业的热切盼望和期待。李凤恩的儿女们向鞍钢展览馆捐献了父亲用过的、当年得的奖品——一条黄色带着白花的毛毯；1953年出版的《东北画报》创刊号，封面上登的是李凤恩身穿炼铁炉前工的防热服，头戴炼铁帽和看火镜的大幅彩色照片；还有在鞍钢时得的奖状及一批尘封已久、有些发黄的老照片。

　　让我们再来认识一下张国文吧，他原来是鞍钢第二初轧厂配管工，1960年正月十六到武钢。那一次从鞍山到武昌，坐了三天三夜的火车，车票二十五元七分，安家费八十元。当年二初轧厂来武钢初轧厂水暖工段八人。张国文二十二岁，另七人年龄也不相上下，但今天他们都已经去世，八人中只剩张国文一人了。一晃儿他已经七十六岁了。当年厂里车间主任、工段长、班组长基本都是鞍钢人。张国文向我们说到这些，并没有伤感，仍十分乐观，他说，当时只要是党需要，到天边也去。张国文后来成了武钢初轧厂工人技师，对轧钢设备了如指掌，情有独钟。他是武钢一米七轧机中方的一名技术谈判代表，为武钢一米七轧机的引进和建设做出了重要贡献。

李凤恩、张国文，只是调到武钢的一万多人中的代表，他们的事迹也是一万多"老鞍钢"在武钢工作的缩影。前几年在北京举办了各大钢厂改革、发展、创新的展览会，来鞍钢展台参观的人络绎不绝，很多老同志看着看着就流下了眼泪。他们说，鞍钢对全国的贡献太大了。全国的哪一个钢厂没有鞍钢人呢？一段时间甚至整套设备，整班人马到祖国各地安家落户，是各地钢厂建设的主力军。鞍钢人默默奉献，不讲回报，到今天，创造的价值已经是国家投入的二十三倍，真是中国钢铁企业的排头兵。这和那些至今没有实现国产化，还在靠外国的设备和原材料生产的厂子就是不一样，鞍钢靠得住，共和国的历史永远不能忘记鞍钢人的无私奉献。

塞外荒原建包钢

我在包钢的每一天，都被一些事情感动着。感动鞍钢人对包钢建设的无私奉献；感动鞍钢人与包钢融为一体，成为包钢人的一部分；感动他们今天依旧保留着鞍钢人的习惯；感动他们对共和国钢铁事业的耿耿忠心……

20世纪50年代中期，包钢作为"三足鼎立"的一足，在荒无人烟的内蒙古大草原上开始了史无前例的钢厂建设。"早穿棉袄午穿纱，夜晚围着火炉吃西瓜"，建设者们这样形容包头的天气。最初是鞍钢副经理、基建公司经理赵北克带着鞍钢的建设队伍，先到酒钢，后来酒钢下马，建设大军全部转到包钢。开始有两万五千人参加建设，最紧张的时候有近四万人参加建设。工人们顶着大风沙，住着干打垒的土窝子，酷暑寒冬，风餐露宿，硬是把一座草原的钢铁之城建设起来。今天，包钢被誉为内蒙古草原的"钢铁明珠"。

第一批由鞍钢调到包钢各厂负责开工生产的各级干部、工程技术人员是一千四百九十五人，两百多个岗位调了两千六百多名工人。因为是对口调拨，基本囊括了当时包钢的所有岗位，这就有力地保证了包钢开工。1959年9月26日包钢高炉出第一炉铁水，是鞍钢老英雄孟泰带领一些炼铁厂炉前骨干开的炉。望着灿烂的铁花伴着滚滚奔流的铁水从高炉流淌出来，现场掌声、欢呼声响成一片，老孟泰和工人们更是满脸的汗水，满脸的笑容。同年10月15日，周恩来总理和叶剑英元帅来到包钢，亲自为包钢开工剪彩，这在当时是史无前例的。因为包钢开工，不仅结束了内蒙古草原"手无寸铁"的历史，也使荒芜的草原有了一个欣欣向荣的钢铁之城。在此之前，上一年的9月13日，武钢已经在鞍钢调到武钢的全国劳动模范李凤恩精心组织下开了炉，炼出了第一炉铁水。至此，随着武、包

"钢铁两足"的开工，宣示了新中国钢铁工业"三足鼎立"的大格局已经形成，这里凝聚了鞍钢人无私奉献的辛勤汗水，同时为中国钢铁工业的发展开辟了无限广阔的前景。

包钢设计的生产能力是年产三百万吨钢，现在已经有了一千万吨钢的生产能力。但是在刚开工时，生产很被动，备品备件缺乏，总是从鞍钢借，人熟哇。记得高炉急需风口的时候，要多少，鞍钢给多少。什么变压器、各种仪表、机器零件，缺了就找鞍钢。有一次生产急需粗钢绳，就向鞍钢借，鞍钢当时此种钢绳有九百米，一下子借给包钢三百米。这些备品备件说是借，哪有还的呢？到现在也没还哪！在包钢开工和生产过程中，各个环节都充分体现了鞍钢人的无私援助，这一点包钢人是永远不会忘记的。

此次我们到包钢"寻宝"，受到包钢领导的重视和大力支持。2014年6月5日，包钢党委常委、宣传部长彭德亮组织了"老鞍钢"们参加的座谈会，他代表包钢党委向"老鞍钢"们表示敬意和问候，对他们多年来对包钢的贡献表示感谢。"老鞍钢"们畅谈了对包钢建立六十年来的感悟和体会，回顾了包钢波澜壮阔的发展史，激发了对创造包钢美好未来的信心。

在包钢党委宣传部的支持下，我们参观了包钢家属区，了解了"老鞍钢"们的生活情况。到"老鞍钢"们的家里进行了慰问，采访了六名"老鞍钢"。他们饱含深情，畅谈了几十年的成长历程。让我们熟悉一下他们吧。

张顺臻（八十八岁），1949年毕业于天津北洋大学冶金工程系，同年到鞍钢，工程师、值班主任；1958年到包钢，曾任炼钢厂炉长、值班长、总工程师，包钢副总工程师……

张国忠（八十七岁），1948年东北大学矿冶系毕业后，由东北工业部分配到鞍钢，曾任鞍钢生产处调度科长；1958年调到包钢，任包钢总工程师、总经理（1982—1992）……根据在鞍钢和包钢的经验，组织八十八人编写了二百六十万字的《白云鄂博矿矿冶工艺学》丛书（上、下册），分矿山、炼铁、制钢、稀铌、冶金分析、环保六卷。

唐嗣孝（八十八岁），1950年毕业于四川大学理学院化工系，同年5月到鞍钢工作。任鞍钢化工总厂技术员、工程师、炼焦车间主任，是第一位敢上鞍钢化工焦炉顶的女性。曾参加世界女工代表大会（1956年在匈牙利）召开，三次被评为全国劳动模范。1957年到包钢，曾任包钢焦化厂厂长、包钢副总经理、副总工程师。

覃圭章（土家族、九十一岁），1950年毕业于广西大学理工学院机械工程系，同年到鞍钢技术监督处工作，工程师、一初轧厂检查站总工长。1959年调到包钢，任技术监督处工程师，《白云鄂博矿矿冶工艺学》总组稿人。他回忆说，在鞍钢一初轧厂的时候，有一次夜班，他及时发现故障，避免了事故，受到了嘉奖。说着，他郑重地拿出1956年鞍钢一初轧厂奖给他的一面大镜子，捐献给鞍钢展览馆。我们接受了这位"老鞍钢"这件贵重的礼物，并表达了我们的感谢和敬意。

我们采访六位"老鞍钢"的时候，他们捐献了珍藏多年的藏品和与鞍钢有关的文物：照片、书籍、奖品、日记本等共十二件。之后，我们考察了包钢展览馆和包钢稀土博物馆，摄制了录像片两部，拍摄相片一百三十多张。2014年6月6日，《包钢日报》第一版以《鞍钢展览馆筹备组到包钢"寻宝"》为题，报道了鞍钢集团展览馆筹备组的同志到包钢采访"寻宝"的消息，与此同时包头电视台也给予了报道。

…………

上面我用这支笨拙的笔，把"三足鼎立"的故事叙述完了，但我深深地相信，这只是鞍钢对共和国钢铁工业奉献的一个缩影，更多更多的故事还在等待人们去采撷，去挖掘。

（原载《辽海散文》2014年第10期）

作者简介

白士良：出生于鞍山立山区孟家沟，高级政工师。参加了鞍钢集团博物馆筹建的资料收集和文字撰稿等工作，现为鞍山市作家协会会员，鞍山市散文学会副会长。出版了散文集《金银花飘香》。

昙花一现

蒋子龙

月亮愁容惨淡，令人戚然。

我疲惫不堪，肝火郁结，心冷似月。由于心绪恶劣，看什么都觉得不顺气。这也要归罪于月亮影响了我，是它那死亡的气息侵扰了我，我还能像吉星高照似的快乐吗？

心不在焉地摸出钥匙，稀里糊涂地打开房门，仿佛整个宇宙的黑暗都塞进了我的房间。我在门边稍微停顿一会儿，让自己的眼睛适应这黑暗，然后再进屋。进了屋门总要抬头，猛然吓了一跳，借着窗外阴白的微光，看见屋子中央站着一个人，轮廓一团乌黑。

"谁？"我问了一声，却没有得到回答。是盗贼，还是有急事来找我？他是怎么进来的？不知为什么我没有想到这个人会是女的，他只能是个汉子。我打开屋顶的日光灯，哈，是我那盆昙花！

知道它今天夜里要开花，早晨我给它喷了水，洗净叶片上的尘土，就如同给即将出嫁的姑娘梳洗打扮一样。它太高大了，最高的几片叶子高过了我的头顶一截，枝叶繁茂，头重腰细，像舞台上穿扮好了的美女，款摆腰肢，颤颤巍巍。我一靠近它，它就搔首弄姿，半推半就，姿态迷人。

早晨我从走廊往屋里搬的时候抱不动整个花盆，只能半抬半拉，小心翼翼地一点儿一点儿地挪进来，像侍候一顶坐着新娘的轿子。昙花开放是它自己的大事，也是我生活中的妙事，每年到这一夜我都像守岁一样看昙花从开到落的全过程。刚才竟把这样一个重要的节日忘到九霄云外去了。

这是我躲起来写长篇的地方，所以把自己喜欢的昙花也从家里带来了。今天恰好要回家拿几本书，从早晨离开竟耽搁了一天，冷落了昙花，心里有些过意不去。花为人开，花蕾吸收了人的精气才开得水灵，人宠花，花宠人。

每年到这个时辰，花蕾的笑口已经大开，临近子夜才能火爆地怒放，昙花的生命达到巅峰状态。今晚由于我的粗心，它可能以为自己被遗弃了，十三个半尺多长的花蕾，如同十三只白天鹅，怒冲冲地弯脖子拧头，尖嘴紧闭。

我赶紧搬了把凳子坐到它跟前，眼对眼，嘴对嘴，真诚地表达自己的歉意，从现在起寸步不离地守护它、赞美它、崇拜它。

昙花激动起来，花蕾微微战栗，如天鹅抖动颈上的羽毛。包在外面的根根红针，像伞骨一样挺直、撑开……好大的排场，红日未出，先见光芒。光芒既现，轰轰烈烈的日出就在眼前。绿的像窗外的夜色，厚重、坚实；白的尖锐、轻巧，一心要突破绿的笼罩。弯弯噘起的尖嘴眼见就龇开了，一股噫人的香气喷射出来！

我把脸贴上去，猛吸几口，一团浓香，一股清凉，从喉头直坠肺腑，熏得我一阵晕眩，立刻觉得五脏六腑清洁透亮，如醉如仙。刹那间忘记了尘世间的一切荣辱喜忧，身内身外一片圣洁宁馨。

花瓣颤动，千娇百媚，愈张愈大，愈大愈白，奇迹般地有节律地伸展开来。昙花简直是在讨好我，显灵般现出自己活泼的生命，眼对眼地让我目不暇接地开放了。中间露出一个锥形的深洞，洁白娇嫩的花蕊颤颤地挺了出来，根部是一团绒毛般的白线，簇拥着它，突出着它，白得高贵，白得纯净。

如刀如剑的绿叶上竖起十三朵巨大的白花，它们是按照一个口令，踏着同一个节拍开放的。满屋弥漫着醉人的香气，我胃里发出一阵贪婪的鸣叫，真恨不得立刻就把所有花蕊及蕊上的白粉吃掉。

昙花那楚楚动人的神态又让我下不去嘴，它是专为我开的，躲开所有的人，躲开君临万物的太阳，不凑热闹，不争喝彩，藏进黑夜，躲在刀丛剑树的叶片之下，自甘寂寞，只为悦己者"容"。

它又是多么傲慢，多么自得。

这是好兆头。今年昙花开得最多，也开得最为壮观。

"昙花一现"——从来都是贬义词。是文人们编排出来的，一般人喜欢好吃多给，喜欢坚固耐用，喜欢"死不了"或不死不活，他们轻易看不见昙花开放，便嘲笑它的"一现"。正因为它一现即逝，才更说明它清高、珍贵、不同凡俗。人活一世能像昙花这样轰轰烈烈地"一现"，也非常了不起。

世界上有多少终生未能开花的人生？

好题目，昙花香气刺激了我的灵感，心里涌动着写作的欲望。为什么不就花开花落的规律性写篇文章，谈谈人的生命是怎样开花的呢？

昙花子夜盛开，夜来香傍晚吐蕊飘香，蛇麻花在寅时才露笑脸，牵牛花在清晨打开喇叭，冬梅、秋菊、夏荷、春牡丹……还有动物，蝙蝠只在天黑时才飞出来捉虫，公鸡每叫三遍后天就放亮，鸭子繁殖有周期，鹿角的生长和脱换也有规律。

至于人嘛——体内更存在着有规则的生理节奏：体温、血糖的含量、基础代谢率、激素的分泌等，都随着昼夜的交替而变化。肺结核、风湿热病人往往在下午出现低烧，气喘病多在夜间发作或加重，血吸虫病的病原虫只在夜间才能从病人的血液中找得到。

人体在不同时间对药物的敏感性也不同：心脏病人在凌晨4时服洋地黄，其敏感度大于平时四十倍，糖尿病人在此时对胰岛素也最敏感。在这个时辰出生和去世的人也最多，凡是生命就具备进化的适应性，自有其特定的活动变化规律……

人与天地相参，与日月相应，由于地球自转，太阳光对地球的照射强度在一昼夜内呈周期性变化，人体内营卫气血的运行也随之改变，以相适应。从子时到午时，从午时到子时，五脏、六腑、四肢、百骸、五官、皮毛、筋肉、血脉等六十六个穴位，呈现出一种周期性的盛衰开合的规律。穴开时，气血旺盛，穴合时，气血衰退。遵循这一规律，阴阳顺调，水火相济，自然就会神旺气足、邪则敛退。

昙花摇曳，花影婆娑，花蕊弹拨出一种乐声，意境悠远。我被震撼，生出一种莫名的虚幻的激动，和着昙花生命的韵律，仿佛能进入一片祥和的精神高地。从这片高地上望去，空阔而斑斓，这也应该是最富于创造性的时刻。

（原载《辽海散文》2013 年第 2 期）

作者简介

蒋子龙：中国作协第五、六、七届副主席。短篇小说《乔厂长上任记》《一个工厂秘书的日记》《拜年》分获 1979、1980、1982 年全国优秀短篇小说奖。中篇小说《开拓者》《赤橙黄绿青蓝紫》《燕赵悲歌》分获 1980、1982、1984 年全国优秀中篇小说奖。

野 长 城

金 河

　　中国应该称为"长城之国"。远攀齐楚，近迄朱明，悠悠两千年，作为边墙的长城，小国修，大国修，弱国修，强国也修。国家管控能力到哪儿，长城就修到哪儿，似居家过日子修篱笆。修了毁，毁了修，"修——毁——修"，成为中国古代战略防御思想和民族性格的突出特征。

　　在当今中国的版图上，到底有多少古长城，恐怕没有人能说清楚，以至到21世纪了，我们还在发现长城。

　　这里说的"发现"，并非挖掘机挖出一堵夯土，推土机推出一段基石，而是坐落在燕山上，长八九公里的明长城，上面有三十一座敌楼，十八座战台，十四座烽火台。这就是辽宁省绥中县永安堡乡西沟村一带的明长城。这么大个物件儿，在2005年以前，不知怎么阴错阳差，居然没有在中国长城的户口簿上登记，成了"黑户"，"养在深闺人未识"。从"黑户"到一朝曝光，自然是一种"发现"。但是，"发现"的意义远非给无法计数的中国长城再增加八九公里。这是个偶然拾取却又令人叹为观止的故事。

没有车道，没有石阶，也看不见人行便道，向导朝被森林覆盖得严严实实的山坡一指："喏，就从这儿，上吧！"

攀爬约一个小时，腰酸腿软，气喘汗流，眼睛和鼻孔里还闯进几只森林小飞虫。不过当你爬上山顶，站在古长城敌楼下，抚摩着凉滑的岩石楼基，仰望一脸沧桑的敌楼时，疲劳顿失，感觉只有惊讶。

敌楼有一般单体别墅大小，高高的基础用粉红色的条石砌成。石材经过精心打磨，估计每块都有数百斤重，对缝严密，笔直如线。虽经近五百年风雨剥蚀，无数次大小地震，仍然平整坚固，光洁如鉴。楼体有三四层楼高，全部由大青砖砌成。从楼基往上看，整个敌楼巍然耸峙，诚有"危乎高哉"之感。

踏着破碎的青砖，沿着坍塌的城墙豁口，可以爬上城墙，走进跨墙而建的敌楼。明长城上的敌楼堪称长城史上的杰作，也是小河口长城最亮的亮点。

此前的古长城上，每隔百米左右，都设一个突出墙体的长方形平台，人们习惯叫"马面"，又叫"墙台"。台四周，用矮墙围起来，墙上开锯齿状的缺口，叫垛口，也叫"雉堞"，用于从侧面攻击爬墙的敌人。风霜雨雪，戍卒暴露在光天化日之下，无遮无挡，苦不堪言，给养和武器装备的存放也是难题。敌楼，是在传统的露天墙台上建楼，相当于后来的"炮楼"，让单纯的露天墙台变成综合防卫设施，能攻防，能驻兵，能存放粮秣给养、武器装备，又兼望塔。虽然为楼，但因从"台"升级而来，古人仍然叫"敌台"，或称"空心敌台"，以示区别。可别小看这加个盖，修个楼，这个进化过程竟用了十几个世纪。

对于敌楼的首创，学界争论不一。不过，有一点没有争议——小河口长城上的敌楼，是名将戚继光调任蓟州总兵后修建的。戚继光奉旨"镇守蓟州、永平、山海诸处"的时间是明隆庆二年（1568年）。为了有效防御蒙古骑兵窜犯，戚继光给隆庆皇帝写报告，建议在先前已有的城墙上先建敌台"千二百座"，"台高五丈，虚中为三层，台宿百人，铠仗糗粮具备"。敌台四周各开三个箭窗，为弓箭、火炮射击孔。

戚继光的顶头上司、蓟辽总督谭纶，老成练达，考虑多方面因素，对戚将军的设计略做缩改，把三层改为两层，把驻兵百人减少一半，因此我们面前的敌楼基本是两层的。少数敌楼在二楼顶上建三两间"铺房"，用于瞭望以及跟友邻单位的信号联系。戚继光"典型引路"，命他的胞弟戚继美带领一千二百名山东汉子，先在怀柔大水谷修建敌台七座，验收合格后，才把各地守将叫来观摩学习，然后全线推开。他又亲任工程总监理，随时沿线巡视，检查评比，奖优罚劣，不准偷工减料，不准搞"豆腐渣工程"。此举不但使戚帅"守蓟十六年，边备修饬，蓟门晏然"，也让我们有幸在数百年后，还能在小河口看到正版"戚氏敌台"。

大青砖砌成的敌楼保存基本完好，仍可见当年的雄奇险峻，但楼体有开裂，裂缝形如闪电，纵贯上下，砖面也出现了零星的蚀洞或成片的凹陷。台顶挤满了闹哄哄的小灌木和杂草，蓬蒿和野花放肆地堵在门口。台内隔墙多已毁圮，地面上覆盖着残碎的青砖。

面对如此破败的前贤胜迹，奇怪的是，我等一行多人，没有遗憾，没有愤懑，没有责难，反而一个个眼睛瞪得溜圆，好像中了魔法。缓过神儿来，才齐声叫喊："真长城，真长城，这才是真长城！"

当然，其他地方的长城也不是假长城。不过，彻底坍毁的长城，残土片石，难以让人重构它当年的雄奇。人工修复过的长城虽然雄哉，伟哉，美哉，但整容的长城又显得太"人工"。即使整个修复过程完全遵古操作，也很难让人产生历史的遐想。

小河口长城在深山老林中淡然自处，没人经管，没人呵护，裸对数百年风雨，一脸沧桑，一身伤痕，一身野性，也一身真实。用一个短语来概括小河口长城不是件容易事。相比之下，我愿搬用当地人的说法"野长城"。野，是天然的，原生态的，被遗弃的，远离尘世的，没有假手人工的，甚至是鄙陋的，然而这正是小河口长城的魅力所在。生活在太多"人工"中的人们禁不住额手称庆，谢天谢地，小河口长城没有被关爱，被修饰，却留下一段真正的古长城。

时值盛暑，烈日高挂，苍山如海，岚氛升腾。站在小河口长城敌楼下，好像感到戍卒刚刚离去，遗迹犹存，能想象到边关明月，敌楼灯火，听到萧萧风鸣，寂寞歌吟，敌楼下的关口小河口似乎隐隐传来金戈铁马的撞击声。

站在敌楼前远望，但见灰色的古长城像一条巨龙，在高山峻岭中翻腾盘旋，直接天际。城墙上敌楼、战台、烽火台远近排列，兀然矗立。

沿城墙西行，两侧是天然的针阔叶混交林，柞树、枫树、栗树、核桃树、山杏树和苍黑的油松，相拥相依，遮天蔽日。伴随始终的还有紫荆。小灌木并不起眼的淡紫色小花成串，成团，成片，成带，给绿与灰的世界掺进几多亮色。倘不是有大名鼎鼎的紫荆关在先，用"紫荆"命名小河口倒也恰如其分。

　　走在枯燥的城墙上也会有新发现。城墙只在迎敌面修筑垛口，上有箭孔和观察孔，己方一面则空空荡荡。在敌人难以攀爬的山脊不筑高墙，只用当地山上的毛石砌筑通道。遇到天然岩石，只对岩石略作开凿，以方便通行。起初，我还以为这种打破筑城规制的施工足以显示戚帅带兵打仗的务实风范：既然敌人从外面来，箭孔对外也就是了。在悬崖峭壁上花大气力筑城也多余。蒙古骑兵不是攀缘高手，就算是，蒙古马也没有这本事。归来"恶补"一番长城知识，对自己的无知不禁暗自失笑。

　　原来蓟长城的墙体是戚继光守蓟前十几年抢修的。为了执行嘉靖皇帝脱离实际的命令，守边督抚不得不对工程做一些"简化"处理。戚帅到任后，整修长城，对筑墙确有困难的陡峭之处采取人工"劈崖削坡"处理，以防敌人渗透攀爬。城墙内侧增设了一米多高的宇墙，防止士卒跌落。绥中县小河口留下的一段未达标长城，倒也不失为长城史上的一段插曲。

　　一路走来，我们又看了几座敌楼。形制大体相同，大小、间距有别，皆根据地形地物、防御需要而定。敌楼的完好程度也不尽相同。有的敌楼顶部边缘保存完好，筑城人利用青砖的角和面，巧妙地砌出几何图案。大多数箭窗的窗口都是用青砖砌的，也有些窗口门口用了雕刻石料。上口的弧形石料上刻有缠枝花卉，形似牡丹，竖向的石条上刻着兰花。

不过对此也不宜过于放大。有文字称，戚继光北调守蓟时，带来许多浙江义乌兵，其中一些人携带眷属。暗示义乌兵及其家属修筑了长城，箭窗上的石雕花卉体现了女性的特质，小河口长城因此具有"阴柔的女性美"，甚至名之为"女性长城"。

笔者为此查阅了一些有关史书和长城学者的研究成果。戚继光北调守蓟，仅获准调"浙兵三千"。是否有人带家室，有多少人带了家室，史无记载。调三千浙兵哪方使用？修敌台？非也。当时蓟州镇和昌平镇的边防线总长一千多公里，从隆庆三年（1569年）到万历九年（1581年），前后十二年间，蓟、昌两镇全线修筑"戚式敌台"多达一千四百四十四座。让三千浙兵去修，两个人修一座，砍脑袋也办不到，除非是天兵。其实，修建敌楼是"戍卒画地受工"，实行驻军地段责任制，谁的防区谁修，筑城戍卒应有数万之众。三千浙兵是戚帅练兵用的。戚帅重视长城，但不依赖长城。克敌制胜还要提高军队的军事素质，要"练兵"。他觉得当地兵散漫，脑筋不灵光。于是，他同样来个"典型引路"，从自己的老部队中调来三千人，给北兵做榜样，是"种子兵""样板兵"。三千浙兵与修敌楼无关。可以肯定，敌楼完全出于当地戍边汉子之手，石雕花纹是传统建筑花纹。雁门关城墙上有砖雕莲花，居庸关长城也有石雕天王像。还是那句老话，爱美之心，人皆有之，不因戍卒而有异，也不因战场而泯灭。

本想再爬几个敌楼，期冀有更多发现。无奈在野长城上走野路，体力不支，只好跟向导寻路下山。此时自然想起王荆公《游褒禅山记》来："夫夷以近，则游者众；险以远，则至者少。而世之奇伟、瑰怪、非常之观，常在于险远，而人之所罕至焉，故非有志者不能至也。"

作者简介

金河：原名徐鸿章。辽宁省作家协会原党组书记、主席，中国作家协会会员。著有《金河短篇小说选》及大量散文随笔，约四百万字。其中《重逢》《不仅仅是留恋》获全国短篇小说奖等。

野草一样的童年

孙惠芬

　　遇到萧红，是1986年。这一年元月，我在《上海文学》上发表了短篇小说《小窗絮语》，小说写一个青年在城里读了两年书之后再回到乡下家里的烦恼心绪。她闻不惯乡村恋人身上浓烈的化肥气味，听不惯奶奶、父母、哥嫂随地吐痰的声音，看不惯铺满院落的鸡鸭猪狗粪便，更不接受原来有着远大理想的闺中密友已结婚生子、被活生生拉进泥土的现实……那是一部自传体小说，内中许多情节都是我的亲身经历。可我想不到，就是这样一篇小说发表之后，一个读者从大连开发区出发，开车专程来庄河见我——那时已经有了开发区这样的新生事物，这位来访者是开发区管委会一位领导。令我想不到的是，他身在改革开放最前沿，却有闲暇读小说，并且，他还带来一位热爱小说的朋友，并且，他的朋友还带来了见面礼——萧红的《呼兰河传》。当时，我根本不知道萧红是谁，不清楚他们为什么要送我她的书。那不是书，是一本复印件，是来访者专门为我复印的《呼兰河传》。因为不知道萧红是谁，也就不知道这份礼物是轻是重。不但如此，由于刚刚开始写作，刚刚因为写作而从农村走出，到庄河县文化馆上班，两个陌生人的来访不但没有打动我，反而让我惊慌失措——他们一路打听着走进文化馆创编室时，引来许多好奇的目光。

那次，与慕名而来的朋友见面——后来我们成为无话不谈的朋友，究竟说了什么，坐了多长时间，我全然记不得了，唯一记得的就是把他们送走后，发现土黄牛皮纸封皮上"呼兰河传"四个字向我闪烁着急盼的眼神。很显然，急切的是我而不是它，因为急切，我提前离开办公室过起了夜晚。在那个遮蔽了窗帘的昏暗的宿舍小屋，我彻夜无眠，我像吸附在一块磁石上的铁屑，随着磁石的移动微微颤抖激动不已。萧红笔下一到冬天就裂了口子的大地，一到春天就陷进泥浆的马车，只有秋天才热闹起来的山野，还有黑漆漆的磨房、漏雨的粉房、荒凉的草房人家，还有祖父、祖母、二叔，还有在大街上自由窜动的蜻蜓、蚂蚱、小燕子，分布在小城街头的金银首饰店、布庄、茶庄、彩纸铺……我不知道是被游走在文字里自由自在的灵魂打动，还是被镶嵌在荒蛮大地上的孤独寂寞感染，我一经走进去，便再也不能自拔。那个夜晚，我被烧着了一般，在床上一会儿趴下一会儿爬起。我走进去的，本是萧红的呼兰河小城，却觉得那小城就是我的家乡小镇。我看到的，本是萧红的童年景象，却觉得那景象正是我童年里的记忆。第二天早上，当我睁着一双熬红了的双眼爬起来上班，我的眼前，已经站立起另一个村庄。她坐落在黄河北岸，前后街两排草房，她前边有两条细长的河谷，河谷两岸长着丰沛的野草，她就是生我养我的辽南乡村山咀子。

1986年，这一年对我实在太重要了。它的重要在于，通过萧红，我看到了自己的村庄。我的村庄一直都在，它位于黄海北岸，却不守海，它属于辽南山区，却没有山，它只是一个盆地里的村庄。它行政上隶属于辽宁省庄河县——庄河。庄河，庄庄有河，所有的河谷都通着大海。我故乡的河谷，两岸长满了野草，顺长满野草的河谷向东南方向走，不出一小时就能走到海边小镇，那小镇叫青堆子。在乡下待得寂寞厌倦时，被父母管束得喘不过气时，就顺河谷小道逃往青堆子小镇，叛逆的情绪往往随着河谷岸边的野草一起摇曳。我初始写作，抒写的就是这种急于逃离的叛逆情绪。虽然在这种情绪中，也触及村庄的人和事，也描绘过大街、土地、山野、草丛，可我的情感是厌恶的，憎恨的，我对村庄人事景致的书写是下意识的，不自觉的。朋友喜欢《小窗絮雨》，或许是他看到了那里边下意识的部分，朋友送来的《呼兰河传》，或许是觉得我下意识书写的村庄和萧红笔下的村庄有点儿像，可他们不知道，他们唤醒了我对属于自己的那个河谷村庄的感情——那天早上，当我满眼都是我故乡的村庄河谷，河谷两岸丰沛的野草，一股炙热的溪流涌进眼角，我一瞬间热泪盈眶。

厌恶也是因为爱，憎恨也是因为爱，就像情人间的爱极生恨，就像亲人间的怒其不争。可是在遇到萧红之前，我看不到自己对河谷村庄的热爱。我甚至不知道，我在小说里不断地书写她，书写那些落后的令我厌倦的人和事，令我反感的畜类和蚊蝇，正因为我在不断地向着外面的躲避和逃离中受到了冲击和伤害，我是因为受到伤害才愿意回到心底的村庄。

伤害同样来自1986年，这一年5月，我从一个面朝黄土背朝天的农民摇身一变成了拥有城市户口的城里人，成了天天在文化单位上班的文化人。可是野草一样在山野里长大的我，对按时上下班，对程序和秩序有着天然的抵触，我备感压抑，我因为压抑而生出郁闷，我因为郁闷而神经衰弱，得了严重的失眠症。见到来访的朋友，读到《呼兰河传》，正是失眠最厉害的时期，通过呼兰河小城看到我的河谷村庄，一株在乡野上摇摇晃晃生长了二十多年的野草无异于回到那片自由的土地。

后来我知道，萧红写《呼兰河传》，是她在外面世界疲惫漂泊近二十年之后。二十年来，她追求个性解放，不断地从乡村逃离，她逃脱父亲的专制统治，又感受到男权文化的压迫，她"逃避男权文化的钳制"，又遭遇"日本侵略者的铁蹄"，最后患病住在香港。巨大的孤独和寂寞扑面而来时，她的笔便回到了虽是寂寞却无拘无束的大地，她的灵魂在那里自由地徜徉。有研究者说，萧红"是一个有着深刻思想的作家，在短短十年的创作生涯中，写下了一百万字的作品，她由幼稚到成熟，由投身左翼思潮到逐渐独立，有意识地疏离主流意识形态话语，思想经历了明显的前后两个发展阶段。"而我却宁愿相信，萧红的成熟，萧红的有意识疏离主流意识形态话语，有后天外部环境的影响，更有野草一样自由生长在乡村的因素。在她的童年，虽也有祖母的管束，封建礼教的压迫，可坦荡的大地开阔的原野使她一直保有一颗自由的心灵。萨特说，凡是人都有他的自然地位，这个自然地位的高度不是自尊和才华所能确定的，而是儿童时代确立的。萨特说他的自然地位有巴黎六层楼那么高。童年对一颗自由心灵的培植，使萧红多年来一直有着清醒的内心边界，当某种专制和束缚、程序和秩序伤害了自由，她刀锋一样锋利的神经便撞到哪里哪里滴血，她的笔下便有了饱满的激情，这激情在回到故乡大地时，便再生出一个阔大的艺术世界。

出走因为追求自由，回归依然因为对自由的追求。人在封闭愚昧的乡村，向往的是外面的开放和文明，殊不知开放和文明自有自己的程序和秩序，自己的制度和法则。这秩序和程序、制度和法则对身心的自由是另一种束缚和挑战。实际上，在我1986年遇到萧红的时候，我找到了我心灵里的真正家园，它在我的对面又在我的背后，她是我的记忆却是一个真实的现实的村庄。乡村有自己的秩序，自己的文化结构，可她一旦变成思念和怀想，升腾在现实的文明世界对岸，那里就成了一个自由精神的栖息地，就生成出一个理想的虚构的空间。

我不知道，当年驱车而至的来访者，是不是心灵的自由在喧嚣的开发区备受压抑，才在我无意识写到的村庄里找到寄托，也不知道，那位送我《呼兰河传》的朋友，是不是从我的作品里了解了我的压抑，才有意让萧红带我回到身后的村庄。或者，是他们觉得作为一个写作者，必须知道我是谁，我的故乡在哪里，才能在文字里建立起一个自由的艺术王国。我不知道。

我只知道，这两位朋友，都出生于中国北方乡村；我只知道，这两位朋友，他们一路北上来庄河看我的时候，正是他们因相爱而不能在心底里苦苦挣扎着的时候。多年之后他们告诉我这一事实，我长时间沉默不语。只要你心里有一颗自由的种子，你终究是一个漂泊者，你终究会被现实的浪潮击打得头破血流。原来，当时的他们，也和萧红一样，在寻找自己野草一样的童年，以慰藉遍体鳞伤的心灵。

（原载《辽海散文》2013年第2期）

作者简介

孙惠芬：辽宁庄河人。1991年加入中国作家协会。文学创作一级。辽宁省作协第八届副主席，中国作协全委会委员。著有长篇散文《街与道的宗教》等十余部。中篇小说《歇马山庄的两个女人》获全国第三届鲁迅文学奖。2002年获中华文学基金会第三届冯牧文学奖文学新人奖。

被掰碎的土地

蒋建伟

收完了大片的豆子、玉米和芝麻，撒上一层牲畜粪、化肥，手扶拖拉机就突突突地开进庄稼地了。

拖拉机屁股上，装了两面大铁犁，闷着头，龇牙咧嘴，从地头吃到地尾，偶尔也会使劲嚼几下，吐出一嘟噜一串串的庄稼根子，偶尔也会绊住那腿脚，老在原地打转转儿，逗得我们哈哈乱笑。爹狠狠踹了一下拖拉机说："这可是我们的电牛哇！"有人问："爷爷，它是男的还是女的？"爹想了想，非常严肃地回答："都可以。"

其实，我心里盼望它是个女的，将来能生一大堆的拖拉机。但是，爹的回答有他的道理：用不了三五天，这块地就要被别人租去，这辆跟了我们家十几年的"东方红"牌手扶拖拉机也该退休了。大地上，娘说："种地不赔钱，虽说种地有补贴，但除去种子、化肥、农药、浇水、除草等成本，一年到头，也不赚什么钱。不赚钱瞎忙活的事，只有傻子才肯干哩！"

又说，"你种地种得再好，撑死了你一年赚个两千来块钱！可人家进城打工的话，一个月不管好歹，吃了喝了，每个人起码挣他个一两千块钱，要是两个呢？要是三五个棒劳动力呢？"娘还想滔滔不绝地往下说，被爹的余光快速扫了一下，就立马闭了嘴。爹的这个动作，被我偶然捕捉到了，但我早已不是三岁小孩，懂他的意思，更理解他积攒在内心的愁闷。爹不是嫌娘嘴碎，爹是在心疼他的六七亩地呀！

说起来，这地在村子东南，叫东地，肥得淌油，种啥，啥肥，无论怎么减肥，都减不下去。最开始，这块地是十五生产队的，和我们十四队不沾边，一九七几年全村重新分地，好地赖地一拢堆儿，啪，这一大片东地就划归十四队了，虽说又搭上了北洼子那片赖地，但总算是稀汤里捞了块肥肉。爷爷最穷，养了四五个小孩，而且对四邻是穷大方，加上他"老实猴"，做事有远见，所以呀，七拐八拐就捞到了一小块东地、一大片北洼子地。等到麦收一罢，男女老少耩芝麻、种玉米棒子的时候，爷爷就开始发愁了：这个家，甭看人最多，但大人只有两个，其他的都是些虾兵蟹将，一个能阵前"扛枪"的劳动力也没有！怎么办？奶奶说："有地就等于有了命，不管好歹，先活命吧！"有了这话，爷爷才算不愁，天天睡得在梦里放屁，一嘟噜一嘟噜的，尽管庄稼种得不怎么好，但大人小孩再没饿过肚子。爷爷的爹最羡慕这个儿子，说他死了就埋这块地里，爷爷却强烈反对，说埋你太占耕地，耽误种庄稼。后来，爷爷的爹死后，没有埋在东地，爷爷也没有埋在东地，奶奶也没有，他们想把这块好地留给子孙们。

到了爹和叔叔这一辈，中间先后分了两回地，第一回是三个姑姑还没出嫁，地亩一分没少；第二回是两家人相继添了人丁，减去死去的嫁走的几个，总数没变，又赶上十四队人数也没增加，也谈不上什么分地。倒是原来十几亩地，由一块变成了三块（爷爷奶奶健在，老两口种了一块），三块再变成两块（爷爷奶奶已去世），割麦杀秋，一年两季，不论怎么种，麦子还是麦子，绿豆还是绿豆，玉米还是玉米，红薯还是红薯，可就是不产金子银子。叔叔不甘心种地，早些年就开始跑车、跑生意、做城里建筑防水等，只要能挣钱，什么都干。叔叔后来果然发财了，地不知不觉就荒了，草比庄稼长得都高，那块地被堂兄种了去。爹不同，考虑这考虑那，始终没有放弃那块东地，算起来，粮食年年没有少打，可就是不值几个钱。实际上呢，爹上过学，会吸烟，能喝酒，当个大队书记绰绰有余，许多人嫌他不会送礼，一辈子就是个修理地球的命，亏！每当这时刻，爹总是笑笑，说如果他当上了，那么，现在的大队书记怎么办？

　　后来，当我也做了别人的爹，我才知道当爹不易。爹是天！有爹在，才能保住全家人的命。可是，爹靠什么呢？我想，他靠的是土地，就是我们家的东地、北洼子地，他守了许多年，当了许多年的农民，土里摸爬滚打，打了许多年的粮食，老远就闻见他身上的那股子土腥味，说一千，道一万，土地是爹的命根子呀！所以后来，我们家虽然没有发财，但有吃有喝。爹虽然不是20世纪的"万元户"，但成为这个世纪的"万元户"也不赖，也可以一边干庄稼活，一边给北京的我打手机了。这中间，姐姐弟弟们也分别成家，选择在广东、苏州、平湖打工，我也只身闯北京，我们把两块地整个交给了爹娘。是呀，把地交给了爹娘，比交给谁都放心哪！

我是在这一年的秋季回老家的，其实北京有太多的杂事需要处理，但我还是赶回河南农村，干几天地里的庄稼活，摘绿豆，割豆子，杀芝麻，"出"红薯，拾棉花，掰玉米棒子，砍秫秫棵儿，薅花生秧儿，随便哪一种活，就可以把人累趴下，就可以手上脚上磨出茧子，就可以锻炼得浑身上下都有劲，越干越自在。娘说："干活容易上瘾，几十年习惯了，如果现在一天不干了，我这心里好像空落落的。"爹却说："你干一辈子了，难道还没有干够吗？地有啥种的？从小到大，我听说过这专家、那博士，就是没有听说过种地专家、种地博士！"我说爹："有倒是有，但不像你那么称呼，大概统称为农牧工作者、技术员什么的……"爹非常不高兴地说："不管他是哪一级的官，反正他们月月发工资，六十岁以后就可以退休了。"娘惊讶地叫起来："啥啥啥，老蒋，你……个农民……你还想退休？哈哈哈。"我看见，手扶拖拉机犁过，大块大块的黑土在开花，四下响起了一阵阵对爹的嘲笑声。

下意识地，我吃了一惊：爹为什么说要退休呢？爹不是一直很爱很爱种地吗？爹难道不再是原来那个当农民的爹了吗？

我转过头来，望着爹驾驶手扶拖拉机的背影，把我的种种疑问转述给了娘。

娘说："你爹在胡说八道哩。你爹是看有人到咱们村包地，他图懒省劲，也想把地包给他们……"

我问："包出去！地就没了。我们家吃什么？"

娘解释道："你听我说完哪，你着急个啥？……他们按照一亩地五百元的价格，包咱们这块东地，因为东地肥，人家才肯出这个价儿。换了别处，最多也就值个三百元。"

我急了，慌忙问："才给那么点儿！他们打算包多少年？"

娘答道："五年。"

我问："你说我们吃亏不吃亏？"

娘一脸正色道："依我说不吃亏。你看哪，这一亩地五百元，我们家的东地就相当于能挣三千多元，三千多元呢！你算算你种庄稼一季子能赚多少？依我说，不少了不少了！"

我想想也是，三千多元真不算什么钱，才相当于我弟弟在广东打一个半月的工钱，才相当于我一篇小说的稿费，才相当于我们在北京两三顿吃吃喝喝的饭钱，才相当于头等舱的机票钱的一半……三千，一个非常普通甚至非常渺小的数字，在今天这个通货膨胀、物价飞涨的时代，真的很容易被我们所忽视。可是，对于爹娘来说呢，它真的能上升三千元的经济高度。这样看来，我自然也就理解了一个想退休的爹，理解了娘他们对爹的嘲笑声，更理解了爹对这块东地的万般不舍和无奈。

"爹，你真的想退休吗？"当手扶拖拉机犁了一个来回，迎着我开过来的时候，我高声地问爹。

"你说说，"爹紧贴着前方一条犁线，急匆匆甩下了一句话，"我不退休行吗？"没有等到说完，人已经开出去老远了。

我无法回答爹，即使和他面对面、眼对眼地喝酒聊天，我一时也会想不出什么话来的，更何况针对这么深刻的问题。

娘气得哼了一声，反问道："你——退休！我倒要看看，你今天能退到哪里去？"

是呀，爹这辈子，真的无休可退。反过来想想，中国的农民能退休吗？

不能！不！在今天的中国，什么人都可以退休，只有农民不退休，他们将在这片广袤的大地上劳动到死，他们把打下来的粮食一车车运到乡里、城里，但事实上，他们又是这个社会收入最低的人、最穷的人……如果有一天，农民们都放弃了自己赖以生存的土地，都不再种庄稼、产粮食了，也就是中国的农民都退休以后，我们吃什么？我很难想象在这个拥有约一万年农耕史的国家，大片的土地被农民放弃后的可怕后果，更难以接受却不得不接受爹这一辈人对于土地的不舍！

地，终于犁完了，爹把拖拉机的油门熄火了，和娘他们慌忙擦着犁刀上的黑土。土的墒情不怎么好，有些板结的黑土坷垃，稍稍大一点儿的，大约两块砖头那么大，用脚使劲踢几下也踢不开。我只好跳上其中的一块，两脚各自踩了黑土坷垃的两头，猛地跳起来，落下去，落下一瞬，我把整个身体的重量集中在了脚上，使劲压下——压下——土坷垃裂成了三四瓣。这一幕，被许多小孩现场看见了，嫌我身上没有劲，捂住嘴扑哧扑哧乱笑。

爹不知什么时候走了过来，和我一起蹲在大片大片的黑土坷垃里，随便捡起了一块，端详了很久很久，然后一点点开始掰它，好像在掰一个白面馍馍一样，左一块，右一块，上一撮，下一撮，越来越细小，一朵朵，一片片，宛如下大雪。这时刻，爹不说话，两眼紧盯着手里的黑东西，时间仿佛不存在了，全世界只剩下了爹一个人，哗啦，哗啦，哗啦哗啦……

天说黑就黑了。隐隐约约之间，只看见前面晃动着三三两两的人影、牛影，还有架车、拖拉机时不时颠簸着的黑轮廓。我们摸着回村子的黑路，凭着印象向前摸，只想抢先一步到家。

途中，听见几个村民叽叽喳喳的声音，好像在议论把东地包出去划不划算的问题，好像全都是"包出去拉倒"之类的思想，好像是蒋冬伟娘他们几个的声音。

途中，好像他们听见了别人在偷听他们说话，好像他们有人辨别出了是我们一家人的脚步声，所以，就有人问我爹："是东头建伟家的俺爷吗？你们家的东地今年包出去了没有？"

途中，爹悄悄拿胳膊肘子捣了捣我，意思是别出声，小步前进。我也捣捣娘，娘狠狠扯了小孙子的袖子……我们的想法是一致的。

然而，我担心到家之后，那块几乎被爹掰碎的土地，明天还是不是属于我们家呢？

作者简介

蒋建伟：1974年生于河南乡村。现任《散文选刊》原创版执行主编。中国作家协会会员。著有散文集《年关》，歌词《大地麦浪》《我们把太阳高高举起》《拿粉笔的老师》等。其中，散文《我是妈妈的蒲公英》被选入鲁教版八年级下册语文课外阅读教材，散文《年里年外》《怒从黄河来》《欣赏之翅可以飞》被选入人教版语文单元现代文阅读试题、语文课外阅读教材、江西省2014年中考语文现代文阅读试题等。

从"邮差"叔叔到邮递员同志

陈 玙

邓义宏同志到我家,告诉我今年10月9日是"万国邮政联盟"成立一百二十周年纪念日,问我知道这个国家组织不。他这一问倒使我浮想联翩,思绪一下子回到六十多年前的儿童时代。

我于1924年出生在黑龙江省巴彦县。小县城虽然偏僻却很美丽,松花江从城南流过,驿马山在城西耸起。我家住在城里,离县邮政局不到五十步,每天看着邮差叔叔从我门前走过,天长日久便都熟识了。我小时候长得大概很招人喜欢,胖胖的圆脸上还有一对酒窝,"邮差"叔叔很喜欢逗我玩,有时候送信回来和我一起拍球、跳绳,累了就坐在门槛上唠嗑。叔叔告诉我他送那些信不光是从国内各地来的,还有国外来的,东洋西洋都能互相通信,全地球上的邮政就像人身上的血液,无处不流淌,所以才叫万国邮政。

我睁大了惊奇的眼睛听叔叔讲着,"万国邮政"的名字深深印入了我的脑海。稍大一点儿，我发现叫"万国"的组织竟有不少，像"万国商会""万国慈善会"等，连开大会也要挂"万国旗"。进入中学，开始学地理，我对"万国"就特别注意，细心一数，哪里来的"万国"？才只有一百多个。问老师，才知道那是夸张，和李白的"白发三千丈"差不多。

我和邮政真是有缘分，小时候有"邮差"叔叔，几十年后又结交了一位邮电局的好朋友。1973年我和鞍山市邮电局党委书记刘忠信同时迁入铁东区台町的新居，出入一个楼门，很快便熟悉了。坐下一聊，大有相见恨晚之感。忠信不但书读得多、读得广，而且博闻强记，见解深刻，使我受益良多。后来，在我写长篇小说《夜幕下的哈尔滨》时，更给了我很多具体帮助。他不但懂文学，更熟悉哈尔滨基层市民的生活（这正是我所缺少的）。他加深了我对旧哈尔滨的认识和理解，也丰富了这部作品。令人万分遗憾的是忠信走得太早了，使我失去了一位知心的益友。

由于我从小就和"邮差"叔叔有了感情，长大也愿意结识邮递员朋友，铁东邮局的邓义宏便是其中一位，这是一个服务忠诚、忠于职守、有敬业精神的好青年。他才来我们这片送信不久，就使我惊讶地另眼相看了。一天，一位记不清我通信处的老朋友寄来一封信件，信皮上只写了"鞍山市作家协会"（那时鞍山还没有这个组织），他竟准确地送到我手中，一看邮戳，并没延误。那时正是我颇为"走红"的时候，读者来信、赠送的书刊每天不断，通信地址大多模糊不清，但他都准时送到，无一差错。后来我发信寄书他都主动给予协助，每年订阅报刊也都由他包下了。直到他调出了这片，仍然如此，我们成了朋友。

"万国邮政联盟"成立一百二十周年是世界性的纪念日，我却只写了一篇杂沓的短文。文虽短情谊却是深长的，因为这里有我深深的纪念和祝福。

作者简介

陈玙：著名小说作家和剧作家，黑龙江省巴彦县人。1924年6月出生。1945年开始业余创作，1946年开始从事业余话剧创作。所写四幕话剧《忏悔》由哈尔滨青年话剧团公演；另有长篇小说《夜幕下的哈尔滨》。曾任辽宁省作家协会副主席、书记处书记，省第五、六届政协委员，省戏剧家协会副主席，省作家协会顾问，国家一级作家。

灯节闲话

李云德

元宵节在乡下叫灯节，它是春节的继续，也是春节的高潮。每年灯节一到，各家各户的灯盏依次亮起。晕红的光，笼罩村前屋后，扭秧歌的，踩着鼓点，在唢呐的伴奏下，可劲扭动身体。踩高跷的、耍花龙灯的也不示弱，人来人往，好不热闹。那时候，我年年盼春节，春节过后就盼灯节。

从我记事起，我过了六十来个灯节，其中的一次灯节印象最深。那是1948年鞍山解放的时候，是一个特殊的灯节。

那年，随着枪炮声停止，鞍山解放了。盘踞在鞍山多年的敌军被打垮，抓到的俘虏成群。刚解放的鞍山，秩序混乱，市民贫困，失业者众多，市场萧条，城里冷冷清清。我作为解放军驻防部队一名副班长带领五名战士，奉命维持秩序。

那年的春节，我是在不知不觉中度过的。到了正月十五，本以为会很热闹，却没想到，街面上很平静。我当时十八岁，童心未泯，头一次在城里过节，一心想感受一下城里过灯节的氛围。

巡逻半天，还是没什么动静，只有寒风呼啸，乌云滚滚，街里黑茫茫的，连路灯都不亮。没有锣鼓声，也没有喇叭响，鞭炮更没人放，街面上基本没有行人。往厂区那里眺望，只见黑压压一片，高炉和大烟囱隐在夜色中，好像神秘的怪物。城市的灯节还不如山沟里热闹，真让人闷闷不乐。

突然通通山响，我以为是敌特打黑枪，急忙领战士端枪，靠墙根儿隐蔽并探头观察动静。

嘭！啪！空中闪出火花，原来是一群人在放爆竹。虚惊一场，我领人急忙向那声响的地方走去。放爆竹的人看见我们，吓得要跑，我和战士和蔼地招呼他们，那群人才停下来。那些人多数是十来岁的孩子，还有两个姑娘挑着灯，怯生生地瞅着我们。有几个小伙子以为我们是来干涉的，点头哈腰向我们边检讨边说："灯节嘛，放鞭炮显得热闹。"我瞅瞅那两个姑娘，对小伙子说："你有多少鞭炮尽管放吧，我们给你们助威。"

"解放军让放鞭炮啦！"

小伙子、姑娘们高兴地喊，人群也欢呼起来，惊动了整个胡同，呼啦啦，一会儿跑出一群孩子，大人从各家各户走出门，稍时聚集了上百人，都好奇地瞅着我们。

"副班长，夜晚戒严。"

有个战士提醒我。我忘了这件事，听见战士的提醒，我心里一动。收回刚才说出去的话丢面子，也扫众人的兴，便硬着头皮说："别处戒严，这里由我做主。"我朝他摆摆手，让人们尽情地玩。

攻打城市前后城里一直紧张，今天才松了一口气，让他们好好玩玩，应该不违反纪律。看着大人孩子提着玻璃灯、油灯、汽灯和各种纸糊灯笼，纷纷聚在一起，自发组成灯会，灯光照耀着人们的笑脸，孩子们高兴地蹦跳的场景，我由衷地高兴。

抬头望望天空，月儿在黑夜里时隐时现，月与灯交织的夜景多么美好。在欢呼和绚丽的焰火升腾中，人们把春节没放的鞭炮都拿了出来，啪啪放得震天响。突然，有人敲起锣鼓，有人扭起秧歌，小伙子和姑娘拉着我们一起扭，我情不自禁地跟着扭起来。退场的时候，人们围拢我们亲切交谈。谈春节，谈灯笼，谈战争，谈失业，有几位老工人托我向领导反映，盼望钢厂早日开工，我笑着一一答应，虽然我只是一个当兵的，却不忍扫了他们的兴。

鞭炮齐鸣，彩灯耀眼，没有喇叭，但锣鼓声声，大人孩子在一起扭成一团，我看着觉得怪有意思，内心的喜悦无以言表。我们舍不得离开，但是我们还得去巡逻，防止敌特趁机出来活动。离开欢乐的人群，我的耳边还响着锣鼓声。就让这锣鼓声庆祝一个新时代的到来，为了这个崭新的时代，我们在城里巡逻放哨，是莫大的光荣。我多么盼望老工人讲的，高炉出铁时铁花飞舞、铁水奔流、灿若星光的情景。我多么希望，能早日看到出铁的那一天，那映红天空的铁水，比任何彩灯都耀眼，那时再过灯节，举国同庆，该是怎样的一幅国泰民安的景象。

正高兴的时候，突然从废墟里窜出两只狗，吓了我一跳，我赶紧招呼战士去巡逻，以防敌特在暗处打黑枪，搞破坏，也怕破坏戒严受处分。

谢天谢地，什么事也没发生。

过了两个月，我离开了鞍山。三年后我又转业回到鞍山，那时钢厂正在如火如荼地建设中。现在，我在鞍山住了四十多年，经过四十多年的建设，鞍山已成为钢铁重工业基地，四十年里钢城发生了翻天覆地的变化，鞍钢早已誉满全球。这些年，每到灯节，彩灯、霓虹灯和各种灯光汇成灯的海洋，把大街小巷照得通亮。灯节里少不了的鞭炮、锣鼓、喇叭、秧歌、高跷样样俱全，灯会也越办越红火，年复一年，我在鞍山过了四十多个灯节。

经历了四十多年的风雨，我虽然两鬓斑白，但对灯节的兴趣不减。每每回想起解放鞍山那年的灯节，心里就会有一份温暖。鞍山这些年正在大踏步发展，城市里的灯节更是热闹非凡，而鞍山解放那年的灯节，是我过得最开心，最难忘，也是最有意义的灯节。

时光荏苒，我似乎听到流年的脚步声。透过时间的烟霭，我清楚地看见，风华在年华里遁去，而那年的灯节依然在岁月里熠熠闪光。

作者简介

李云德：1929年2月出生于岫岩满族自治县哨子河乡松树村。国家一级作家，原鞍山市文联副主席。从1954年开始发表文学作品，陆续出版了中短篇小说集《生活第一课》《林中火光》，长篇小说《鹰之歌》《沸腾的群山》（一、二、三部），《探宝记》《地质春秋》《特殊案件》《银锁链传奇》等。此外还发表了百余篇中、短篇小说、散文、报告文学等作品。《沸腾的群山》被译成日文和朝文，改编成连环画、评书、话剧、评剧、京剧、评弹、电影等多种艺术形式。

慈悲的白云

张明照

我是草原上的牧羊人。

把放羊铲放在一边，我坐在小河岸边的一块石头上，牧羊犬蹲在我的身旁，它警惕的眼睛扫描着羊群四周的草场。

草原的风景美丽如画，云朵一样的羊儿在草原上吃草。身边淙淙流淌的小河，宛如一条洁白的哈达，河边的芨芨草丛旁站着一只旱獭凝神眺望。在小河对面，老牧羊人在放牧，羊群踩着青草伴着野花悠然散开，远远望去好似春末斑斑驳驳的残雪一样。

草原的风光流动如水，远方蒙古包的炊烟袅袅上升，一行矫健的大雁切割着天空果冻一样的蔚蓝，草原深处的一片风力发电机在悠悠运转，一切的一切都是这样安详。草原是沉静的，沉静中包含着一种凝定的力量，这是草原的灵魂草原的光芒。

从挎包里拿出了泰戈尔的散文诗《新月集》，这是我来插队后，随身带着的一本书；一有闲暇，我就会细心品读，期望在字里行间中不断接近这位大文豪深邃的心灵，期望在沉思冥想中不断领悟他明澈的思想。泰戈尔才华横溢，我喜欢他像蓝天一样深广像湖水一样纯净的心灵，喜欢他笔下的大自然充满了七色彩虹一样的柔和美感，喜欢他充满深邃哲思的语言字字如珠，喜欢他诗意的灵魂闪烁着人类智慧的永恒光芒。

我是草原上的牧羊人。

抬头看见灯笼一样明晃晃的太阳，看见一朵朵安详的白云镶嵌在蓝天上，看见一群灰椋鸟从头顶上飘飞而过，我的心灵里诞生了春风流水一样的美妙遐想。有阳光就会有白云，有白云就会有水；阳光、白云和水，在大自然中是一种普普通通的存在，是一种平和的构成，也是一种和谐的生态。

阳光是轻盈的，她像母亲的爱一样清澈，像钻石一样透明，清澈的东西无私，透明的东西单纯；阳光是沉重的，她是灵魂的灯火。

白云是轻柔的，她是蓝天白丁香一样的思绪，思绪是流动的彩虹，是无声的歌；白云是滞重的，她会用闪电擦亮坚硬的天空，会用雷鸣惊醒沉睡的大地，会用霏霏细雨润泽草原，闪电雷鸣细雨是大自然的智慧，是苍天的力量。

水是生命的根，是太阳的影子，是时间的伴侣，伴侣之间互为影子心心相印；水是天空的爱，是大地的情，爱与情是生命的纯真，是心灵的奔放。

我是草原上的牧羊人。

对于我来说，草原是一本打开的书，内涵深邃，永远也读不完。草原是在阳光中一览无余地铺展开来，阳光是涓涓流动的七彩斑斓，草原是四季变化的春华秋实。

在苍苍茫茫的草原上，有一个简单的真理，像玛瑙一样坚硬，像山丹花一样闪光：

是星星就会发亮，是鸟儿就要歌唱。

是溪水就会奔流，是花朵就要开放。

在充满温馨的人世间，也有一个明晰的哲理，像泉水一样单纯，像秋果一样芳香：

不管你有着怎样的一个人生轨迹，生命都有其自身的独特价值。

一个人对于生命本质的真切感悟，像生命自身一样贵重如金，明心见性，意蕴悠长。

我是草原上的牧羊人。

当我们思考人生的意义之时，自然会想到生命的求索与灵魂的去向，在百花盛开的广袤草原上，从什么地方起步可以走向天堂？对此，我有着水滴石穿一样的静谧观察，有着钻木取火一样的苦苦思索，也有着金色百合一样的温馨遐想。

春风与每一株大树每一棵小草每一朵花儿每一缕炊烟呢喃细语，在走过的茫茫草原上，春风留下了远方日日繁荣的信息，也留下了万千事物生长的绿色激情与成熟的红色渴望；在春风经过的地方起步，可以走向天堂。

小河中的一条鲤鱼跃出了水面，跌落在枯燥的河滩上，老牧羊人走过去，拿起了痛苦挣扎的鲤鱼，把它轻轻地放进河水里；从怜悯诞生的地方起步，可以走向天堂。

鸟儿落在鸟巢上，把叼着的虫子，放进了嗷嗷待哺的小宝宝嘴巴里，母爱的光芒笼罩着鸟巢的安适；从有爱的地方起步，可以走向天堂。

在湖边的浅水中，一群白鹭伸展着长桨似的翅膀，抖动着身上白蝴蝶似的阳光，欢快起舞，美轮美奂；从有美的地方起步，可以走向天堂。

我是草原上的牧羊人。

我翻看了几页《新月集》，然后把它放进了挎包里，浮想联翩宛如一行大雁在脑海中出现，向着远方飞翔。因为每天的黑夜都有梦诞生，因为每天的太阳都是新的，所以，善的心灵是一个宁静港湾，草原的风景之美在阳光中静静流淌。

牧羊人知道草原上有羊群，森林里有灵芝，小河里有金沙，湖水中有珍珠；牧羊人还知道牧人的心灵里有美，有粗犷的歌，还有爱之光。

牧羊人知道小山羊跟着老山羊，小红马跟着老红马，小骆驼跟着老骆驼，形影不离；牧羊人还知道太阳是一堆篝火，月亮是一个摇篮，阿爸阿妈的爱滋润生命，是人世间的春风春雨夏花秋阳。

我是草原上的牧羊人。

叩问苍天，叩问大地，再叩问心灵，我奇异的幻想宛如一匹矫健的天马，在广袤的宇宙之中驰骋飞扬。

如果你是一片深深的海洋，你是否会重新安排地球的版图，使我们这个蓝色的星球上，处处适宜居住，时时拥有春光？

如果你是万里无垠的天空，你是否会更多地珍藏白云的心语，更多地收录鸟儿柔情的歌唱？

如果你是一个明媚的太阳，你是否会抹去大地上万千事物的沉沉阴影，让世界一片明光？

如果你是一轮柔美的月亮，你是否会改变自古以来的运行轨迹，让地球的每一个晚上，都有一个完满的月亮？

我是草原上的牧羊人。

我知道不论在什么时候，也不论在什么地方，大地上的林林总总，都是太阳爱的结晶，都是因缘结构：

花的草原上，美丽的风景浑然天成，风景是太阳的素描，是蓝天的微笑，是时间留下的一连串遐想。

爱的草原上，美丽的风景独树一帜，风景是大地的梦，是草原的美，是宇宙播种在地球上的灵光。

在鸟儿中，我喜欢布谷鸟，也喜欢夜莺，它们都是个性鲜明的一流歌手，也都是可亲可敬的小仙子：

布谷鸟和夜莺在春天歌唱，歌声迥然不同，歌唱者的心境也大不一样，那是两重天地，两重梦想。

白天，太阳明媚，布谷鸟歌唱，催促着人们，季节不等人，人勤春来早，快快播种，快快插秧。晚上，月牙如船，夜莺怀旧，心灵中的爱单纯而又执着，深情而又哀婉地歌唱，歌唱着胜似黄连之苦的漫漫相思，歌唱着别离之后紫李子一样的绵绵忧伤。

我是草原上的牧羊人。

在草原上放牧，一天天一年年，牧羊人用心灵用眼睛用幻想，采撷风景，滋润灵魂，构筑梦想：

每一颗星星都是白云的故乡，每一朵白云都带着星光飞翔；离家的白云依恋着星星温柔的怀抱，星星的幻想宛如风儿一样跟着白云飘荡。

每一只鸟儿都是大树的歌谣，每一棵大树都是鸟儿的天堂；鸟儿的歌声飘飘远去化为了天边的云彩，大树的年轮刻下了鸟儿动情的吟唱。

每一朵花儿都是蝴蝶的一面镜子，每一只蝴蝶都带着花儿的梦想飘荡；花儿一样的蝴蝶飞出了一条彩色的溪流，蝴蝶一样的花儿把爱的梦想植入了泥土的芬芳。

我是草原上的牧羊人。

老牧羊人把羊群赶到了河边，冲我招了招手，然后踩着河水中露出来的石头，轻松自如地走过小河，来到了草儿青青的河旁。

我的牧羊犬汪汪地叫着，摇着尾巴跑了过去，在老牧羊人身边快活地跳着。

老牧羊人的双目宛如星星一样炯炯闪光，他弯下了腰，爱抚着牧羊犬的头。

我快步走到了老牧羊人身边，问好之后，我们坐在了小河的堤坡上，这里有一棵茂盛的沙枣树，树下有好大一片阴凉。

目光扫过珍珠一样撒落在草原上的羊群，我的内心洋溢着一种柔柔的温馨，一种淡淡的诗意之光。

看见我望着羊群，老牧羊人说："羊儿身上有一种执着寻找的精神。"

我好奇地问："寻找什么？"

老牧羊人一语道破："寻找玉山羊，玉山羊是上帝的一个杰作，哪一只羊儿在草原上找到了玉山羊，就找到了与生俱来的希望。"

这是很有意味的话语，令人畅想，我十分惊诧地问："上帝为什么会把玉山羊遗落在草原上？"

老牧羊人望着草原淡蓝色的深处，深沉地说："看来你还没有听说过玉山羊，这是一个美丽的民间传说。很久以前，上帝装扮成一个白发苍苍的老人来到了人间。太阳当空，他走在草原小路上，又渴又饿又累，实在走不动了，就坐在了路边的一棵沙枣树下，想好好歇息一会儿。这时候，在草地上放牧的一个牧羊人走了过来，把盛着羊奶的水葫芦递给了他。他一口气喝光了羊奶，非常感动地望着牧羊人说：'谢谢你的羊奶，它是玉液琼浆。'"

聆听着老牧羊人娓娓动听的讲述，我不由自主地生出了一种敬畏，面对着从时空深处走来的民间传说，我感觉到了一种历史岁月的悠久与民族文化的沧桑。

老牧羊人声情并茂地说："面对着这个陌生老人和他的微笑，牧羊人接过了老人递过来的水葫芦，很感慨地说：'牧人们都说上帝慈悲为怀，叫我看哪，他真的应该关照一下草原上的羊儿。'上帝十分惊讶地问：'羊儿在毡包里落生，在草原上吃草，在小河里喝水，在阳光下歇息，在羊圈里过夜，还有什么值得关照的问题吗？'牧羊人回答：'说一句掏心窝子的话，我可怜这些羊儿，它们从小到大，一步一个脚印地跟着我，在草原上奔波，餐风饮露，但是它们活着没有什么希望，一年四季，天天与悲哀相伴，月月与寂寞相随，一个个羊儿膘肥体壮了，也逃脱不了被宰杀的命运。'牧羊人深深地叹息一声说，'哎，您又不是上帝，和您说这些也没有用。'上帝的目光落在羊群上，动了怜悯之心，他说：'我可以给羊儿一点儿希望，让它们快活起来，心灵舒畅。'"

言语见人心，山高知水长。我想民间传说中的这个牧羊人富有同情心，是一个心地善良的人，善有善报，相信他会上天堂。

老牧羊人看了我一眼，继续说："上帝说完，对着头顶上的一片白云，手指一点，白云立即凝固了起来，像一块奶豆腐一样飘浮在天上。他说：'这叫点云成玉。'牧羊人大吃一惊地说：'白云变成了白玉？'上帝又用手指一点，凝固了的白云立即破碎，漫天飞舞，雪片一样纷纷扬扬地从天而降。他又说：'这叫点玉成花。'牧羊人惊呆了。从天而降的花朵，自由自在地飘落在草原上。上帝的手指再一次点了一下落在草原上的花朵，刹那之间，花朵变成了拳头大小的一群玉山羊，站在草原上，恭恭敬敬地望着上帝。上帝说：'这叫点花成羊。'牧羊人屏住了呼吸。然后，上帝一挥手，数不清的玉山羊跑着跳着叫着四散开来，快活地钻进了草丛，不见了来踪去影。牧羊人瞠目结舌。上帝安详地说：'白云是慈悲的，它粉身碎骨了，成了一只只玉山羊。慈悲的白云，奉献之时是一种彻底的粉碎，也是一种不生不灭的涅槃。慈悲的白云，粉碎之时把痛苦留给了自己，把希望奉献给了草原上的羔羊。'"

蓦地，我感到出现在民间传说中的上帝，具有大胸怀大视野大手笔，他似乎是一个前无古人后无来者的魔术师，具有一种无法破解的高超技艺，卓尔不群；他似乎又是一个经典的童话大师，具有一颗充满幻想的心灵，挥动着如椽之笔，构筑着七彩斑斓的童话意境。

老牧羊人的话语，平静如水："牧羊人很惊奇地问：'羊儿究竟该怎么办呢？'上帝不紧不慢地回答：'哪一只羊儿在草原上找到了寂寞的玉山羊，就找到了希望。'牧羊人满腹疑惑地询问：'羊儿找到了玉山羊，叼在嘴里，是化作一片白云飘进天堂，还是依然在草原上……'眨眼之间，面前的老人不见了，牧羊人恍然大悟，这个老人就是上帝。就这样，草原上有了一个玉山羊的民间传说，一年又一年，口耳相传，直到今天，依然是华彩乐章。"

我很有感触地说："在草原上，羊儿吃草，是在寻找，羊儿走过沙滩，是在寻找，羊儿到河边饮水，也是在寻找。寻找梦中的玉山羊是一种快乐，也是一种寂寞。我想羊儿一定是秉承了上帝的旨意，出生落地之后，晃晃悠悠地走在草原上，就会下意识地在草丛中寻找玉山羊，这是一种与生俱来的生命本能，也是一种野火烧不尽的心灵渴望。"

老牧羊人指了一下草滩上的羊群，平平淡淡地说："你看，羊儿三五成群，头抵在一起歇息，那是在向上帝默默祈祷。"

我看见了，在炎炎烈日之下，吃饱了草、喝足了水的羊儿，仨一群俩一伙，头抵着头聚在一起，屁股朝外撅着，静静地站立，宛如一朵朵白莲花一样，羊儿是在休息，也是在虔诚地祈祷，"对于羊群来说，这是一种心灵愿景，也是一种生命安详。这些羊儿没有找到玉山羊，不悲观也不失望，精神可嘉，休息之时也不忘祈祷，希望找到玉山羊。"

沉思片刻，老牧羊人似乎是在与草原对话，解析羊群，也似乎是在向上帝诉说，袒露心灵，"羊群一走进草滩，草原上就有了流动的风景。性子急的羊儿，在草地上快走，希望抢先一步找到玉山羊，给不明真相的人留下的印象是心浮气躁，哪儿草高就往哪儿跑。慢悠悠的羊儿呢，心里也有一定之规，它们知道只要脚步不停地行走，只要双眼不停地寻找，只要走到哪儿嘴巴就在哪儿吃青草，也许能够找到上帝给予的希望。"

我颇有兴致地问："也许在羊儿的眼中，天上的一片片白云，那是上帝的慈悲上帝的爱，那是已经找到了玉山羊的羊群，正在徐徐地飘往天堂。在草原上，是否有羊儿好梦成真？"

老牧羊人说："羊儿好梦成真的事没有听说过。只是听说好多年前，有一个牧羊人在草原上捡到了一只玉山羊。"

我好奇地问："玉山羊给牧羊人带来了什么好运？"

老牧羊人平静如常："对牧羊人来说，他找到的玉山羊，就是一个在草原上出土的古代文物，听说那个牧羊人祈福平安，把玉山羊戴在了脖子上。"

这个玉山羊的传说扣人心弦，感动着草原，美丽着岁月，也滋润着一代代牧羊人；这个玉山羊的传说诗意盎然，对于草原对于羊群对于白云做了一个崭新的诠释，令人回味，令人畅想。

我是草原上的牧羊人。

老牧羊人甩动羊鞭，鞭花声声，拍打着蚂蚱惊飞的翅膀。

小河对面的头羊听到了召唤，抬起头来望了望老牧羊人，然后走上了对面的河岸，又走下河滩，迈进小河里，溅起了团团簇簇的水花，它带着一身水珠爬上了河岸。在头羊的身后，散散漫漫的羊群涉水过河，宛如春天小河解冻时大块小块的冰凌流淌一样蔚为壮观。

　　顺便说一下，老牧羊人十岁的牧羊犬病了一场，前些天死了，我帮着挖土坑掩埋了它，当时站在一旁的老牧羊人，平淡而又安然地说："牧羊犬与人一样，生死都是涅槃。"

　　有关专家告诉我们，犬的生命一岁相当于人的七岁。有一句妇孺皆知的老话，人生七十古来稀，老牧羊人这只十岁的牧羊犬，已经活到了人的七十岁，在古稀之年溘然病故，也可以心安理得了——至于能否涅槃，只有天知道。

　　我的牧羊犬，很有灵性，它知道老牧羊人的牧羊犬已悄然离世，就主动当上了老牧羊人的牧羊犬角色，这是一种生命的担当。它从河水中露出来的一块块潮湿的石头上敏捷地跳了过去，箭一样蹿上了河对岸，绕到了羊群的后面，追赶着一只只羊。

　　再说一下我的牧羊犬，听人们说，由于母犬难产而死，它出生之后是吃着羊奶跟着羊群长大的，羊群是摇篮也是世界，在风的吹拂中它长大了，自然而然就把看护羊群视为第一要务。

　　在散发着清香气息的草原上，慢悠悠的羊群，漫过小河水面，然后慢悠悠地漫过河滩，不慌不忙地涌向了老牧羊人。

　　老牧羊人冲着我摆了摆手，赶着羊群走向了一片平坦的草滩，那里红柳摇曳，青草茂盛，阳光流淌。

我是草原上的牧羊人。

我的牧羊犬很欢实，依然东跑西颠，追逐着离群的一只只羊儿，跟着羊群跑了一段之后，才恋恋不舍地离开老牧羊人，张大嘴巴，喘着粗气，拖着沉重的影子，回到了我的身旁。

我赶着羊群，赶着羊儿的希望，也赶着玉山羊的民间传说，走在花的草原上。

望着宝石一样蔚蓝的天空，我沉思着白云的慈悲，也畅想着上帝的安详；一个感悟宛如蝴蝶一样，蓦然飘落在我的心房：

> 我站立的时候，草原风景流动，一静胜过一动。
>
> 我走动的时候，草原风景凝定，一动平添一静。
>
> 动一动静一静，草原风景是我，我是草原风景。

感谢草原的恩赐，也感谢泰戈尔给予我的禅思之光。

（原载《辽海散文》2013年第8期）

作者简介

张明照：曾任中国作协儿童文学委员会委员、编审。著有长篇童话《黑眼睛牧童》等。中篇童话《七彩鹿》获第二届冰心儿童文学奖新作奖。

又一个迎面而来的马年

马晓丽

记忆中任何一个迎着我走来的马年，都不曾像即将迎来的马年令我如此忐忑。

我挺喜欢属马的，按照我妈的说法，马是大牲口，也是大牲口里最贵气的一种。大概因了我妈对马的偏爱，所以就有了我与马的许多瓜葛：我姓马、属马，连出生的时辰都踩在马点上——午时，这一切都令我对马有一种天然的亲近感。

我喜欢马的性情，无论是静还是动，马总是那么超拔、脱俗，静若处子，动若脱兔；我喜欢马的气质，无论是做最低下的苦工还是做最高超的表演，马都是那样地淡然、泰然、凛然；我还喜欢马自由奔跑的姿态，喜欢它鬃毛飞扬的潇洒模样，喜欢它临险时纵身一跃的无畏精神……但我最喜欢的还是马那充满灵性的眼睛。在我看来，马的眼睛极其漂亮，如秋湖般深邃、宁静、温和。不知为什么，只要我长久地注视着马的眼睛，心头就会涌上一股说不清道不明的感怀，常弄得我思绪万千，热泪盈眶。

对自己生命中的第一个马年，我完全没有意识。当时我还是个孩子，停课的纷乱正令我兴奋不已，我终于可以不必上学了，终于可以满大街疯跑，终于可以整天躲在家里偷看我爸的藏书了。回想起来，那个疯狂的马年没给我留下半点儿关于我个人生命的记忆。

我的第二个马年是绿色的。那时我已当兵多年，是个名副其实的老兵了。说老实话，我没太在意自己生命中的这个本命年，因为这一年有太多其他的事让我在意：我在意社会环境发生的变化，在意社会上那些令我兴奋却又不明就里的思想争论，在意刚恢复的让人充满了希望和憧憬的高考……除了这些大事需要在意，我个人的小事也得在意：我改行了，由一个外科护士改做干事，手中的注射器换成了笔。这个马年，就在这些拥挤在一起的大大小小的在意中，被我彻底地忽略了。

第三个马年到来时，有位作家朋友突然问我：晓丽你今年多大了？我答说三十六。他故作惊讶，说这不眼看就四十了吗？然后开玩笑说，告诉你，四十以上的女人问路我都不告诉！我心有不甘地回道，你放心，我肯定不会找你问路。而且我会努力在40岁之前把地图背下来，争取今后不再问路了！打趣到这里，我忽然间意识到了自己的年龄，这是我第一次意识到自己真的不小了。以我的年龄刚刚开始写作，的确是有点儿太晚了。记得那是个灰色的令我犹豫彷徨的马年，我不知道接下来自己该朝哪个方向走，不知道自己该怎么走，因为我不敢断定我的前面是否真的有路。

这之后的下一个马年，初时呈现给我的是一抹明媚的亮色。我的长篇小说《楚河汉界》出版了，然后就听说被评上了全军最高奖。那时，我正被各种采访、出镜弄得心旌摇曳，那会儿更以为怀里抱着个金娃娃，只消等各种好事蜂拥而来把我这个本命年照得通明瓦亮就是了。但就在这时，老天爷却突然出手，咔嚓一声把所有的亮都灭掉了。《楚河汉界》被拿下，不是降低评奖等级，而是取消评奖资格。我的马年突然就黑了。多年以后，我才明白老天爷这样做对我是何等眷顾。我猜想，当时老天爷大概是看烦了我的浅薄，所以才赶紧用黑暗来阻止我继续下滑，逼我在黑暗中思考，在黑暗中摸索，在黑暗中澄明自己的目光。正是黑暗让我看明白了被遮蔽了的文学本身的模样。正是黑暗让我学会了向内审视，激发我除掉自己目光中世俗油腻的冲动，生出了从束缚自己的精神桎梏中挣脱出来的愿望。为此，我曾不止一次地感慨顾城那句著名的诗句——黑夜给了我黑色的眼睛，我却用它寻找光明。感谢老天爷！在经历了那样的一个马年之后，我的目光的确澄明了很多。

我没想到接下来的这个马年会来得那么快，快得令我猝不及防。

在我的想象中，这是一个不同于以往任何一个本命年的马年。从前那些马年之间没有明显的界线，无论我在意不在意，迎面而来时都不会给我带来太强烈的心理感受。但这个马年不同，它横亘在我面前，不容置疑地亮出醒目的生命标识给我看，提醒我这里有个清晰的人生界限。我无可逃遁，知道自己必须在它面前做出选择：或是按照它给出的生命标识安然转入下一个年龄段的生活，或是无视它的提示继续保持上一个年龄段的状态。直到这会儿我才发现，从前每一个迎面而来的马年，对我来说都是那样无比美好，那样令我无比怀念。

说老实话，我挺不甘心的，既不甘心被人像切萝卜似的一下子切到另一堆里，也不愿意继续假装一切都毫无改变。那么，我该怎么办？我摸索着自己内心中的意愿，却发现在这个马年到来之前，我最想做的事竟然是下部队！这是一个连我自己都没想到的结果。说来惭愧，当兵几十年，好赖顶着个军旅作家的头衔，写的也都是军事题材，我却从未拿出大块时间深入野战部队。我忽然很迫切地希望能把这个遗憾补上，于是，今年我就抛下手头的一切去野战部队了。

常有人问我，你这次下部队体验生活准备写什么？我说没有确切的想法，人家就笑，说不可能，不为写大作，你怎么会拿出八个月的时间下部队。人家这样一说，我就惭愧得要死，心想我的确不是个好作家，做事随心所欲且胸无大志。我很佩服那些目标明确、善于规划写作且有能力坚韧前行的作家，但我学不来。我天性懒散，既不善计划，又无执行能力，即便勉强计划也是每每流产。更让我难于说出口的是，我知道自己愚钝，人家到一个地方立刻就会触发灵感，然后就是下笔千言，然后就是美文频出。我却不能，我得消化，而且我的消化道似乎特别长，特别需要时间。何况我的笔也很涩，很少有飞扬的时候，写作状态基本可以用一句东北土话"吭哧瘪肚"来形容。

我该如何面对这个令我猝不及防、忐忑不安的马年呢？

我想到了一个好词：归零。这个想法立刻令我兴奋起来。

在经历了前一个黑色的点燃了我精神之光的马年之后，在经历了此后多年的读、写、思考、打磨之后，我一直在努力从以往的精神束缚中挣脱出来。我知道这些年自己已经有了很多改变，越发亲近了文学的本体，越发看淡了文学的外在装饰，越发自觉地向内审视了。我想，也许这一切的努力，包括这一年下部队体验的感受，都是为这个时刻准备的——归零。

我喜欢归零这个词，它让我可以轻松地面对这一个和今后所有的生命标识，不会再接受年龄的暗示，不会再为此类界定而焦虑忐忑。只要我把之前的一切负累都放下，让自己变成一个零，就有可能找到一个新的起点，重新踏上我的旅程。何况，我心里清楚得很，其实我原本就是个零！

在这个马年初始的时候，我希望能先整理好自己，让自己进入归零的状态。然后，我就可以从零出发，心无挂碍地重新上路了。

为此，我对自己马年之后的生命样式，充满了好奇、向往和憧憬……

（原载《辽海散文》2014 年第 2 期）

作者简介

马晓丽：国家一级作家，中国作协会员，中国作协军事文学委员会委员。主要作品有长篇小说《楚河汉界》，中篇小说《云端》，短篇小说《杀猪的女兵》《俄罗斯陆军腰带》等。《俄罗斯陆军腰带》获第六届鲁迅文学奖。

随感三则

卜庆祥

说　话

　　古代圣贤每日三省吾身，我也学古人，每天反省自己说过的话。晚上睡不着了，早晨醒得早了，眯着眼，或赖在床上，想想昨天或昨天以前自己说过的话，却心里直毛愣。

　　我发现，自己说过的话，很多是废话，废得两毛钱都不值，拾荒的都不回收，没地方烧，没地方埋。愁煞人也。有的话本可以不说的，不说还好，说了就悔，捶胸顿足，悔青了肠子——想扇自己的耳光。那些从嘴巴里说出的，多一句，少一句，好像都无关紧要，出不了什么大事，起不了什么作用，自己何必多嘴呢？掴嘴巴。

　　有的话是假话，有的话可以定性为可有可无，有的话说出来就是招祸，没事找事——一张破嘴。有的话纯属自讨无趣。

说实在的，有的话说出来，连自己都恶心。有的话没过大脑，没想好，就随随便便说出来了，害人害己。有的话是情绪话，有的话是脾气话。有的话，说了，才发现不是自己的话，鹦鹉学舌，人云亦云。有的话是捧臭脚，有的话是拍马屁，有的话是舔人家的痔疮。

有的话干脆不是人话，也不是史前人类的话，更不是北京猿人、云南元谋猿人和山顶洞人的话。有的话是自嘲，有的话是吹牛皮，有的话是醉话，有的话是昏话，有的话是三岁小孩说的话，有的话是梦呓，有的话是鬼话，说出来吓一跳。有的话是台词，有的话是应景，有的话是寒暄，有的话是官场上的话，有的话是酒桌上的话，有的话是行话，有的话是黑话，有的话是江湖上的话。有的话没法听，有的话是空洞的大道理，有的话是痴人疯语。有的话，白天听还说得过去，晚上听，就失眠。

有的话像墓志铭，有的话像赞美诗。有的话是半文半白的混账话，有的话像大领导的大会讲话，有的话像土匪地痞的狠话，有的话简直是植物大战僵尸的宣战书。有的话，放在昨天还是真理，放在今天是笑话。有的话听着是真话，细琢磨，非真。有的话是男人的嗓音，却像一个女子在撒娇。

有的话是正话反说，有的话是反话正说。有的话特别正经，特别激昂，特别充满希望，自己却灰心丧气。有的话听者众多，成千上万，黑压压一片，却像在自话自说。有的话是酸腐的，有的话是辣的苦的甜的混合味的。有的话说了血压升高，血糖四个加号。有的话说了脸红心跳。有的话说了面不改色心不跳。

有的话有毒，有的话有刺，有的话意味深长，有的话有弦外之音。有的话伤人。有的话不负责任。有的话磕磕巴巴。有的话言不由衷。有的话不阴不阳。有的话昧良心。有的话欺了上瞒了下。

有的话，一旦放出，天打五雷轰。

喝　酒

男人不喝酒，就会去找女人。而不去找女人的男人，必是在去喝酒的路上，或是正在推杯换盏。当老婆的，很怕自己的男人不喝酒。若自己的男人是大酒包，好杯中之物，女人守在家里大抵可以安心。

男人是酒的主顾，没有酒的日子，男人嘴就寡，没滋没味，不知怎么挨。

酒是男人胆，酒是色媒人。

男人不喝酒，本性退化，就雌了。

男人喝了酒，就吹鼓了充气了，从植物变成动物，从食草的，变成食肉的。虎背熊腰，力大无穷，气吞万里如虎，金刚天神一般，想什么来什么，干什么爽什么，曾经的梦想照进了亮堂堂的现实。什么不如意的事，顷刻间都化作了虚幻的泡沫。

酒的迷醉，胳肢了男人的痒痒肉，禁不住要哈哈大笑了，将卑微和寒酸抛至脑后，天运苟如此，且进杯中物，像五柳先生那样。

毛嗑

毛嗑属平民百姓嘴里的嚼裹儿，也是干果中最贱的。货色卑微，形状猥琐，所以，也就没法与其他的干果比身世，比身份，比身价。

毛贼，指的是小贼小寇，偷个鸡摸个狗什么的。那毛嗑呢，透着极端轻蔑的称呼，一种难上台面的、体量很小、内含甚少的零嘴。

很久以前，榛子、松子、核桃不多见，毛嗑却满大街地叫卖；小贩用废旧的书报，折一个三角形的小纸杯，盛一小捧毛嗑，哄来鼻涕虫馋嘴巴子手心里的几分零钱。

过年过节的，毛嗑是招待最最普通的、最最没有讲究的亲戚朋友的。只有贵客和远方的客人登门来访，才端出榛子松子核桃之类的干果，大盘子，大笸箩，大方，豪爽，喜庆。

榛子采自丘陵小山。而松子，似以北方深山老林的品质最好。核桃大多是外运的，本地的核桃是山核桃，不中看也不中吃，玩玩还可以，要吃到嘴里，不容易。来自南方或是西北的核桃，就稀罕了，孩子们往往对之心驰神往，咽口水。

毛嗑虽贱，但它极易吃到嘴里，所以，馋人就舍不得它，离不得它。比之榛子、松子、核桃，它不用动铁器石头，不用引外力。引外力其实很凶险。古时围城，城里人派特使出城搬援兵，援兵赶来，杀退了围城的外敌，进驻到城中，城里的人又成了刀俎上的鱼肉。董卓的西凉兵便是外力，虎狼之师进了京城烧杀掠掳，连人杰吕布爱慕的大美女貂蝉也被腌臜了身子。

嗑榛子，有人嗑掉了半个牙；砸松子，有人弹伤了眼珠；核桃老顽固，对付起来要动硬的，最直接的用门挤，挤了几个，门的折页就松动了，门扇耷拉了，夜来闭户防贼娃子，嚼着核桃，嘴角泛白沫子，心里想着可不敢忘了把门修好。由此说来，毛嗑的贱，有贱的好处，嗑着不犯合计。

毛嗑还贱得被用来加花花点子。当街的娼妓，边不断嘴地嗑，边四下飞眼招客。年轻貌美的军官太太或是花枝招展的地主老财的小老婆，也爱扭腰甩胯，呸呸地满天吐毛嗑皮，闲极无聊，少许淫荡。

毛嗑，不招人待见哪。很久以前的很久以后，毛嗑受开心果、夏威夷果、大杏仁儿之流的欺负，就更贱了。但是，毛嗑的受众从不见少。

生的毛嗑炒熟，过去用小勺小锅，纯手工，作坊式的。事到如今，大锅大铲，机器翻炒也很常见。大露天市场，闹市区，小街小巷小胡同，不论黑天白昼，毛嗑的香气，浓郁芬芳，四处撩拨人。

黄口小儿把嗑毛嗑当游戏。两人挑选一二十粒品相饱满、形状修长的，掬在一只手的手心，听令下，另一只手拾了往牙缝间嗑，果仁吃下，果皮吐出，用时最少的，且嗑得最净的，为胜方。总会有一方耍滑，连皮带仁冲天吐了，当裁判的细验吐出的东西，恶心得要死，却贼不得捉，赃也不得见。突然，一个号啕起来，又捂着嘴到处找宝似的，却是正赶上换乳牙，刚才只图痛快吐得欢了，竟把一颗牙吐丢了。游戏变哭戏，吃下的果仁不知香臭，生生瞎了好东西。

嗑毛嗑的乐事不止这些，还有一个桥段。

很久以前的很久以前，一个破落公子饿得发昏，叫开一家财主的门，狂言医得小姐的病。原来，这家财主的小姐不知生了何病，面黄肌瘦，骨瘦如柴，还厌食。财主愁得一脑袋闷头，撒下人去，四处寻医问药。忽闻有人自告奋勇，连忙请进门来好饭好酒侍候。公子其实是水货，哪会治病，只是饿得两眼发蓝，冒死来蹭饭的。公子吃了三天的鸡鸭鱼肉精米细馍，犯愁了。又过了三天，供饭的财主急了，公子也直挠墙。无以解忧，公子和丫鬟闲扯，丫鬟说她们家小姐也不是什么都不吃，一天要吃一笸箩毛嗑呢。一笸箩是多少，公子想象不出。丫鬟说，我们家小姐每日睁眼就嗑毛嗑，从白晌嗑到黑夜，不嗑到嗑不动了不断嘴，其他的东西，什么水果呀，饮料哇，大米白面哪，概不入肠。至于荤腥，提也休提。所以，她们家小姐呀，纸片子似的，草棍儿似的。说话间，来到后花园，公子大惊，哎呀，一堆堆的毛嗑皮连成片，拱成丘。公子暗忖，皮且如此之多，果仁儿还不晓得多少呢，好命的小姐即便不吃不喝也饿不着哇。又过了三天，财主不让了，凶神恶煞的仆人拎了砍刀铁锤来吓公子，还唱：拿了我的给我还回来，吃了我的给我吐出来。公子想，完了，没活路了。心里想，嘴上也说：完了。

仆人听，喝道：完了？什么完了？

公子机灵，说：完了，完事了，这事好办了。

仆人问：好办了？什么好办了？

公子眼前浮现出成堆的毛嗑皮，你们这些粗货，唤丫鬟来。

丫鬟听从公子安排，用布袋装了毛嗑下铁锅煎水，一日三次，一次三碗，用大碗给小姐服下。若小姐不服，可动用仆人之强力灌之。同时，忌食毛嗑，米水不得进。

如此三日，小姐面泛活色，直嚷：丫鬟，东坡肘子、鲍鱼、葱爆海参、干炸里脊、锅包肉、红烧茄子……端上来！

财主大喜过望，对公子另眼相看，心下想把小姐许了后生为妻。公子莫名其妙，捡了大便宜。

洞房花烛夜，小姐问公子，公子想当然地回：你每日嗑嗑嗑，呸呸呸，吐多少口水，失多少元气，人没了口水，吃什么都不消化了，不消化了也就不想吃了，不想吃，就吃毛嗑，日复一日，还不瘦成了骨感美人？这正是：富家千金暴食毛嗑瘦比黄花，破落公子乱开药方抱得美人。

这个毛嗑故事，是我小时候听父辈讲的。其中，有多处虚构瞎编。比如胃口大开的小姐让丫鬟端上来的菜，都是我想吃吃不着吃不够的。

想这毛嗑，想这零食，想这闲打牙的东西，真是贱，穷人吃不饱饭，还就偏让穷人吃着玩。相反，富人吃了贱物却得了厌食症，肠胃消受不起，像财主家的小姐。

（原载《辽海散文》2013年第4期）

作者简介

卜庆祥：中国作协会员，鞍山市作协主席。作品发表于《鸭绿江》《芒种》《福建文学》《青年文学》等省内外刊物。著有《夏日事件》等。

一生不借谁的光

马鹏程

双鸭山是座因煤而兴依山而建的边疆小城，大致兴起于1990年后。

到这座小城的人有包地的，卖大豆的，倒腾木材山货的，开小煤矿的，贩运煤炭的，兜售服装鞋帽的，推销建材机电产品的。倒爷、贩子、推销员齐聚于此，好不热闹。早些年，我是去推销螺旋钢管的。火电厂的排灰、排污管道，新兴城市的供水、供热、供气系统均有大量需求，因此我每年都会去几次，而且一住就是十天半月。

火车站和长途客运站附近小旅社林立，民营的较少，国营的居多。交通旅社建在陡坡上，是座五层楼的建筑，下面两层是长途客运站，开前门，上面三层开后门。面对公路的一楼是建筑的第三层为交通局的办公楼，第四层是他们的多种经营公司，旅社位于五层。因为是国营不太考虑经济利益最大化，或者并不看重宿费收益，或者看重的是住客的人脉关系和商务价值，宿费很低。这里只有一个标间和一个套间，标间每天十五元，每张床位七块五；套间每天二十元，每张床位十元。那时候的宾馆按床位收费，二至五个陌生人同住一个房间是常有的事。旅社的房间很大也很干净，供水、供热和服务都很到位。旅社有食堂。早餐馒头、粥、小咸菜是免费的；午餐、晚餐也很便宜，每餐花费只需几元钱，而且可以吃到两样菜。在我的记忆里，最经济最实惠的旅社非此莫属。

交通旅社清一色是来自全国各地的商贩和业务人员。大家彼此相处融洽，经常同住一个房间的会处成好朋友；经常共进午餐、晚餐的会成为商务伙伴；经常去同一单位、同一行业办事的会成为好同志好"战友"。和我常来往的有十几位，其中包括多经公司的老总和旅社的经理。我找厂长要了一张授权委托书，他们可以在当地代理我们厂的产品，业绩算在我头上。那时候全国的同类企业加到一起不过二十家，其中辽阳五家，鞍山两家，锦西（葫芦岛）一家，四平一家，鸡西一家，宝鸡、资阳、泾县各一家，所以产品还算紧俏。多经公司的关系网很大，那几年还真卖出几千吨的钢材，彼此收获颇丰。

一位来自广东佛山四五十岁的大哥和一位比我大五岁的温州大姐由于经常和我"抢"套间"抢"标准间而成了好朋友。只要我们三人在，别人就住不到套间和标间。大家都抢，是因为那时候做生意，客户经常到房间去谈业务，因此搞些面子工程"摆一摆谱"也是必要的，单位也会支持。拥有"大哥大"的微乎其微，能挂上寻呼机就算是好样的。这两个房间有外线电话，显得格外金贵。"邻居"经常来借个电话，回报是请吃饭或买礼物，电话费还可以回单位报销，算起来还是挺划算的。

广东大哥是做陶瓷生意的，温州大姐做的是工业电器。从业务上讲，我和大姐走得近些。从感情上讲，我和大哥处得较好。初相识时我管那老东西叫叔叔，他说什么都不答应，他说他老婆是哈尔滨宾县的，只比我大三岁。温州大姐是个不折不扣的"黄金剩女"，年近三十还未出阁，这在20世纪是不可想象的，她很白、很富、很美，常年行走江湖，为了获取财富不辞劳苦。她很敬业也很前卫，对待朋友很真诚，出手也大方，她值得我尊重和敬佩。广东人和温州人做生意确实厉害，那几年我学到了很多东西，两人给我很多帮助，令我受用一生。

不知何时，大哥开始做煤炭和钢材生意，他对我说："我们南方的经济发展很快，现在缺钢材、木材和煤炭，你看能不能帮我搞一点儿，挣了钱咱哥儿俩平分。"我说："试试吧！"鞍山是钢都，全国各地倒钢材的全往鞍山跑，通过一些关系搞到一些钢材自然不成问题。通过广东大哥着实挣了几笔。当年"对缝"（亦称拼缝）的人很多，无论农民还是环卫工人都参与其中。那状态跟巩汉林、潘长江、李静早年演的小品并无二致，可真正对成的还是少数，挣到钱的更是少数，比例应该不到百分之十。至于煤炭，楼下的多经公司就有资源，但是此地是铁路网的末梢，如我的一位医生朋友所说，是人的盲肠。车皮不好搞，有煤运不出去，汝之奈何？恰巧有位好朋友在哈尔滨铁路局做调度工作，我无须贩煤，只管去弄调度车皮的批件就已经赚得盆满钵满了，赚钱简直太容易了。

大姐的生意做得很好，小产品却能拿到大订单，这个女人不简单。人家虽然只用二十台交流接触器却买六十台，剩下的四十台放进仓库做库存，你说厉害不厉害？她也利用我的车皮贩运煤炭，竟然后来居上，比我们赚得都多，这缘于她有充足的资金和强大的后援团。温州人生意做得大，做得成功缘于人家不是单兵作战，是一个乃至数个团队在作战，这一点我们东北人比不了。她还有一个本事：把当地的商品卖给当地人，这点是我和大哥绝对做不到的。我对她的钦佩是由衷的。

生意做得风生水起，自然会有些闲事无法忘怀，姑且述之。

大哥喜欢和美女打交道，常有年轻美貌的女子围在他身边。他在旅社长驻，他的小媳妇也经常带着幼子过来看他，一住就是一周。小嫂子走后，就会有别的女人来访，我经常被他逼得有屋难回。

大姐呢，常有一些人请她喝酒，找她陪酒并到她的住处拜访。她经常拉着我一起赴宴，表现出和我非常亲热的样子，有时候说我是她弟弟；有时候说我是她哥哥，因为我确实长得比她老；有时候说我是她的男朋友，令我啼笑皆非。后来我知道她有时候也会顺应潜规则，顺水推舟，为了求取财富她出卖了自己。不谙俗世的我偶尔也会吃醋，偶尔也会"帮倒忙"。有一次我陪她宴请一个大公司的采购科长，业务谈得很顺利，条件也谈好了，只差签合同，那个色鬼假装喝多了酒，非要送她回住处。她住我的隔壁，我也不识时务地与之同行，到了旅社也不回自己的房间，一直耗在她的房间里，直到次日天明。那个家伙未能得手，合同也没签成。我觉察到她非但不怪我，还很高兴，而且对我更加关爱，一张大单丢了，竟毫不在意。

有一次，她来到旅社已经很晚了，已无空床，她又不愿住到其他地方，恰逢大哥回了广东，我的房间有张空床，她便非常强势地挤进我的房间。非亲男女共处一室，这还了得！起初我有些害怕与羞涩，后来想，我与她与广东大哥亲如兄弟姐妹，同处一室又怎么样？以前酒醉三个人住到一间屋里的时候都有，这算得了什么！别人瞎想瞎说随他去吧！没什么了不起。想到此我不再脸红，心跳不再加速。她倒不客气，脱掉外衣露出又薄又性感的内衣来回走动，在浴缸内洗澡也无视我的存在。我的热血在沸腾，但我控制住了，假装打起呼噜。她见我无动于衷异常失望，那一夜她睡得并不随意。偷偷看去，她的眼角滴着泪花，她哭了。我忍着忍着还是忍不住，想安慰她问为什么哭泣。她说："你嫌我老吗？"我说："你比我年轻，所有的人都这么说。"她说："你嫌我脏吗？"我说："在我心中你是最纯洁的圣女。"她笑笑说："是真话吗？"我说："我骗过你吗？"她说："那为什么？"我说："不为什么，在我心中你是我姐，我亲姐。""但我不是你姐，我们没有血缘关系，你知道我在想什么！和我在一起难道你亏吗？如果你觉得亏，日后你可以出轨，但我从今天起不会再出轨，我保证一生一世在情感上只面对你一个男人，不会做一件对不起你的事。我只要你爱我。我们拥有许多人梦寐以求又求之不得的财富。我们在一起将来会幸福的……"我无言以对，沉思良久，方道："睡吧，姐姐，告诉你一件事，我已经有女朋友了，她是个在校的大学生，也是个美人儿。她心地善良，性格也很好，我答应过她这一生一世只属于她一个人，我的一生一世都不会做一件对不起她的事。"我编了一个善意的谎言。她不再说话，放声大哭，我又见到了这个坚强女人最脆弱的一面。她在我面前没有防线，我可以看到她的一切，一个更真实的她。我并不在意她的年龄，虽然那时候鲜有姐弟恋。我知道她的过去，但这并不足以成为我拒绝她的理由，卓文君、梁红玉纵有失贞，但哪个不是烈女，司马相如、韩世忠嫌弃她们了吗？英国的蒙哥·马利元帅对此事不也看得很开吗？只要是真爱，无须在意过去。我相信我俩一旦牵手，她可以成为一个检点的女人，我们在物质上可以丰足一生，在精神上可以愉悦一生。我真正在意的是她的成功她的强势，不得不承认我不如她，如果走到一起我一辈子都要在她的影子里生活。当时自认为我也是成功人士，不需要她的财富与提携；自认为在一个屋檐下，男人不如女人是一件很悲哀很耻辱的事；自认为我应该找一个受我呵护的女人做我的终身伴侣。她只是我的红颜知己，虽无肌肤之爱，却是我心中永远爱着的女人。

后来她对我说："一个坐怀不乱男人肯定能成大器。"但我至今文不成商不就且与仕途无缘，仍未成大器，辜负了她的期望。她关注了我很多年，她通过"间谍"了解我的一切行为，这是个可怕的女人。但从另一个角度来讲，她是真正爱我的人，我很感激。在我最不如意的那几年，她找过我，我又一次婉拒她主动伸出的橄榄枝，因为时过境迁，我不再是当年的我，她也不再是当年的她。我不理解我的当年，面对与我朝夕相处情投意合的美人儿何以会如此冷漠。那是真实的我吗？如果回到当年，我或许会有不同的选择。这就是人生，在某一时刻擦肩而过就再无机会心手相牵。回顾过去，我有很多次机会可以通过婚姻改变我的命运、我的人生，我为多次失误埋单。"大男人，大男子主义"的思想葬送了这段感情，我是那么不自信，那么卑微，那么渺小。自以为虚怀若谷，事实却是心胸狭隘，我不值得她爱。

后来我升职了，一些小地方小项目交由代理商或业务员打理；通信也方便了，事务也多了，很少再去双鸭山，再去交通旅社；大哥和她也因为种种原因回了广州和温州，当地的业务只派手下打理。昔日的一切留在记忆里了。

去年秋季再访双鸭山，那座五层楼早已不在，取而代之的是座高层建筑。广东大哥后来因为家庭和经济问题入狱。她成为一家知名电气公司的大股东，后来涉足服装和地产，如今身家已过百亿。斗转星移，感叹华年易逝，年逾不惑就不能再犯错误，我会珍惜现在拥有的一切，我的妻子、我的公司，让今天不再失去。我相信，我的未来依然美好！

2013年秋于双鸭山

（原载《辽海散文》2013年第12期）

作者简介

马鹏程：辽宁省散文学会常务副会长，辽宁省传记文学学会前会长，鞍山市散文学会会长。代表作有长篇小说《寻梦》、诗集《浪涌松江》、文集《心海微澜》等。

老 房 子

暖 树

前几天，与远在南方的姐姐煲电话粥，姐姐提到了想念我们儿时的老房子，并遗憾没有照片留下来。说她曾经尝试丹青素描，却没能将记忆中的老房子画出。一句话触动情肠，不觉哑然，我也曾有如此心思，拿起笔想描画老房子的旧日容颜，结果相同，连连自叹无能，看来只能在记忆中梦中去寻它了。

儿时，我们一家人住在Ａ城西区，记忆中的老房子像一位弯腰驼背的老人，歪歪斜斜地站在那儿，与周围邻居家的旧房子拥挤在一起。每到做饭时，屋顶的烟囱冒着烟，屋里也满是煤烟味，小孩子在屋里待不住，就都跑到外面去玩，觉得外面又清新又亮堂胜过屋里，但是到了冬天就只能忍在屋里。那时大哥已成家另过，二哥哥已参军，家中只有姐姐小弟和我随着父母住在这房子里。一铺火炕外加隔出来的灶屋和一间小仓房，就是老房子的整个户型图。家中没有柜子，衣服及杂物都往上举到隔棚上去。以我当时的身高，站在炕上跷着脚就能够着，可见这个隔棚并不高。小弟常爬到上面玩，有一次玩困了竟在那里睡着了，害得全家人到处找他。晚上全家人挤着睡在那铺炕上。记得最清楚的是那盏单根电线吊着的电灯，仰卧时它悬在头上，傍晚我和姐姐借着这盏灯写作业，我们睡下后，这盏灯才归母亲用。每每半夜醒来，睁眼看见的就是母亲在灯下忙针线，全家人的衣服鞋子都由母亲一针一线做出。待早晨醒来时，又见母亲在忙着做早饭，那时我心里就有一个疑惑：母亲是从来不睡觉的神仙吗？母亲是新中国成立后最早一批参加工作的妇女，白天还要上班，小孩子的午饭就装在一个筐里挂在梁上，几个玉米面窝头，就着大葱大酱即是午饭。

有一年，听母亲说起六月里出巧云，我们就爬到房顶上去看云，房子的西边是一条直通的土路，向西望去无遮无挡，是看云霞的好地方。晚霞灿烂如火，云尽情地变幻着色彩，美极了。不想后来被大人发现，就吆喝着赶我们下来，唯恐踩坏油毡纸的房顶。果然，到了雨天房子多处漏雨，雨脚如麻下个不停，炕上大盆小碗摆了一炕，滴滴答答叮叮咚咚接盛着漏雨，炕面也湿了一大片。到了晚上睡觉时，父亲搜寻了家里所有能用的木板垫在炕上，面积不大只够一个人睡的地方，那时我刚上小学一年级，父母决定照顾上中学的大女儿睡在那儿。姐姐自小体弱学习又累，一躺下就睡着了，母亲将厚重的绿色胶面雨衣盖在姐的被子上，以防漏湿。其他的人则在炕尾靠墙依次而坐，相互依偎到天明。雨一停，父亲就又上了房顶开始修补。

日子一天天过着，我们依旧住在老房子里。看看邻家的房子也与我们一样破旧，我就认为房子都是如此，并没有觉得它特别不好。直到有一次，一群同学来我家写课后作业，她们站在门口叽叽喳喳都不进屋，我直纳闷，心直口快的曹素芝大声说："这么小又黑，咱们去别处吧。"我才恍然明白，心里不服，别处又能好哪去。待到了徐素文家，看见屋内窗明几净宽敞明亮，坐在平展的炕上，作业本放在枣红色的炕桌上，阳光照着炕上黄嫩嫩的苇席，屋内也没有煤烟味，往外看，庭院里还开着丁香花，天下竟有这么好的房子。回到家立刻跟母亲讲今天见到的好房子，母亲明白我的心思却只说："院子里栽丁香树不好，丁香是很苦的花。"我当时无语，长大后才明白母亲的意思。将来我们也会有这么好的房子，院子里不栽丁香，要栽一些海棠之类好看又喜庆的花。从那时起小小的心里开始有了对房子的渴望。

20世纪60年代初，我们一家人就是在老房子度过的。当时姐姐十七岁，我十一岁，小弟八岁。记忆中，雨下个没完没了。因房子窄小，勤快的父亲就在外面搭了一个灶棚，以解夏天屋内令人难耐的闷热。连雨天里，灶坑里的煤灰全是湿的，支灶棚的木柱也被雨浸透变成黑色。煮好的玉米粥冒着热气，要紧跑着端进屋里，全家人围着炕桌吃饭，菜只有咸萝卜丝，吃到最后，锅底剩下一层较稠的底糊，母亲用小勺子搜刮出来，放到我弟的碗里。我和姐姐虽也没吃饱，但没谁想和他争，我们都很心疼他。我们小孩子的眼睛只盯着碗和锅，却没有看到母亲几乎没怎么吃。后来她走路打晃脚浮肿，还要坚持上班，真不知道她是怎么挺过来的。人人家家都在想办法填饱肚子，除了粮本上的定量粮油，副食品少之又少。那年冬天，王普叔叔约父亲去了刘二堡乡下，带着铁镐担着土筐去刨地里的地漏萝卜。记得父亲回来时天已黑透，房门大开处，父亲担着两筐小冻萝卜，手中拎着铁镐站在门口，棉衣的前襟和帽耳都扣得紧紧的，帽檐儿、眉毛和胡子上都凝着白霜，脸冻得通红。我们齐扑上去帮着抬筐，母亲将带着冻土的萝卜堆在灶前化冻。第二天饭桌上就有了一大碗煮熟的小萝卜，小萝卜小到一口就可吃一个，全家人甜甜美美地吃了好几天有菜的饭，时至今日，咂巴咂巴嘴还有香甜的味道。多年后，八十多岁的父亲住在我家时，我谈起这件事，父亲竟高兴得很，惊讶我还会记得这件事，好像很感激似的。这使我心觉苦涩，父母永远觉得自己给予儿女的少，困苦中怎样拼尽全力呵护养活我们，在寒冬里遍地寻挖那小到可以一口一个的小冻萝卜，我怎会不记得，又怎敢忘记。

　　参军的二哥具备探亲资格，一别几年，他回来时，我和小弟都觉陌生。二哥一表人才，绿色军装更显他的英武，我总是偷偷看他。二哥带了一架相机回来，我们急等着他照相，可不知为什么总也没照成。晚上大家都睡了，他却还坐着摆弄相机，次日早晨醒来时，他仍在摆弄相机，竟又拆又装地耗了一整夜。日光从东窗照进来，映着他英俊的脸庞，我怯怯地问，相机可以照相了吗？他说当然，现在就照你乱蓬蓬的头发，我忙用被子蒙上头。后来才知，他是因炕上太挤才借由不睡。第二天母亲在炕对面的地上就着鸡笼铺上木板，搭了一张简易床，我自告奋勇睡在上面，这炕上才有了二哥睡的地儿。后来他并未休完假期就提前回部队了，为此母亲唠叨了很长时间，还默默流了不少眼泪。

后来姐姐考上了北京大学，离开了老房子，我也考取了Ａ市的三中，由我来负责和她通信，姐姐的每封信中都要提到想老房子和家人。再后来二哥领回了女朋友，后来成为我们美丽的二嫂。她也竟丝毫不嫌老房子破旧，那时候二哥还在部队不在家，她也常常来家里，有时天晚了就睡在家里。她一来，家里就非常热闹，一家人说说笑笑，觉得灯光都格外亮堂，就像过年一样。说到过年，那是我们家最热闹的时候，大哥大嫂带着孩子回到老房子，在北京上军校的二哥和上大学的姐也都会回来。那时北京至大连的火车是午夜1点在Ａ城停靠，我和弟弟不辞辛苦去接站，小弟那么爱睡觉的人，到了晚上就赖炕，母亲曾说我是熬夜的耗子，小弟是啼鸣的鸡，接站时这只鸡格外精神。我们姐弟俩高兴得睡不着觉，家里的老旧钟刚刚敲过11点，我和弟弟就迫不及待地奔往火车站，沉沉的夜色裹着寒气，我们睁大眼睛盯着每一辆停靠的火车，很怕错过。二哥和姐姐一回到家，父母就合不拢嘴。亮着灯说着话，小屋子里装满了幸福和亲情。多少年过去了，我仍将这如宝贵财富一样的记忆完整保存，可以像调档一样，随时调出任何一个片段。

后来几经搬迁，房子越住越好越住越大，我们姐弟也先后成家，生儿育女。母亲父亲已先后离世。时光荏苒，老房子早已尘封在记忆里，在Ａ城再无处寻它的旧迹，我们也已成了白发苍苍的老年人。Ａ城也在变，早已非旧日容颜，而呈现一派都市风光，我这个生长在这里的人都快要不认识它了。欣喜它的发展的同时也有些许遗憾，到处是新建筑，原来的地标性建筑没有了，坐公交车时常常坐过站。时有听到司机责怪坐过站的老年人：自己的家都不认识，真是老糊涂了。看来与我有同样感觉的老人并不少。是呀，全新的城市，只有我们这些老人是旧的了，仍嘴里心里地念叨着昨日光景。天津的冯骥才拍下了那些将要拆迁的旧建筑，以留后人缅怀，我们A城也有这样的高人多好哇。2004年姐姐从南方回A城小住，我们曾一起去了老房子的旧址，辨认了一阵才大概确定一个范围，那个地方已被一座大楼占据，我们这两个白发老人在那儿流连忘返，感觉就如同找到了回家的路径，却怎么也望不见自家的大门，心酸酸涩涩的不是滋味。

树上的知了不停地叫，母亲坐在老房子的炕上做针线，旁边放着线筐，我偎在母亲身边躺着，边摆弄线筐里的什物，边看着母亲，倦意袭来竟睡去。我的小学同学赵玉珍来找我出去玩，见我只管睡，就从绿色荷叶包着的樱桃中拿出一颗，往我的脸上一贴，凉凉的，我一惊醒来，竟是一梦。怔怔地环视四周，见女儿房中还亮着灯，才知自己身在何处，摸摸脸上凉凉的竟是眼泪。哦，老房子，每次梦中都是在你那里寻到母亲，母亲也与我们一样舍不得那老房子吧。老房子承载着我们一家人太多的亲情，它虽简陋却是我们温暖的旧巢，那里有我至亲至爱的家人，我的心停泊在那里，怕是再也离不开了。

（原载《辽海散文》2013年第4期）

作者简介

暖树：原名李澍。插队和回城工作期间曾写过散文、诗歌、剧本，长期致力于文化宣传方面的工作。

我曾是一个兵

江　洋

"嘎亮"的风采

我说的"嘎亮"就是光头，不是打靶的光头，也不是考试的光头，而是真正的光头，就是秃子——我在辽南上中学时，当地人称之为"嘎亮"。

当新兵时在山沟里，洗澡、理发都十分不便，时间一长，满屋十几个大小伙子的头上都散发着一股齁咸齁腥的气味，这些味道集合在一起，谁都不好受。

那天，班长找到我，用商量的口气说，咱们大家一起剃个光头怎样？班长或许觉得我是班里有点儿讲究斯文的兵，同我商量有影响力，不知剃光头这样的"粗"事搁我身上是否乐意。哪知我正在为满头的刺挠发愁呢，班长一说，我当即赞同，还追加了一些理由：身在山沟里，白天兵看兵，晚上看星

170

星，剃光头和留背头是一个身份。况且听人说，剃了光头可以改变血液循环，促进头发生长。现在咱哥儿几个趁着见不到人的时候，尽管剃光着，等有朝一日出山时，留起乌黑浓密的黑发，那该多神气呀！我的痛快出乎班长意料，他马上派我去连部文书那里借理发工具。

连部相当于机关，文书相当于领导秘书。他是班长的老乡，我见到他说明来意，他出奇地热情，把一大包理发工具都抱了出来，让我选，都拿走也行，我则只挑了一把推子。他很奇怪，你们理发不用剪子也得用刷子呀！我神秘地一笑：不用，你就瞧好吧！

班长起初还问：你们中间谁会理发？可话刚出口就知多余了，还用谁会吗？到头来都是剃光头，会和不会还不一样？可也有的战友建议说，既然是理发就应该通过这个机会锻炼和培养一名理发员。班长觉得有道理，就决定先培养我，让我"主刀"，他则自告奋勇地说："我来第一个！"我抄起推子就推，哪知那推子并不听使唤，一夹一松竟带起几根头发根来，疼得班长直咧嘴，可他还是鼓励说："没事，大胆整！"

我开始还试着给班长设计个头型，先是想中分，后来推歪了，就改成板寸，结果头发还是长短不一，战友们也在一旁指手画脚，这个说这上面得往上推，那个说那疙瘩得去去，结果弄得深一块浅一块的，最终还是推成光头完事。

班长倒是憨厚地笑着，任我的推子像疯狗似的乱啃，剃过之后，他找来镜子一照，煞是满意，随后，用命令的口吻说："愣着干啥？挨个儿来，晚饭前结束战斗！"

于是，全班战友，按大小个儿排着逐一在我手下"过刀"，我开始还兴趣十足，声称要为大家量"头"定制——可后来干脆就一扫而光了。因为实在累得我手腕"矫酸"（发音是大连口音）。

轮到我时，我点名让老姜剪。老姜也是新兵，可为人老实厚道，不至于"坏我坑我"。可谁知这个提议好像激发了全班的"复仇"心理，大家纷纷想为我设计发型，这个抢过去推两下子，那个又过来弹个"脑崩儿"，弄得我哭笑不得。最后还是班长发了话："别闹了，快开饭了，马上收工！"

老姜三下五除二地也给我推了一个大光头，班长早就备好了热水，我一头扎进去，使劲搓着多日未洗的头皮，顿觉神清气爽。大家也都说："剃了光头，真的感觉清凉多了！"

晚饭后，我们去俱乐部参加团里点名，随着值日排长一声"脱帽"的口令，我们班十三颗光头齐刷刷地亮相，在白炽灯下熠熠闪光，赢得全场一片惊奇的目光。

点名之后是放电影，团里的家属、孩子和驻地周围群众也陆续入场。我们没动地方，还是端端正正地坐在那里，在班长的指挥下，扯着嗓子高唱："军旅在阳光下放光辉，我们是光荣的人民军队，枪林弹雨中跟着党前进，万里征途上无坚不摧……"

好多年后，当时在场的一个女孩对我说，那时看到你们这帮剃着"嘎亮"的臭小子在那起劲地唱歌，显得很阳刚，真是一道风景呢！

我不无得意地说，那都是出自我手哇！

可惜，要说明的是，我直到现在也不会理发，因为从那以后再没人肯让我练手。

搅拌机旁过"六一"

当战士时，给我印象最深的是刚下连那年的"六一"，这一天是我的生日。

这是我离家后过的第一个生日。早上起床时，我嘟哝了一句，说："今天是我生日。"身边的大朱说："是吗？那你在家值日吧！"值日其实是个好差事，就是打扫连队宿舍和周围的卫生，然后就去帮厨，不仅可以有时间写写家信，看看书，还能在最早的时间里取回连里的报纸信件，最先发现自己的来信。可惜，他说的不算，我瞅了瞅班长，班长板着表情，没有丝毫反应，冷冷地说了一声："干活去！"

我几乎是含着眼泪出去的，整个一天也赌着气，懒得和班长他们搭茬儿。我们的任务是为库房打混凝土地面，我和另外六个老兵一起为一台搅拌机添加沙子、水泥和石子。因为要保证质量，必须在规定时间里把混凝土搅拌好，然后还要用土篮子把混凝土挑到库房里面。这个活，是人跟着机器转，非常紧张，半天下来，大家都累得筋疲力尽，我的肩膀已经磨出了血印子，胳膊酸酸的，可是还得咬牙坚持。中午时，我闷闷不乐，想到如果是在家里，妈妈无论如何也会给我煮个鸡蛋，因为我是家里的"老疙瘩"，也因为我的生日"年轻"，好记，全家人都会想着。可在这里，真的没有人管你，更没有人疼你了。我的眼泪扑簌簌直往下淌，只好用毛巾盖住自己的脸……

晚上收工时，有个老兵悄悄告诉我，其实班长在早上集合时，已经向值班排长报告了，有意想留下我值班，可那个排长说："谁没生日？别惯他，照去！"

听了这些，我倒是挺感激班长的，他为我做了好事，没做成，也没有买好，更没有出卖那个排长。而我也不憎恨那个排长，俗话讲，"慈不掌兵"，尽管觉得挺委屈，但我能理解。

吃晚饭时，班长看我还在闷着，特意给我拨了一口菜，顺口说了一句："生日都是小孩子过的，等咱老了再过！"这一句，倒使我眼泪止不住了，扒拉了两口饭，跑到小树林，又抹了一会儿眼泪。

再后来，班长复员了，我当了班长。对过生日的战士，我也学着班长的样子，"不惯他"，照样执行训练和勤务，但到了晚上吃饭时，我不忘找到炊事班，给他煮个鸡蛋或下碗面条。连里表扬了我，说我心细。可我知道，那是从老班长那里"悟"的。

再后来，我当了团政委，部队的生活条件也好了许多，煮个鸡蛋、下个面条已经满足不了战士们过生日的需求。我就把自己的经历讲给大家听，我告诉大家，当了兵，就不能婆婆妈妈的，要想过自己的生日，就等复员回家再过，我们军人的生日只有一个，就是"八一"。又过了好多年后，当年的"兵"们聚会到一起时，他们还说起："政委，你那时的'打法'真的培养了我们的阳刚之气，现在我们一到过生日时，还拿那会儿的故事跟别人吹呢！"

扛大枕木得表扬

记得有一次，我们刚刚吃过晚饭，连里吹哨集合，连长说，库里刚刚运进来一车枕木，上级要求我们立即卸车。因为时间紧，任务量大，连长要求全员参加，全连只留下一人值班。我们二话不说，立即跑步赶到站台。大家三下五除二地做好了准备工作，早就有人跳上站台，搭起了"跳子"，就是踩到车厢去的跳板，那"跳子"一颤一颤的，平时就是空手走上去也很吓人，可是我们要扛着二百来斤的枕木从上面下来，这对我来讲，是平生的第一次。

连长大喊一声："各班的前三名大个子上，其他人在下面接应！"喊完他第一个带头上去了，按说他也是三十多岁的人了，完全可以在一旁指挥，可他一点儿也没有含糊，这对我的触动很大。我虽然年龄小，却在班里第二高，我几乎没有犹豫，立即跟着前面的大个儿上去了。可当一根大枕木压在我的肩上时，我立马觉得自己一下子矮了不少，因为我平时在家里根本没有干过这个活，好在我身大力不亏，强挺着把腰直了起来，一步一步艰难地走下跳板。连长已经扛完了一根，回头看见我，说了声："好样的！小心点儿！"边上的几个老兵也嘱咐我："稳点儿步子，挺直身子！"在大家的关注和鼓励下，我终于把这根大枕木扛了下来，结果出了一身汗，是冷汗还是热汗已经无法分清。回头我还要上时，郝排长一把扯住了我说："你在边上搭手吧，让他们上！"搭手，就是在一边帮助人家扶着点儿，或者等人家要把枕木放下时伸手接一下，那是小个子、体质弱的战士干的活。排长这么说，是为了照顾我，毕竟我是城市入伍的学生兵，没干过这个活，可我看到其他战友都争先恐后地往上上，我怎么好意思去搭手？尤其像我这样一个一米七八的大个子。于是，我轻轻说了一声："没关系！"然后就又冲上了跳板。我硬着头皮接连扛了四根，完成了每人的平均数，用我后来在日记中记的话讲，"在思想改造的征途上又迈了一步"，然而，我真累得没有了一点儿力气，眼前一黑，一屁股坐到了地上，我原以为会有人过来看看我，可谁知大家都在忙着，几乎没有人注意我，看来他们已经把我看作成手了。直到任务完成，连长在小结时，郑重地表扬了我。后来，在连点名时，指导员又在队前表扬了我，说我虽然是城市入伍的，但干起活来，有股不服输的劲头……

那时听到表扬我的心情真是发自内心地得意，因为那纯粹是自己"挣"来的，你想那么多号人，哪个不想捞个表扬，再说，连首长凭什么表扬你，只能是你自己做到了，让大家信服才行。这和以后在工作中听到的一些阿谀奉承完全是两回事，那样的奉承话虚乎得让你找不到北。而连队中得到的表扬实实在在，真的很值。

（原载《辽海散文》2014 年第 6 期）

作者简介

江洋：辽宁省作家协会会员，原辽宁省散文学会副会长兼秘书长，著有散文集《盗火集》。

枪

杨　柳

　　枪，人们熟悉的名字，它是兵器的一种。1985年10月1日上午10时，我的父亲杨子仪因心脏病突发，抢救无效，离开了我们，享年六十七岁。母亲在悲痛之时与我们子女共同整理父亲的遗物，在父亲的黄色军文包内意外地发现一张发黄对折成三十厘米的方形纸。我轻轻地打开，发现是一张枪支上缴收据，上面清晰地写着父亲的名字、职务、工作单位、上缴物品的名称以及收缴单位的名称和公章。就是这张收据，不禁勾起我小时的一段回忆。

　　那是1963年初夏的一个周日上午，父亲、母亲都在忙着收拾屋里屋外的卫生，我们兄妹五个时而帮父母干点儿零活，时而在玩闹。就在父亲收拾他的一个铁箱子时，我看见父亲从铁箱子里小心地拿出两支手枪，我的目光立刻盯在两支手枪上，心中感到惊恐和好奇，心想，这是真的吗？我可从未见过真枪，只是听父亲讲过战斗故事，讲过枪，也在画册上见过枪，如今在眼前看到的真枪，这还是第一次。

父亲看出我的心事，便放下手中的活和其他东西，坐在床边，拿起这支驳壳手枪，一边讲解枪的使用方法一边操作，其中一个用枪的动作让我至今不忘。父亲把驳壳手枪套前端与驳壳手枪把尾端相接上后，可以当作长枪使用。啊，它还有这个功能呢！我又看到桌上放着二十多发子弹，有几发子弹的弹头是红色的，其余的则不是红色的，不由得好奇地问："这个弹头怎么是红色的？"父亲耐心地讲解说："红色弹头的是炸子，不是红色的不是炸子。"当时对父亲的解释我不太明白，但也没有深问这是什么意思，起什么作用。

　　父亲继续收拾其他东西，这时，我又一次听到了父亲唱起了令人震撼的、充满悲壮的那首歌曲《在太行山上》：

　　　　红日照遍了东方，
　　　　自由之神在纵情歌唱！
　　　　看吧！千山万壑，铁壁铜墙！
　　　　抗日的烽火，燃烧在太行山上！
　　　　气焰千万丈！
　　　　听吧，母亲叫儿打东洋，妻子送郎上战场。
　　　　我们在太行山上，我们在太行山上；
　　　　山高林又密，兵强马又壮！
　　　　敌人从哪里进攻，我们就要他在哪里灭亡！
　　　　敌人从哪里进攻，我们就要他在哪里灭亡！
　　　　我们在太行山上，我们在太行山上；
　　　　山高林又密，兵强马又壮！

敌人从哪里进攻，我们就要他在哪里灭亡！
敌人从哪里进攻，我们就要他在哪里灭亡！

　　父亲一边唱着歌曲，一边收拾东西，我在一旁听着，看着，幼小的心灵涌动着战斗的激情。我看到，箱子里还有装子弹的子弹带，再一次想起父亲有一张发黄的老照片，父亲坐着，穿着八路军军装，身后站着两名警卫员，警卫员的腰间扎着的就是那支驳壳手枪的子弹带，挎的也是这支驳壳手枪。

　　后来，又听父亲讲述了这支驳壳手枪的来历。1937年，父亲从山西牺盟会奉命转入八路军——五师后，历任排长、连指导员、营教导员等职。1938年11月，那是部队在与日本鬼子的一场战斗中，父亲所在部队的一连陈连长不幸牺牲，他的牺牲让父亲非常悲痛难过，因为这位连长是红军长征干部，曾多次不顾个人安危保护战友，完成战斗任务。父亲讲着，表情沉痛……上级当即任命父亲来担任一连代理连长，并将这位连长使用过的驳壳手枪配发给父亲。临危受命，父亲庄严地接过这支驳壳手枪，继续勇猛顽强地带领队伍冲向战场，在"消灭日寇，打败敌人"的呐喊中指挥战斗。

　　这支驳壳手枪从此一直带在父亲身边，从八路军——五师到抗日军政大学一分校，到太行山八路军总部，经历了艰苦卓绝的太行山岁月和辽沈战役，经历了大大小小多少次惨烈战斗，直到全东北解放。随着父亲一路从硝烟弥漫的战场走来，父亲晋升为团职干部后，组织上又配发了一支小手枪，于是这支驳壳手枪由父亲转交给他的警卫员佩戴使用。警卫员深知这支枪不平凡的经历，所以每当战斗空隙休整时，警卫员一边擦着枪，一边听首长讲在太行山的战斗故事。

是呀，父亲在太行山的战斗故事太多了，十天十夜讲不完，战斗经历太惨烈了，让人震撼。父亲用它指挥了多少次大大小小的战斗，用这支枪打死了多少日本侵略者，直到新中国成立，人民当家做了主人，过上了和平幸福的生活。1949年5月，父亲杨子仪、母亲杨秀兰奉命带着警卫员来到了鞍钢……

那艰苦的岁月、硝烟的战场已经过去，这支驳壳手枪跟随父亲走过了一段革命历程，完成了一段使命，它永远铭刻着一段永不灭的革命战斗回忆。父亲是我们儿女最崇拜的人，在我们的心目中，父亲是最伟大的——偶像辅以时势。

法国伟大的启蒙思想家卢梭说过："造就伟大的人物的则是伟大的时势。能在历史紧要关头完成使命的人，就是一个伟大的人物。"父亲并不是什么伟大的人物，起码是为了伟大的使命而战斗的人，是一个为崇高信仰而奉献一生的人。

父亲、母亲的革命信念影响着我们儿女，不，影响着千千万万儿女，激励着我们像他们一样勇往直前，把这种革命信念传承发扬。

（原载《辽海散文》2014年第8期）

作者简介

杨柳：原名杨春平，1977年参军到广州部队，1982年转业到鞍山。辽宁省散文学会理事，鞍山市散文学会秘书长，鞍山市作家协会会员。发表散文《黄色的军文包》《在抗大一分校》《枪》《望远镜》等作品。

"绝对"绝处巧逢生

孙洪海

　　新年将至。我所在的微信群里，诗朋词友们已开始撰写楹联，为新年春节备货，谁若推出一联，便如一石击水，立即会引起浪推波涌水激荡。

　　面对群里的热闹气氛，我想起一副在辽宁流传百年，被称为"绝对"的上联，这副联给我的人生留下一件糗事。此联为"岫岩山山山出玉"，据传是辽东晚清满族诗人多隆阿所撰。几十年前，我对过这副征联，当时只知道该联有梗在于"山山出"这三个字上，这里运用了叠字法。于是，便搜肠刮肚地寻找能与之对应的叠字，最后对出的下联是"老龙口口口回香"。现在网络里，还有我应对的蛛丝马迹，可我丝毫无得意之感，反倒为自己当年的浅薄和冒失而赧然报惭。原因是我当时没有对"岫岩山山山出玉"的难点充分了解，只知其然，不知所以然。今天重温这副"绝对"，不难发现此联总计含有六个"山"字，这才是它的机关大梗。几十年后，重新思索这副"绝对"，我想仿照其结构方式，抛出一副有难度的征联来与联友交流。几经琢磨，我鬼使神差地想起我曾生活和工作过的朝阳市，"朝阳"这个地名的偏旁部首里恰恰都含有"日"字，于是我就顺着"日"字去想叠字，竟很快想到"昌"字，并想到一个动宾词组"昌晖"，于是，我的下联便孕成娩出：朝阳日日日昌晖。拟出这幅联让我自鸣得意，我觉得此联准确地概括了朝阳少雨干旱的地理特征。继之，我按这个模式自问自答，很快拟出上联"焦作人人人从众"。我按平水韵的联律核对无虞后，心里产生一种无法抑制的激动。兴奋之中，我又和多隆阿的"绝对"进行了仔细比较，竟发现两联暗中成对，一个说辽东，一个话辽西，对仗工整宛若天成，这对我而言简直就是"绝"处逢生，和当年的盲动相比，此联堪称雪耻之作。这种"踏破铁鞋无觅处，得来全不费工夫"的感觉，让我好不兴奋！

我拟就此联与联友们展开交流。虽然工业楹联生产的同质化，破坏了新桃换旧符创作和书写的个性化，但网络天地够大，我们可到虚拟空间去百花齐放、百家争鸣，传承优秀的楹联文化！

作者简介

孙洪海：毕业于辽宁大学中文系。先后于沈阳师范大学、中国人民武装警察部队沈阳指挥学院、辽宁大学从事教学工作。后调辽宁老年报社。现为辽宁省散文学会副会长，辽宁省老教授协会人文社科委员会秘书长，辽宁省作家协会会员，东北大学客座教授。有百余篇散文作品发表于多家报刊。

最美不过夕阳红

李德义

"最美不过夕阳红，温馨又从容。夕阳是晚开的花，夕阳是陈年的酒。夕阳是迟到的爱，夕阳是未了的情。多少情爱，化作一片夕阳红……"

这是一首老年朋友耳熟能详的歌，一曲《夕阳红》唱出了老年朋友的心声，唱出了老年朋友对生命晚霞价值的追求和向往，唱出了老年朋友对人生暮年价值的希冀和憧憬。人说夕阳无限好，只是近黄昏。我说莫道夕阳晚，为霞尚满天。固然，夕阳不像朝阳那样璀璨，不如艳阳那样辉煌，但是在太阳的生命历程中，只有夕阳才能燃烧得最炽烈、最红艳、最斑斓、最通透。人们用夕阳晚霞比喻、描绘人生暮年的生命特征，贴切又鲜明。

人说暮年是人生的第二个春天，这话不无道理。很多老年人都是在这个生命时段中余热发光，老有所为，打造生命的新精彩。我认识一位市级老领导，当他花甲之年退出政坛后，没有消极失落，而是积极主动调整生命轨迹，在人生的第二个春光里又开始了新的耕耘。对自己晚年的退休生活，老先生有一个很俏皮、很随意的归纳——"五子登科"，即写稿子（文学创作）、甩竿子（钓鱼）、浇园子（养花种菜）、教孩子（辅导后代）、掷骰子（打牌）。他解释说，解甲归田之后，可自由支配的时间更充足了，"五子登科"会使退休生活更丰富、更多彩。

好一个"五子登科"，老先生是这样说的，也是这样做的。在十多年的赋闲生活中，仅"写稿子"一项，就取得了丰硕的果实。不但写了很多优秀的散文、诗词、评论，而且在古稀之年以后，用两年多的时间，五易其稿，完成了一部五十多万字的长篇自传体纪实散文《回望云烟》，出版后立刻引发轰动效应。要知道，这可是老先生在做完心脏支架手术和胸外手术后写的一本书，说这是一部以生命拼搏的精神写就的一部呕心沥血之作绝非夸大其词。

晚年大有作为的人不胜枚举。辽宁古籍出版社原总编辑徐彻卸任后，没有刀枪入库，马放南山，而是仍然以强烈的社会责任感和使命感奋力笔耕。他立下了宏伟志愿，决心在八十岁以前完成五十部著作，表达了生命不息、奋斗不止的人生抱负。一次，在他的作品研讨会上，徐彻说，自己的人生遵循的是一个重要五个不重要的原则，一个重要即本子（出书）重要，五个不重要则是位子（职务）、票子（金钱）、房子（豪宅）、车子（汽车）、穴子（墓地）不重要。这是何等豁达、潇洒的老年人生观，这是何等有为的晚年人生。不过笔者在这里还要为徐先生补充一句，还有一个重要，那就是身子（健康）。健康是成就一切愿望的前提，一旦失去了健康，其他美好的一切，都将无可奈何归于零。

悲秋非我事，愈老愈峥嵘。老年同样也是人生中一道亮丽的风景线。如果把人生比喻成一部大戏，那么我以为开幕精彩固然好，闭幕圆满更可观。专家、名人、学者，晚年的人生可以大放异彩，平民百姓的晚年生活也一样可以光鲜亮丽。不妨到广场、公园去看看，那些花甲、古稀甚至耄耋的老人，尽管满头飞雪，银丝飘逸，但是无不精神矍铄，神采飞扬。广场舞、扭秧歌、打腰鼓，那叫一个步履矫健，体态蹁跹；展歌喉、放风筝、甩钓竿，那叫一个精神抖擞，尽兴开心。当他们一个个像孩子似的嬉戏在大自然中，灿烂的脸上道道皱纹就会像花瓣一样绽放，他们身上的每一个细胞都充满了青春的活力。在这样的人生境界中，荣辱沉浮，名利和地位已被洗涤得干干净净。这种高品位的生活质量，这种乐观向上的生活激情，这种心灵永远年轻的人生状态，多么难能可贵呀！

老年是人生旅途中最后一个驿站，也是一个人积一生的能量而后华彩喷发的人生时段。语云，二十岁活青春，三十岁活韵味，四十岁活智慧，五十岁活坦然，六十岁活轻松，七八十岁活潇洒。夕阳红艳，晚年潇洒。信也，然也。真是那句话——最美不过夕阳红。

作者简介

李德义：曾用笔名安群、一文。1943年生。1963年毕业于鲁迅美术学院附中。2003年从鞍山市群众艺术馆退休。先后在《安徽文学》《山西文学》《青海湖》《美苑》《河北日报》《湖南日报》等报刊发表作品一百五十多万字。获国家、省、市文学奖十多项。

银　榕

王充闾

一

一阵清脆的鸟啼，把我从梦中唤醒，揉了揉眼睛，一时竟忘记了身在何处。这时，表针刚好指向6点。

推开窗扇，几棵高大的杧果树立刻把遮天的浓绿罩在我的眼前，上面有几只鸽子般大小却是花脖彩尾的大鸟在悦耳地欢叫着，像是相互对歌，又像是呼唤着远方来客。一些在屋脊上、草坪上、卵石小径上啄食、跳跃的山雀自是不甘寂寞，也在那里叽叽啾啾地叫个不停。

山村，醒了。

我信步徜徉在村路上，无论把目光扫视到哪里，都会有鲜花照眼。许多院落里盛开着大丽花、芍药花、月季花。还有一些花木我不认识，很遗憾，没有办法记下它们的名字。比如，眼前这株几丈高的大树，实在太漂亮了，整个树冠缀满了红艳艳的花朵，像是我国南方的木棉，可是，木棉是先花后叶，花朵洒洒落落，而这棵树却是花团锦簇，宛如火炬、赤霞，真正称得上是"枝头春意闹"了。当然，"春意"也并不确切，因为此时这里正是地地道道的冬天。

村民们陆陆续续走出家门，有的穿着长布袍，有的披着深色的沙丽，见到我这个陌生人，赭红的脸膛、深陷的眼睛上闪现着宁静的、友善的神色。小学生穿民族服装的倒不多，大都是一身袄裤，戴着有遮檐的便帽，背上双挎着书包，完全是城里孩子的打扮，想是从电视上学来的。

这个名叫桑地尼克坦的小山村，世外桃源一般，静处于喜马拉雅山的南麓。"鸟去鸟来山色里，人哥人歌水声中"，千百年来，寂然无闻。只是由于印度的伟大诗人泰戈尔在这里定居过，才使它声噪全球，名垂典籍。1861年，诗人出生于加尔各答一个名门望族，1901年迁居到这里，以此为分界线，前后恰好都是四十年。就是说，诗人的一半生命是在这里度过的。过去，我就常常纳闷，那个桑地尼克坦是个怎样的所在？为什么竟有那么大的魅力，吸引诗人与它相伴了那么多年？

二

中国作家访问团昨天晚上抵达这里。从加尔各答乘火车，走了四个多小时，在博尔普尔站停下。关于这个小站，泰戈尔当年在《回忆录》中是这样写的：

> 我们抵达博尔普尔时，已是黄昏时分。我坐进轿
> 子，眼就闭上了。我想把整个奇妙的景象保留下来，
> 以便在晨光中再把它揭开，摆在我清醒的眼前。我怕
> 惊艳的新鲜色彩，会被在黄昏微明中所得的不完美的
> 一瞥破坏。

此刻，我的心情也正是这样。时间都是在冬季，不同的是，我们进村是乘坐轿车，而在一百三十多年前，他坐的是轿子。

那一年，他的父亲曾有喜马拉雅山之行，十二岁的小泰戈尔，在举行过成人仪式之后，便跟随着父亲，踏上了长达四个月的山路征程。第一站，就是桑地尼克坦。在小泰戈尔眼中，这里无比空旷，原野广阔无边，沟壑纵横，丛林茂密，像是一幅色彩斑斓的油画，展布在蓝天白云之下。大自然的壮丽景观深深地打动了他，使他知道，原来除了都市里的房屋、街道、车马、人流，还会有如此空旷、静穆、开阔的世界。几日的乡村小住，给予他充分享受自由、了无拘束的陶然乐趣。

离开这个小村庄之后，他们继续向喜马拉雅山进发，最后还攀登了海拔七千米的德尔豪杰峰。登山过程中，路旁有古松巍然傲立，山花初绽枝头，鸟声前后左右奏鸣着欢愉的乐曲，白云时而在万丈沟壑中盘旋，时而又高高地飞上了山顶。这一切，都让这个刚刚接触外间世界的少年，无限惊奇，无限憧憬，一颗好奇和探索的童心完全被激活了，整个身心都陶醉在这深山的奇景之中。后来，泰戈尔的父亲又在桑地尼克坦买了

一块闲置的土地，在那里建起了一幢住宅。这次旅游，使泰戈尔同喜马拉雅山以及这个小山村结下了不解之缘。这里不仅留给他许多终生难忘的美好记忆，而且为他日后长期定居于此，打下了牢固的心理基础。

诗人的童年时代，是在加尔各答的老宅里度过的。负责照管他的仆人，为着自己可以四处闲逛，竟把他圈在一个大屋子里。仆人用粉笔在他的周围画了一个圈，然后以恐吓的口吻警告说，如果随便走出去，就会惹来可怕的灾祸。小泰戈尔早就听说过《罗摩衍那》中的故事，熟知女主人悉多越过圆圈之后所遭受的种种灾难，因此，他就整天坐在原地不动，不敢越雷池一步。

那次，跟着父亲来到这个小山村，他立刻觉得天也高了，地也阔了，身心彻底解放了，一时福至心灵，竟然趴在一棵小枣树下，在笔记本上写出了自己的第一部诗剧。回去以后，他还想象着要变成一朵金色的小花，与大自然结为奇特的伙伴，想象着"在梦境的朦胧小路上，去寻找我前生的爱"。甚至在一首诗中，直呼桑地尼克坦为他的"蛰居在心灵深处的情人"。

三

漫步在山村的小路上，我想到印度的诗翁泰戈尔与俄国的大文豪列夫·托尔斯泰颇多相似之处。两个人都是诞生于19世纪的世界一流的伟大作家；都出生于名门望族，家庭里都出了几位文学家、艺术家；本人都享有八十岁以上的高寿；特别是他们都曾长期居住在寂静的乡村里，过着简朴的生活。当时，我记起了一句古人的诗："万人如海一身藏。"托翁如此，泰翁更是这样。

"身藏"原有二义，这里应作安身立命解释，而不应理解为藏锋、避世。20世纪第一年，泰戈尔是为着进行一项伟大的尝试而前来桑地尼克坦的。他痛感于英国殖民奴役下的人民觉悟亟待提高，从英国维多利亚女王时代移植到印度国土上的那种机械死板、毫无生气的教育方式亟须改革。为着要在新的世纪伊始，探索一条培育人才的新的途径，他想创办一所由自己直接管理的学校。他认为，这所学校和自己的定居地，必须选择一个安静、幽雅的环境，而且必须贴近大自然。这样，诗人就选定了桑地尼克坦——这个童年时曾为之无限神往的地方。

自幼，泰戈尔就热爱神奇的大自然，习惯于过简朴的生活，他也希望子弟们在这样理想的学园中健康成长。他设想把古代的教育环境和现代的教育内容完美地结合起来。古代印度哲人在森林中静修的理想画面，一直浮现在诗人的脑海中：在乔木参天、幽深静穆的环境中，那些哲人智者教育他们的门徒，习惯过简单、俭朴的生活，并且树立远大的理想，培植崇高的信念，掌握精深的学识。印度的传统经典著作《奥义书》，就是在这种氛围里形成的。

吃过了早饭，我们就在东道主的陪同下，来到了这所以泰戈尔的名字命名的驰誉世界的国际大学。校园环境幽雅、宁静而又十分宽阔，一条乡村的土路把它同居民住宅隔开。1901年学校创办当时，只有包括泰戈尔的长子在内的五个学生和五名教师，今天，已经扩展到十几个院系，拥有来自二十六个国家的五千名学生和六百二十位教师。

这座学校经历了20世纪的全部历程，即将迎来它的百年诞辰，但据校方介绍，它在办学思想、教学方式上，基本上还是坚持当日泰翁确定的原则，没有多少改变。上课时，师生仍然像当年一样，团团围坐在大树之下。我们走在浩瀚的草坪上，看到许多伙师生坐在亭亭如盖的大树下面，热烈地研习课业，讨论问题。学生穿戴朴素，有一些还打着赤脚，心态却是健康、活泼的。学校负责人介绍说，这种完全与大自然融为一体的环境，有助于学生接受纯洁、清新的心灵陶冶，在感受世界、认识自然的过程中，激发出好奇心、想象力，培养自己动手的能力。

四

泰戈尔与列夫·托尔斯泰也有不同之处，就是他曾经历过一段生离死别的惨痛的人生变故。四十岁刚过，死神便开始光顾泰戈尔的家庭，从1902年到1907年，短短五年间，夺走了他的四个亲人，他温暖的爱巢简直被冲击得摇摇欲坠。先是相伴二十余年的爱妻撒手人寰，使他陷入了中年丧妻的人生苦境；九个月之后，十三岁的二女儿凄然惨别人世；不久，病魔吞噬了他敬爱的父亲；紧接着，最小的儿子又死于霍乱，也只有十三岁。悲痛与枯寂越发加重了诗人的沉郁和苦闷，但也深刻地启悟了伟大的诗人，使他透过死亡的阴影，更加体味到爱之深沉，生之可贵。因而，他格外热爱蓝天、大地，珍视广阔而绚丽的生活。特别是从聚集到桑地尼克坦的天真无邪的青少年身上，他似乎找到了亲子之爱的快乐与真情，他从那些清纯似水的童稚心灵中得到了慰藉，汲取了力量，从而逐渐平复了心中的创痛。

作为长寿诗翁，泰戈尔在简单、朴陋的乡居生活中，汲取了印度佛学的精髓，从中领悟到寻求内心平静的逍遥境界，面对哀乐与悲喜之剧烈的情感冲击，以超人的智慧，使精神能够处于动态的平衡状态。在他看来，"生命的悲剧猛烈地震撼着我们的感情，但生命从整体上看是极其乐观的。悲剧只是生命的欢乐赖以表现自己韵律的一部分。"应该说，这种"生命的欢乐"，正是来源于庄严的事业、宏伟的抱负。这就使得他能够看轻世俗间的顺逆、得失，摆脱现实中压在心头的重重负荷，在种种沉重的打击前，处变不惊，泰然自若。

到19世纪末叶，泰戈尔即已显示出非凡的艺术才能，取得了早期创作的辉煌成果。但是，作为伟大的诗人，一生中许多重要思想的形成，特别是对于自然、生命、艺术与宗教的深入思索，则是在移居桑地尼克坦之后，日益走向成熟的。他的几部最重要的长篇小说，都是在这期间相继问世的。特别是《戈拉》，评论界把它比之于列夫·托尔斯泰的《战争与和平》，说它同样深刻分析了带有时代特征的社会生活及其复杂矛盾，因而在印度文学史上成为一部光辉的史诗。

当然，最重要的还是获得诺贝尔文学奖的举世闻名的抒情诗集《吉檀迦利》。诗中所追求的深邃、神秘的"梵我一体"的理想境界，所表现的和谐、安宁的美好气氛，以及"天然去雕饰"的清淳的艺术风格，使得蜗居尘壤之中，深为生存烦扰、都市喧哗、商品化的人际关系所苦的现实世界的人们，有一种清风拂面、如饮醇醪的解脱感和舒适感。这一时期，泰戈尔的重要诗集《园丁集》《新月集》也都相继面世。如果说，前者是爱的颂歌，那么，后者则是诗人献给孩子们的深情的小夜曲。而格言诗集《飞鸟集》，可说是诗人情感顿悟时迸射出的点点火花，在这里，诗人通过他的灵心慧眼，从大自然那些表面看来似乎毫无意义的事物中发掘出深邃的意蕴，并且采用喻义、象征的手法，以形形色色的客体对象生动、形象地喻示了主体意识，从而收到了奇特的艺术效果。

素有"世界公民"之美誉的泰戈尔，一向主张各民族之间的文化要相互交流，共同发展。他曾把一行古老的梵文诗句作为座右铭："整个世界相会在一个鸟巢里。"坚信人类的思想是通过一种深奥的媒介联系着的，社会的某一方面的变革必然会影响到另一方面。他通过多维的视野，努力探寻着印度文学与世界各民族文学之间的多层次联系，希望在各民族之间架设起金色的桥梁。而泰戈尔国际大学的创建，正是这种伟大设想的成功实践。

五

对我们中国作家来说，泰戈尔国际大学最具吸引力的还是它的中国学院。这是一幢掩映于花光树影之间的米黄色的两层楼房。楼内陈设着一些红木雕花家具,还有许多古瓷、字画和匾额,使人一眼就能够从中感受到中国的特色。

中国作家的来访,给师生们带来了节日般的欢快。他们满怀着亲切而自豪的神情,引导我们参观了楼上的图书馆。这里的二十几个书架,整整齐齐地排成了五列,里面按照类书、经籍、史书、佛典、诗文专著等内容,陈列着十分丰富的线装中国典籍,巡行其间,觉得有一股淡淡的纸香扑鼻而来。他们告诉客人,这些典籍是20世纪40年代初从中国运过来的,一直完好无损地珍藏在这里。而后,他们又带领我们看了陈列中国现当代一些有代表性的文学名著和学术著作的书库,说这是他们研究、阅读的主要对象。

座谈中,我们回答了师生们提出的一些问题。中国学院的师生都能用中文会话,尽管有的讲得还不够熟练,但在我们听起来,还是感到亲切异常。出访十多天来,除了在中国大使馆,就是在这里听到了异国乡音。临别时,师生们热情地同我们合影留念,并且主动地唱起了《歌唱祖国》,由于时间紧迫,只唱了两段,学生们意犹未尽,叫喊着:"还有两段呢,应该唱下去!"大家完全沉浸在浓郁的友情之中。

像泰翁这样,在自己国家里专门建立一座学院来研究中国,这在世界上还是不多见的,足见其对中国的前途、命运的关注之勤,对中国文化的热爱之深、向往之殷了。1924年,他曾访问过中国,在一个半月的时间里,访问了北京、上海、南京等七八个大城市,做过数十次演讲。后来,他亲自主持建立了中国学院,并在揭幕式上发表了题为《中国和印度》的著名演说。国学大师梁启超对于这位异域诗翁倾心已久，在欢迎会上，旁征博引，发表了热情洋溢的演说："我们用一千多年前洛阳人欢迎摄摩腾的情绪来欢迎泰谷（戈）尔哥哥，用长安人士欢迎鸠摩罗什的情绪来欢迎泰谷尔哥哥，用庐山人士欢迎真谛的情绪来欢迎泰谷尔哥哥。"他还说，古印度曾称中华为"震旦"，而中国人也称印度为"天竺"。按照中国关于姓名的称谓，前姓后名，那么，若以国名为姓氏，以本名为名，泰戈尔先生的中国姓名，不就是"竺震旦"吗？泰戈尔听了笑逐颜开，表示欣然接受。

泰翁对于中国，始终怀有极其深厚的感情，终身以"中国人民的朋友"自命。早在二十岁时，他就曾对英国向中国输出鸦片，毒害人民并获取高额利润的罪恶行径，表示极大的愤慨；日本侵略中国，他不顾年老体衰，以电报、信件、演讲和诗歌等各种形式进行声讨。为了从经济上援助中国抗战，他还组织了募捐活动，并第一个捐资助战。在生命垂危时，他还口述了一首诗，追忆他在中国度过的快乐时光。他称中国是"灵魂的欢乐的王国"，那里给他带来了生命的奇妙。

六

告别了中国学院，我们又来到坐落在校园对面的泰戈尔纪念馆。一条穿过椰林和乔木的林荫大道，把游人引向一组欧式的建筑群，纪念馆设在一座两层的楼房里。一楼以大量的照片和实物，展示了诗人八十载的壮丽人生；二楼为诗人作品展览和图书馆。旁边还有一座四层楼房，为诗人的故居。

展览内容颇为繁复，而我印象最深的是泰翁与中国的亲密关系。他热爱中国，中国也同样尊崇和热爱这位伟大的诗人。照片中展现了他在访问中国时受到的空前热烈的欢迎场面。从展览中得知，泰翁挚友徐悲鸿访问桑地尼克坦国际大学时，曾为诗人画过肖像，并留赠了两幅奔马的国画。其中一幅题了杜甫的诗句："哀鸣思战斗，迥立向苍苍。"分明是诗人的写照。

1961年泰翁百年诞辰，人民文学出版社印行了一套十卷本的《泰戈尔作品集》。泰翁的作品选入了中学教科书，也是大学文科学生的必读书目之一。

即将离开桑地尼克坦了，我满怀着依依惜别的心情，感受着诗人的遗爱，心中时时涌荡着一种深沉的崇敬之情。在这里，古榕是随处可见的，这是泰戈尔诗文中经常出现的一个具有象征意义的景观。他曾在诗中深情地写道：

啊，大树，人类的手足，

我向你走来。

作为人类的使者，

——受到你的精神的激励，

享受过你的浓阴的凉意——

得到了你的力量的鼓舞。

…………

想做风，

吹过你的萧萧的树杈；

想做你的影子，

在水面上随阳光俱长；

想做一只鸟儿，

栖息在你的最高枝上。

此刻，面对着这一株株参天拔地、郁郁森森的大榕树，我又一次想起了我们心仪已久的泰翁。那有着蓬勃、持久的生命力，枝条牵连交错，气根丝丝下垂的银榕，多么像鹤发飘逸、银须冉冉的长寿诗翁啊！你并没有离我们远去呀，泰翁！你分明还活在我们的心中。

再见了，桑地尼克坦，这静美的小山村！

（原载《辽海散文》2013年第2期）

作者简介

王充闾：国家一级作家。辽宁省作家协会名誉主席。出版散文集《清风白水》《沧桑无语》《何处是归程》《历史上的三种人》《龙墩上的悖论》《张学良人格图谱》等三十余种。散文集《北方乡梦》被译成英文、阿拉伯文。《春宽梦窄》获中国作家协会首届鲁迅文学奖。

雅安，你会美丽如前

王巨才

蛇年伊始，没有哪一桩事情比芦山地震更让人牵挂：灾情，救援，医治，重建，每一条相关信息我都不会放过，如同操心骨肉至亲的那道伤口。离开雅安才二十多天哪，那些清风雅雨、苍山古道的诗情画意还历历在目，清晰如昨。而我相信，人类追逐美好生活的意志是无法摧毁的，雅安，你一定会美丽如前。

一

出双流机场，沿京昆高速一路南行，眼前恍如打开一幅幅明媚艳丽的画页。巍峨的崇山峻岭间，金灿灿的油菜花恣意铺排。宁静的村舍周围，粉团锦簇的乌梅和野樱临风摇曳。开启车窗，清冽的空气中弥漫着甜丝丝的味道。林梢水湄，不时传来叽叽喳喳的燕语莺啼。春节刚过，寒意未退，也不知造物之神是以什么样的激情，将这春的气息早早就营造得这般生动、浓烈。

最绚丽的一幕，是九襄的万亩梨花。

不是"梨花一枝春带雨"，不是"一树梨花细雨中"，甚至也不是"忽如一夜春风来，千树万树梨花开"。九襄的梨花，气象要比这博大得多，神采要比这生动得多，风致要比这妖娆得多。

雅安的雨城区到汉源，半小时车程。穿过十多公里的泥巴山隧道，拐一个弯，便是九襄。从公路右侧的平台俯瞰，开阔的川道里，陡峻的山坡上，像刚落过一场瑞雪，到处银装素裹，白茫茫一片，微风过处，沸沸扬扬的花瓣凌空曼舞，若不是阵阵暗香袭来，你一定会怀疑自己是猛然闯进一个晶莹明澈的冰雪世界，以至产生寒意袭人的幻觉。仔细看去，那山坡上和川道里的梨花又各有不同。山上的梨树，浩浩渺渺，莽莽苍苍，阳光照耀下，恰如天空落下的大片云彩，逶迤起伏，一望无际。川道里，田畴上，白花花的老树成排成行，布若棋局；棋格内，一方方蒜苗长势正旺，油绿青翠，那感觉，更像一幅美轮美奂的蜀锦精品，色调和谐，风格清雅。

由观景台逐级而下，中间经过两三个村庄。村子人口不多，格局疏朗，而环境的整洁清爽尤为大家称羡。陪同人员介绍，九襄是川西高原的一个旅游热点，节假日，成都、西昌、甘孜和雅安当地前来观光度假的游客络绎不绝，旅游接待成为镇上村民主要的收入来源。这让我略感诧异：梨花花期毕竟不长，接下来的日子还有那么多人吗？陪同说，这你就不知道了，九襄一年四季景色各异，夏无酷暑，冬无严寒，秋天梨子成熟，金灿灿挂满枝头，梨叶经霜，红艳艳漫山遍野，那情景，怕比你们去香山赏红叶还要壮观哩！

时值正午，一行人在临水的一家农家乐院子稍事打尖。大盘的烧土豆，满筛子的煮玉米，新鲜的水果、西红柿，清亮适口的荞麦茶，无不透出山乡待客的丰饶与纯朴。回头眺望，远处的广场上一派繁忙，村民们正在搭建临时看台和彩虹门，主人说，明天县上的梨花节开幕式就在那里举行，到时人山人海，电视台要进行现场实况转播的。

翻开茶几上的报纸，一则"花文化·花产业·花海洋"的报道赫然在目：雅安花多，花节已成为推动经济发展的文化品牌，除雨城区连续十年的桃花节，相继举办的尚有芦山县的油菜花节，荥阳县的鸽子花节，宝兴县的四月桂花节，石棉县的黄果柑节……

春暖花香，岁稔时康。甜美的梦想，诗意的劳动。勤劳智慧的山里人，正在这风清景明的大好时光里，怀揣梦想，挥洒着创造的激情！

二

安顺场，距石棉县城十公里。

这个号称"翼王（石达开）悲剧地，红军胜利场"的河谷滩涂，曾以两场相隔七十二年却同样惊心动魄、气壮山河的战役，书写了中国近现代史上悲欣交织、耐人寻味的篇章。

血火陈迹已不可见。环护交汇的大渡河与松林河急流汹涌，清澈如碧。信步徜徉，寻寻觅觅，积淀在记忆深处"大渡桥横铁索寒"的苍茫意境了无踪影，而秀美的风光，幽静的村落，村民们健康的肤色和爽朗的谈笑，让人感受到一种安居乐业、舒心适意的祥和。

在村前的生态农业观光园，见到了一种叫作黄果柑的稀有果树，青枝绿叶间，繁星般缀满黄澄澄的果实，看去如同星级饭店年夜里喜气盈盈的圣诞树。这种果树的奇异之处，在于花、果同枝——果实周围，开满浅绿淡白的花朵。果农介绍，黄果柑的花、果，隔年对开对结，今年开的花，到明年同一时间才能采果，今年采摘过的地方，明年又会孕育出花朵来。这种自然杂交、物竞天择的树种，只在石棉县及周边地方才有。因土质和气候条件适宜，果实的成长期又长达一年，结出的柑子水分饱满，酸甜适中，很受市场欢迎。果园占地三百五十亩，今年产量预计会有七百吨，按每公斤三元计算，产值将达到二百一十万元，村民收入和生活水平的丰足，自可想来。也许是第一次见到如此花繁果密、色彩斑斓的果园，品尝到如此珍稀的水果，同行的朋友格外兴奋，纷纷拿出相机手机，啪啪啪反复拍照，半个多小时过去，尚感意犹未尽，仍不停在林间钻出蹿入，要不催促，真怕是要目迷五色，沉醉忘返了。

想到王羲之的《兰亭序》："是日也，天朗气清，惠风和畅，仰观宇宙之大，俯察品类之盛，所以游目骋怀，足以极视听之娱，信可乐也。"

果园不远处便是村子的中心。说是村庄，实际上是一条规划有序、全新建筑的彝民街区。路面用青石铺就，打磨细致，平整如砥。两旁民居风格统一，低层外墙用碎石镶砌，二层为松木材质的住房，雕栏回廊，古色古香，较之江浙一带见过的"古民居"并不逊色。1998年汶川地震，安顺场也属重灾区，几年来县上整合灾后重建、新村建设、旅游开发等项目，先后投入近4亿元，对基础设施、古镇恢复、红军强渡大渡河纪念馆进行了全面整修和扩建，提升了安顺场知名度和美誉度，近两年接待游客一百五十多万人次，综合收入七亿六千多万元，村民收益水涨船高，年人均达到六千多元。

看了几家门市，出售的大多是山货特产、赏石文玩等。到村文化站，典雅敞亮的接待室里早就预备了烟篆缭绕的清茶和笔墨纸砚，七嘴八舌，推脱不过，写了"浩气英风大渡河，政通人和安顺场"几个大字。在座的都是文坛名家，见颔首称是，态度也诚恳，心下稍觉宽释。

三

尔苏木雅，大渡河流域的藏族分支。

蟹螺乡的尔苏木雅堡子，在松林河畔通往康定的公路上头。

下车后，县上的同志要大家排好队，村上有一个欢迎祈福仪式。

仪式在村口一农家乐院子大门前举行。八位清俊的藏族汉子在路边敲打羊皮鼓，吹响牛角号；十多名妇女身着盛装，载歌载舞。马路中间燃一堆柴火，青烟端冒，散发着好闻的松香气味。跨过火堆，一位矍铄的老者迎上来，边诵经，边用松枝将圣水洒向客人头顶，随即，旁边的妇女躬身献上哈达，端过酒杯。我不善酒，但在这庄重肃穆的气氛中似乎不宜推辞，也便一饮而尽。酒很烈，通身顿时蹿起烧烘烘的偾张感。

院子里摆好四张桌子。刚入座，热腾腾的饭菜便端了上来。蒸土豆、煮玉米、烤羊排、香椿鸡蛋、水盆豆腐、凉拌黄瓜，皆就地取材，新鲜可口，大受称赞。同桌的李永强乡长见众人兴致高涨，也不再似刚见面时的拘谨，站起来向大家敬酒，说能喝多少喝多少，不能喝的，抿一下也行，因他态度诚恳，能喝的倒是全都喝了。李永强从小在城里上学，虽是汉族名字，却是地道的藏民。他说，国家规定，凡民族自治地区，无论区州县乡，行政一把手必须由民族干部担任。在我看来，李乡长的起立敬酒或许就是一个暗号，他一落座，刚才大门口的那群姐妹一下子拥了过来，在一位浓眉大眼、辫子粗壮的俊俏姑娘带领下，一边唱起悠扬的藏歌，一边逐个向客人敬酒，有不胜酒力推三拖四的，就换个歌不停唱下去，直到你不好意思继续推辞仰头喝掉，才哇地一阵欢呼，像是对客人的赞扬，又像庆祝自己的成功。李乡长说，那位"粗辫子"叫山丹梅，也是民族干部，原先是老师，现在是副乡长，性格开朗，很能干。

本来已酒足饭饱，不知谁走漏消息，说那位脸膛黧黑的作家便是电影《天下无贼》的作者，全场立刻轰动，粗辫子们重新杀将回来，立逼赵本夫再喝下一杯。而后随着山丹梅一声"上"，姐妹们立马上前，将老赵团团围在中间，抱头的抱头，抬腿的抬腿，扯胳膊的扯胳膊，齐心协力呜地向上一抛，又稳稳接住，如此几个来回，老赵连连告饶，众人也都前仰后合地笑成一团。接下来如法炮制，陈世旭、叶延滨、王山、蒋蓝、赵良冶，无一漏网，韩小蕙、乔叶、葛水平因是女性，我则因年纪大怕"散架"，网开一面，得以幸免。李永强说，这种娱乐方式叫"筛糠"，边喝，边唱，边热闹，见到最亲热的朋友，大家最开心的时候才会开场。

开心当然开心。但据我观察，在整个两三个时辰的欢聚过程中，主人似乎比我们表现得更投入，更快活，更尽兴，如小蕙所说，他们那种快活是由衷的，无拘无束的，热情奔放的，发自内心、由里向外的，让人心生羡慕，又反躬自省，怅然若失。

回到宾馆，对市委常委、宣传部长姜小林讲了我们的感受，小林解释说，这一方面是民族政策落实得好，藏族同胞生活显著改善，对党和政府满意；另一方面民族地区的同志大多朴实厚道，乐观直爽，非分欲望少——欲望太多，烦恼自然多。

四

向以温润雅雨、名贵雅鱼、灵秀雅女闻名的雅安，而今更以"熊猫之都"吸引世界目光。

1869年，法国人阿尔芒·戴维正是在雅安宝兴县的教堂附近，发现了这种"可爱的""最不可思议"的动物，引起轰动，被称为19世纪生物界最伟大的发现。一百多年过去，世界上幸存的大熊猫，野生加人工养育，统共不过四千来只，其中中国保护大熊猫研究中心雅安基地圈养的有八十多只。

基地占地一千多亩，坐落在有"小九寨"之称的碧峰峡景区内。我们去时，路旁的围墙里正有一只体态肥硕的熊猫，背靠树桩摇来摆去上下磨蹭，悠然自得地在那里"挠痒痒"，样子十分滑稽有趣。正待屏息拍照，那老先生像因未经容许擅自拍摄而颇感不快，竟毫不礼貌地弓下身来，旁若无人地走进了卧室，让人甚感拂意。导游笑说，不碍事，它叫"泰山"，性情很活泼的，稍会儿还会出来。果然，这家伙算得上是一个十足"人来疯"，架不住一群女孩子"泰山、泰山"一阵呼唤，便又走了出来，且看来情绪不错，先是很绅士地仰头向众人扫视一遍，像打个招呼，而后便稳稳地坐在迎面石台上，抄起地上的竹枝撕剥开来，慢条斯理地细嚼慢咽，那表现，又像是要以各种最佳的姿态，任你们拍照、留影。

一通紧张的抓拍，所有人都心满意足，那群女孩兴奋得又蹦又跳，临了一齐回转身去，竖起拇指连连道谢："好样的，太配合了，谢谢，真乖！"

另一围墙里的三只幼崽，年龄不到半岁。其中一只蜷曲在小型轮胎中间，轮胎用横杆悬在空中，也不知这顽皮的家伙怎么就钻到里面，以后又如何下得来。等了半会儿，见纹丝不动，像在打盹，也许在沉睡，那可怜的小样儿，让人忍俊不禁，又不忍打扰。另两只躺卧在远处木棚的房顶上，傻乎乎黏在一起，不停地你拍拍我，我蹬蹬你，一副怡然自得、憨态可掬的样子，任怎么引逗，全不理睬。这情景，不由得叫人联想到辛弃疾《村居》中的描写："大儿锄豆溪东，中儿正织鸡笼，最喜小儿亡赖，溪头卧剥莲蓬。"导游告诉我们，别看现在两小无猜，亲亲热热，长大都得分开。熊猫性情温顺，不惹是生非，但各有自己的领地，不容任何闯入者侵犯，否则会遭到激烈抵抗。这话听来别有余韵，惹人遐思，又随即得到市文联赵主席现身说法的印证："数年前陪同电视台采访，无意中跨进围栏，腿上被熊猫狠咬了一口，失足之悔，余痛犹在。"

《史记》记述，大熊猫祖先貔貅，威武强悍，凶猛异常，曾随轩辕黄帝参加过著名的阪泉之战，封为"战神"，后经千百年的造化陶冶，演变为与人类和谐共生、友好相处的大熊猫家族。《史记》中有不少类似的神话故事，此说有无依据，不得而知，但现在的大熊猫，不仅被国人视为国宝，亦且作为"和平使者"受到世界各地的珍爱是不争的事实。在基地，有一处"海归大熊猫乐园"，其中即有从美国和澳大利亚载誉归来的五只熊猫。又据介绍，2006年中央政府赠给台湾地区的"团团""圆圆"，也是从这里选送的。

前两天电视报道，"圆圆"业经人工授精，有望在4月份产崽，闻之不胜欣喜。愿上苍保佑，母子平安！

五

看过不少反映西南地区民族风情的文艺作品，见到不少马帮镖客背夫挑工不避风雨、艰辛跋涉荒山野岭的老照片，但我竟没有留意，那条承载过沉重而辉煌的历史命运，演绎过无数惊险浪漫故事的茶马古道，源头就在雅安。

雅安多云、多雾、多雨，最著名的出产是茶叶。"扬子江中水，蒙顶山上茶"，列为名联绝对。茶圣陆羽说，各地名茶，"蒙顶第一"。唐《国史补》也记载："剑南有蒙顶石花，或小方，或散花，号称第一。"雅安茶好，且历史悠久，公元前53年，西汉僧人吴理真最早于蒙顶山人工种茶成功，茶文化遂由雅安传遍全国，传向世界。公元742年，蒙顶茶被列为朝廷贡品和祭天祀祖专用茶，至清末，长达千多年。唐代，雅安茶叶传入西藏，因其消食提神的神奇功效，大受藏民和沿途各族同胞喜爱，一条雅安至拉萨"以茶易马""茶马互市"的商道渐趋兴旺，成为沟通内地与边疆，增进民族团结融合的重要纽带。雅安边茶由此大盛，专营商号最多达到百余家，年产茶叶一千多万斤，相沿至今，仍是当地一项支柱产业。

茶马古道的开通为各地客商提供了大好机遇。元代开始，大批北方富商相率南下，为雅安的边茶贸易注入强劲活力。其中尤以"陕帮"最受推重，他们凭借诚信的经营理念赢得客户信任，迅猛崛起，称雄一方，雅安最大的茶号多由他们开办。在离市区二十七公里的上里古镇，我们参观了一处保留尚好的豪门大宅，规模之宏大，装饰之气派，布局之巧妙，做工之精细，均不亚于此前看过的山西王家大院和乔家大院。主人姓韩，祖籍陕西泾阳县花池头，乾隆三十二年（1693年）入川，从事茶叶经销，兼营木材、绸布。发家致富后的韩氏家族十分重视子弟培养，崇文重武衍为家风，仅道光年间就有两人中进士，十五人中武举，其翘楚者，官至御前侍卫和兵部尚书，朝廷御赐的"武魁堂""卫守府"等匾额至今尚在。除韩家外,上里另有杨、陈、许、张四大望族,民间有韩家的银子、陈家的谷子、杨家的顶子(官多)、许家的女子(漂亮)、张家的锭子(昆武)的说法,故俗称五家口。

上里曾是茶马古道的繁华站口,依山傍水,民居密集,2005年起经过维修整理,现在也是川西著名旅游景点,被列为四川十大古镇、全国环境优美示范镇。居民多以经营茶楼旅店商铺饭馆为业,价格也就三五十元,故常有从外地来休闲度假的,一住就是一两个月。我们去时游客不多,街道上到处摆放着棋盘牌桌,参与的多是两旁的店主。导游小周是本镇人,见我好奇,解释说,自开发旅游,居民收入增加,家家有房有车有存款,节假日游客多时忙挣钱,平常时间就喝喝茶打打牌,捎带照料照料生意,日子过得蛮自在舒心的。

尽管如此,透过回环沟通的古老河道,河道两岸成排成巷的吊脚楼,楼房底下密密匝匝的茶亭排档,我仍能想象当年茶马古道商旅穿梭、茶包山积、车马塞途、牛羊衔尾的繁忙景况。

六

兴高采烈、如痴如醉的行程如期结束。归途中,回味雅安的雅雨清风、青山碧水,瞻念都市中楼群挤压、车辆拥堵、扬尘弥漫、雾霾重重,心头涌起莫名的怅惘。

"行了!梁园虽好,终不能久留。能来吸几天清新空气,洗洗脏腑,就值。城市污染,我们谁没责任?真想过'诗意栖居'的日子，还得自个儿去努力，去创造。"后座上不知哪位智者的几句话，把人们从焦虑的情绪中点化过来，气氛重又活跃。仔细想来，此话不无道理。历史进步总要付出代价。东隅已失，桑榆未晚，好在建设生态文明已升为国策，全民环保意识大为增强。雅安从提出"生态立市"到建成中国十佳魅力城市，前后也就十年时间。只要举全国之力，人人负责，"美丽中国"的前景还会太遥远吗？

陀思妥耶夫斯基说过，世界将由美来拯救。

（原载《辽海散文》2013年第6期）

作者简介

王巨才：陕西子长人，毕业于陕西师大中文系。中国作协原党组副书记、书记处书记，中国散文学会原会长。作品以散文为主，兼及文学评论。

走读江南

高洪波

江南一直是个湿漉漉的梦。这个江南的梦有绿色的竹林、白色的雾霭，以及穿行田垄地头的水牛；有黄色斗笠下的俊俏的村姑，有明镜般的稻田，还有沁人心脾的春茶。当然，更少不了吴音软语。

江南梦是任何一个北方人的奢望。

我是在塞外长大的内蒙古人，儿时对江南的记忆，大多是通过古人诗词知晓的，白居易对西湖的描摹，在他的名篇《忆江南》中已家喻户晓，江南在白先生的笔下，有"日出江花红胜火"的美艳，又有"山寺月中寻桂子"的淡雅，而"吴酒一杯春竹叶"的江南，分明竟是可以品尝的了。

不过若说诗词江南，我最喜欢的是宋朝王观的《卜算子·送鲍浩然之浙东》，因为王观想象绮丽，以人状景，江南在他的笔下，已经具有鲜活的生命了：

水是眼波横，山是眉峰聚。欲问行人去那边，眉眼盈盈处。才始送春归，又送君归去。若到江南赶上春，千万和春住。

这个江南，若加上一个"俏"字，当是无比贴切。北京有几家江浙菜馆，"大江南"和"俏江南"我常去品尝，或许就得自于王观词意的启发呢！尤其"俏江南"，取了个多美的名字。

江南的确不同于塞北。有古人联语云："铁马秋风塞北，杏花春雨江南。"刚柔相济，各有特色，但就人的天性而言，杏花春雨的江南显然更宜居，更可人。因此浙江作协副主席兼《江南》主编袁敏一召唤，我、何志云、薛尔康、曾哲、肖建国和赵玫马上兴冲冲地奔赴杭州。干什么？参加"走读江南"的采风活动。

在杭州小住一夜，大家惦记老同学钟高渊。高渊倒洒脱，约我们电影院相见，说请我们欣赏刚拍出的大片《金陵十三钗》。于是大伙相聚在一座影城，被张艺谋捉弄了一番，看毕心情压抑沉重，感到南京大屠杀这样一个沉重的题材，被一群烟花女子的壮举稀释了。总之，抵达江南第一夜，被一部有关江南的历史影片分割。可是仍然高兴，毕竟老友相逢是件开心的事，需要说明的是，袁敏、钟高渊、肖建国和我均为文学讲习所七期同学，说话间竟是三十年前的往事了，时间与岁月无情流逝，此时此刻有了不可名状的惆怅。

杭州驻地为新新饭店，就在西湖边上，一家百年老店。巴金、艾青、陈学昭等均住过，丰子恺、芥川龙之介直至杜威也曾下榻。启功先生在 1987 年春天留有一诗，诗云："高楼踞胜好新新，柳暗花明四面春。我幸有缘留一月，明年当作再来人。"启功先生"有缘留一月"，而我则是"留一夜"，可是夜西湖的美，独有住宿新新饭店方可领略的。

出去看电影时，我留心观察了一下，夜里的西湖呈现出一种朦胧的神秘，远处有点点星光，雷峰塔的远影好像夜航的照明灯，三潭印月看不出端倪，断桥隐在茫茫夜色中，湖边的垂柳并不因初冬而畏缩，依然兴高采烈地飘动。夜西湖静中有动，暗中有明，湖柳是她的晚妆，这江南的象征，当有一夜清梦……

我手头有一张关于"走读江南"的邀请函，是《江南》发来的，上面这样写道："为了继承和发扬中国传统文化，从高端角度解读浙江'非遗'精品，普及和宣传非物质文化遗产知识，《江南》自 2009 年起推出《走读江南》栏目，邀请当代著名作家、艺术家及相关领域专家共同关注浙江省'非遗'保护现状。以走读和访谈形式，领略'非遗'背后丰富的历史积淀和文化渊源。"

目的和意义说得一清二楚，考察的"非遗"内容，是婺剧、东阳木雕、金华火腿、诸葛八卦村、麦秆剪贴、浦江剪纸、兰溪断头龙、方岩庙会、永康锡艺、郑义门古建筑及磐安赶茶场等，多么丰富与诱人的安排！

告别杭州奔赴金华时小雨相送，清晨的西湖与昨夜自不相同，烟雨西湖杨公堤，让袁敏介绍得乐不可支，她坚定地认为：此为西湖最美处。

三个半小时后抵达金华。中午不休息，观看婺剧折子戏专场演出，是代表剧目《断桥》《挡马》和出自《吕洞宾三戏白牡丹》的《牡丹对课》，婺剧旧称"金华戏"，1949年秋改为今名，是盛行于金衢地区由明代南戏诸腔演变而来的独特剧种，原称"高腔"，与昆曲、乱弹、徽戏、滩簧、时调结合，属多腔调的戏剧剧种。写到这里，我想起1978年在人民文学出版社聆听过启功先生一堂戏曲讲座，讲的就是"高腔""帮腔"等，没想到婺剧与新新饭店把启功先生牵连在一起。

婺剧的武功很讲究，像《断桥》中的许仙就有诸多武生身段，尤其是抢背，属高难度动作；而《挡马》中焦光普与杨八姐抢椅子的身段，是从杂技中学到的，让人感到这一剧种强大的消化能力。《挡马》当年进京调演，我看过，轰动一时。但《牡丹对课》则第一次欣赏，名演员朱元昊与吴青霏分饰吕洞宾与白牡丹，把调皮神仙与智慧民女的故事演绎得淋漓尽致，从买"称心丹""如意丸""烦恼膏""怨气散"及"万药具备"的招牌入戏，后缀以"进门一笑""有问有答""寻事生非"和"与人为善"，可谓集民间生存智慧之大成，的确不愧为四百年的老剧种，是教化人民、调剂生活的宝贝。

金华火腿天下有名，我们参观了两处：一为金都，一为金字，一传统一现代，各有千秋。

金都火腿厂的腌制车间猪腿云集，屋外悬挂若干，恍若肉林；金字火腿厂则封闭制作加工，更加科学和自动化。金华火腿的命名者，居然是害死岳飞的赵构，而创始人便是抗金名将宗泽，义乌历史名人。

金华火腿的原料是两头乌猪，这是中国有名的土猪。不久前我看到范小天拍摄的《欢乐元帅》电视剧，以猪八戒为主人公，剧中不断出现一头小白猪，应是动物明星，当时直觉是这白猪太洋气，缺中国元素，现在看来，若能觅一头金华两头乌小猪来扮八戒元身，就更好了。因为吴承恩肯定吃过金华火腿，也肯定常见到两头乌小猪。金华火腿以色、香、味、形名满天下，腌制工艺始于唐代，成熟于宋代，形如琵琶，肉色如玫瑰而鲜美异常，1905年曾荣获德国莱比锡国际博览会金奖，1915年又获巴拿马国际博览会金奖。名满天下的金华火腿，年产三百万条。在这额度中，传统生产工艺的金都火腿厂占十分之一，三十万条；现代工艺流程生产的金字火腿厂占三分之一，一百万条。

　　这就是传统与现代的角逐，是无奈，也是潮流，只是两头乌猪种日渐稀缺，倒值得有关部门关注。

　　第二天的参观更有趣，是水亭镇断头龙表演、诸葛八卦村、麦秆画和浦江剪纸，有两个内容与儿童有关。

　　其一是断头龙表演，九名成人九个儿童，此龙舞传自江西，源于李世民梦斩泾河老龙故事。因为泾河龙王为民而丧生，所以人民祭奠他——九个孩子各持一截龙身，能盘成五角形，十分有趣。我挤在这九名六年级男孩中照相，舞龙少年开心如葵花的笑容，让我感到温暖和欢乐。九位成年人是他们各自的师傅，把各自的绝活无保留地传给小徒弟，在这种无私的传承中，"非遗"的目的便静静地实现着、延续着。

　　其二是浦江杭坪镇中心小学孩子们的剪纸课，年轻的楼校长为我们讲述自己的教育理念：传薪、创新、自信、耐心，靠一把剪刀一张纸使这所山区小学声名大振。这所小学有六百名学生，其中二百多住校。楼校长认为乡村留守儿童缺失的不光是亲情，更重要的是乡情，所以这位工作了二十二年的乡村小学校长，要以乡土文化为背景，以传统文化为积淀，来创建自己的特色学校，剪纸只是其中的一种，他还倡导国学、婺剧、旧体诗词，都列入自己的教学内容。

分手时，我们各自获得了一张孩子们的剪纸，浦江剪纸，但更高兴的是看到了一位施教者的坚守，还有对乡土文化清醒的认识，他把美的种子播种在乡村孩子的心灵，他们将终身受益无穷。

下面我说一下诸葛八卦村。

在这个古老的村庄里，我吃到了味道美不胜收的金华酥饼，见到了制作巧妙的诸葛锁、鹅毛扇，领略了诸葛亮后裔们的中医知识。八座屏蔽村庄的小山，形成天然的外八卦，使诸葛族人们从公元1280年以来安居乐业，连抗日战争的烽火都没能侵扰他们，典型的世外桃源。

此村现居诸葛族人四千余人，陪同我们的导游叫诸葛小燕，村主任叫诸葛坤亨。我从一位叫诸葛庆云的村民手上，买到老樟木雕刻的"老鼠爱大米"，三百元。诸葛庆云说自己雕刻了一个星期，三只老鼠，打头一只扛一袋大米，上面立一只小鼠，小鼠面对另一只推口袋的老鼠，三鼠神态各异，夸张中饶有童趣，老鼠的得意与卖力背米神态好玩极了，让人爱不释手。

诸葛庆云是退休工程师，木雕只是业余爱好。诸葛村有明清古建筑二百多座，老樟木不少，这块材料就来自废旧的民居，闻一下，有浓郁的樟木香。从诸葛亮后人手上买到一件工艺品，应是此行江南的重大收获。

诸葛亮有名，可是诸葛族人不盛。仔细想自己几十年的交往，复姓司马、欧阳、令狐、上官、司徒的都有，唯独没有诸葛，而在这里一下子碰到许多，让人十分开心。

现在来自诸葛八卦村的这尊木雕就摆在我的书桌上，背大米的三只快乐老鼠正为我背来永恒的祝福，还有对江南的忆念，无言地诉说着古老乡村的历史现实和未来。一个姓氏，譬如诸葛，足以具备若干"非遗"的元素，在中国如此广袤与古朴的土地上，我们走过的金华，不过是"非遗"森林的一隅、一枝或者是一叶，领略和享受"非遗"，感觉和品味"非遗"，尤其是与"江南"组合在一起的色香味俱全的"非遗"，实在是人生的一大幸事呀！

感谢江南。

（原载《辽海散文》2013年第2期）

作者简介

高洪波：笔名向川。内蒙古开鲁人。中国作协原副主席、党组成员、书记处书记。1984年加入中国作家协会。著有散文集《波斯猫》《醉界》《高洪波军旅散文选》等，共出版文学作品五十余部。曾获第一、三届全国优秀儿童文学奖，第九届全国"五个一工程"奖。

牡丹，牡丹，次第开

红　孩

　　春天去看牡丹，不论是谁，都会觉得是件赏心悦目的事。今年的春天来得晚，真是急煞了爱花人。说来有趣，春节过后，接连有四五个地方的朋友打来电话相约去看牡丹，其中当然包括洛阳的朋友。按说，到洛阳去看牡丹，当属天经地义。天下有谁不知道洛阳牡丹呢！可是，江苏常熟、山西古县、河北柏乡的朋友也发出邀请，就不得不让你发出疑问：今年怎么了？为何到处都在办牡丹节？我把这种密集的牡丹的邀请告诉朋友们。他们戏谑道：你今年看来要掉进牡丹国里了，说不定你要交桃花运哩！

　　于是，我推掉其他地方的邀请，专门到常熟、洛阳和古县去看牡丹。我想，全国各地都在争办牡丹节，都在说自己这个地方的牡丹天下第一，这足以说明我国各地早已有种植牡丹的悠久历史，也足以说明我国人民很早就有热爱牡丹、推崇牡丹的历史传统。当然，牡丹从野生到人工培育，需要漫长的发展过程。在这漫长的发展过程中，因气候、地域、欣赏角度的不同，人们对牡丹的培育也就呈现了丰富的品种。对于各种花草，我国人民在千年的演化过程中，渐渐注入人的精神内涵，最终形成各具特色的文化，如竹文化、梅文化、菊文化、兰文化、荷文化等，其中的牡丹文化占有重要的位置。在我国的戏曲、音乐、绘画、文学作品中，以牡丹为主题、命名的多如牛毛，像戏曲名作《牡丹亭》、古典诗词《赏牡丹》、当代歌曲《牡丹之歌》可谓家喻户晓，至于在民间寻常百姓家画牡丹、挂牡丹的就更比比皆是了。关于牡丹的研究，我以为绝不是从现代开始，说不定在几百年前，甚至一两千年前就有了。我不是种植牡丹的专家，也不知道在各种分类中哪一种更专业更科学。我在电脑的百度上随便搜索牡丹词条，马上会有无数关于牡丹的信息映入眼帘——

之一，从花型上分，牡丹分三类，即单瓣类、重瓣类、重台类。十二型，即单瓣型、荷花型、菊花型、蔷薇型、托桂型、金环型、皇冠型、绣球型、菊花台阁型、蔷薇台阁型、皇冠台阁型、绣球台阁型。譬如，单瓣型：花瓣一至三轮，宽大，雄雌蕊正常。如"黄花魁""泼墨紫""凤丹""盘中取果"以及所有的野生牡丹种。荷花型：花瓣四至五轮，宽大一致，开放时，形似荷花。如"红云飞片""似何莲""朱砂垒"。菊花型：花瓣多轮，自外向内层层排列逐渐变小，如"彩云""洛阳红""菱花晓翠"。

之二，从花色上分，牡丹系以八大色著称，如白色的"夜光白"、蓝色的"蓝田玉"、红色的"火炼金丹"、墨紫色的"种生黑"、紫色的"首案红"、绿色的"豆绿"、粉色的"赵粉"、黄色的"姚黄",还有花色奇特的"二乔""娇容三变"等,另外在同一色中,深浅浓淡也各不相同。

之三,从香型上分,一般白色牡丹多香,紫色具烈香,黄粉具清香,只要"嗅其香便知其花"了。

之四,从叶上鉴别,牡丹叶为三出二回复叶。因品种的不同,叶子所呈出现来的形状、宽窄、厚薄、颜色等方面各不相同。如"大胡红"叶大、圆而肥厚,叶面多平展。"墨洒金"叶形大而长,但小叶较狭长,质地薄,较稀疏开展或下垂。"状元红"全叶中等大小,小叶长椭圆形,边缘缺多且较尖、上卷,叶多斜伸。"豆绿"叶背有一层白绒毛。如"大棕紫"叶色发紫红等。

之五,从枝干上辨别,这一方法是通过株形和分枝方式来区别品种。牡丹为丛生灌木,因不同的品种,其株形和分枝方式也不相同。直立型:枝条开张角度小,直立向上,节间长,长势强,株丛高大,如"洛阳红""桃李增艳"等。开展型:枝条开张角度大,向四周延伸,株形低矮。如"一品朱衣""赵粉"等。半开展型:介于上述两型之间,如"脂红""蓝田玉"。

…………

像这样的划分,恐怕罗列到之一百也未必能全部包括进去。4月13日,当我走进洛阳隋唐牡丹园后,顷刻间就被满园盛开的牡丹给迷住了。要知道,这时的北京,人们身上还没脱掉毛衣呢!最冷的几天,还要穿上厚厚的羽绒服。同行的作家周明先生过去几次到洛阳,但一直没有很好地看过牡丹竞相开放的景象。有一年他们乘夜色到王城公园去看牡丹，看了足足两个多小时。第二天上午市领导在接见他们问及对洛阳牡丹的印象时，他们几个便兴奋地把前一晚看到的景象跟市领导眉飞色舞地描绘一番。原以为他们的描绘能得到市领导的赞许，谁料市领导听罢苦笑着说："对不起，你们昨晚看到的不是牡丹，而是芍药，牡丹花期刚过！"结果，弄得几位作家朋友脸色通红，很是尴尬。

此番来到牡丹园，周明自然很兴奋，虽然已经七十大几的人了，仍然像孩童般一脚跨过园子的绿树隔离墙，蹲在一丛红白相间的牡丹后面得意地照相。等心满意足地照过之后，正要走出花围时，才发现一只皮鞋已经深深地陷进松软的泥土里。一位作家朋友见状戏谑道：周老师这才叫深入生活哩！而我则不失时机地占了一副对联：看一夜芍药，擦四面皮鞋。

到洛阳看牡丹，不同的人有着不同的收获。有的人会从专业的角度去考察其发展、沿革、分类，也有的人会从市场化、产业化去思考，而对于画家、摄影家则不失为很好的采风画面。但对于像我这样的写作者，则更多的是凭瞬间的感觉去体验。在牡丹园，人们看多了各种真花后，还有人喜欢看绢花，买绢花吗？我不知道别人，在花园的中央看台上，我就喜欢看几个当地农村姑娘手中高举的扎得有些夸张的绢花牡丹。我觉得，那脸上显得还有些稚嫩的小姑娘，她们不正是一朵美丽的乡村牡丹吗？你千万不要以为她们文化程度低，说不定日后她就是种植牡丹的专业户呢！在改革开放的中国，什么新鲜的事情都有可能发生，奇迹随时都有可能出现。美国前劳工部长赵小兰不就是华人的一个奇迹吗？

我想到了洛阳平乐村一个叫吕娇的农家妇女。这个被外界誉为中国牡丹画第一村的美丽乡村，过去以正骨医术名扬一方。平乐村是个大村，人口有上万人，过去世世代代的村民以种植小麦、玉米为生，虽然生活在牡丹之乡，可他们的生活并不真像人们想象的那样过得"花开富贵"。是改革开放的春风，吹醒了沉睡多年的平原乡村，也吹醒了吕娇的艺术之花。吕娇今年五十三岁，现在已经学习画牡丹八年，在之前的三十年，她一直在村里种地、放电影。兴许年轻时劳累所致，她十年前逐渐感到力不从心，经常失眠，缺血，浑身不舒服，就把工作放弃了。后来，村里兴起画牡丹之风，并逐步形成产业化，她在村里画师的启发下，便学起了画画。我问吕娇："村里像你这样的画师有多少人？"她一边画一边回答说："能有上千人吧。我这水平一般。""你们画的画有固定的市场吗？""有哩，咋能没哩！有的被外面收购，有的自己销售。""像你这样画，一天能画几幅？""两三幅吧。""你能告诉我你这幅画的价格吗？""那要看你心诚不诚。真的想要，一百，五十都可以。""好，我就买你的这幅《富贵牡丹》，六十，祝你六六大顺哪！"吕娇没有说句谢谢那样的客气话，她告诉我，这七八年的学画、画画，每天画十几个小时的画，非但没累坏，反而把过去许多的慢性病都治好了。我说："您这叫一壮挡百虚。"

离开平乐村村部四楼的画室，在送我们一行出门的路上，一位村干部介绍说："村里如今学画画的人越来越多，还有很多的外地人也慕名前来学画画。这些农民画家的技术虽然赶不上城里人，可他们的心真诚，画出的画古朴，挂到什么地方你都不觉得丢人，因为我们就是个农民，是地道的农民画。"村干部的话让我想起一句农村的俗语：光脚不怕穿鞋的。其实，不论是城里的工人，还是乡下的农民，千万不要在市场经济前自卑自弃，只要有那么一股不服输的勇气，何愁前面的天地不是花开富贵呀！

无独有偶。在参加山西古县的牡丹节期间，我曾经到山西的又一大宅院——古县张宅逗留了一会儿。此前，我曾经多次光顾过山西的乔家大院、王家大院以及阎锡山老宅。北方的大院有别于南方的私宅，如果南方讲究的是小巧玲珑，含蓄典雅，而北方就显得大气、庄严、威猛，大有舍我其谁的霸气。比起山西那几个大院，张宅要小得很多，属于小弟弟。不过，再看过这小弟弟的发展轨迹后你又不得不生发感慨。别的不说，仅从几百年前最初的张氏父子登科、兄弟同榜，便可以知道其人有多么聪颖。至于到后来的捐资助学、诚信经商、仗义疏财、耕读传家、重修庙宇，足见其代代忠厚传家之遗风。一直以来，民间一提到徽商、晋商，都会竖起大拇指发出钦佩之感叹。我注意到张宅的私塾两侧有这样一副对联：贵有恒何必三更起五更睡，最无益只怕一日曝十日寒。想来，这种持之以恒的精神是晋商或者是山西人的真实写照。把张宅的几进院落浏览毕，临出门时在一间不起眼的厢房里，看到两名小姑娘在绣十字绣，其绣的作品既有童鞋、布艺、书包、饰物、钟表，还有两米长的《清明上河图》。我问一位叫张淑丽的小姑娘："你们这些产品是卖的吗？"小姑娘说是，但主要是交到古县巧春姑手工艺制品有限公司，由他们统一经销。我继续问，你们这个公司由哪里办的？像你这样的巧春姑还有很多人是吗？张淑丽答，她们这个手工艺制品公司是由县妇联于2007年办的，主要目的是解决下岗女工的再就业。至于公司一共有多少人，她也不知道，她只知道接活、做活，偶尔有游客到屋里参观购买，她也顺手卖几件。我说，县上在搞牡丹节你知道吗？她说知道一点儿。见她如此老实地回答，我便不好打搅，花五十块钱买了一台挂钟，挂钟的里边绣着她的作品：一个天真的孩子仰着头望着月亮。他在冥想着什么呢？我猜不透。

古县原名岳阳，毗邻著名的洪洞县，盛产煤、铁。历史上，古县一直依赖农业，尤其是种植粮食为主，因此经济上不去。改革开放后，古县也像全国很多的地方，开始向工业、开采业找出路。最多时，境内大大小小的煤矿不下三百个，至于焦化厂更是星罗棋布，此外，还有几家规模较大的冶铁厂。这些工矿企业无疑将古县的发展推向了高峰。然而，随着资源被大量掠夺性地开采，古县人越来越感到危机的到来。

于是，古县人开始寻找出路，寻找可持续发展的长远之路。

于是，古县人把目光落在素有天下第一牡丹之称的三合村的白牡丹上。

牡丹有多种，白牡丹是其中一个重要品种。三合村白牡丹敢说是天下第一牡丹，主要有三点：第一，历史悠久。相传这株白牡丹生于唐朝，距今约一千三百年，与武则天有关。第二，枝繁叶茂花荣。这株牡丹一个根系上生出数十枝花干，抱成一簇蔚为壮观的花群。花干最高可达一米八多，冠幅五米，丛围十五米。叶子有柄，羽状复叶，小叶呈鹅掌形，墨绿色。花开时节一般在4月底5月初，往年开花四百余朵，2007年居然高达六百余朵，当为世界之最。花朵怒放时，如同碗口大小，直径近二十厘米。花瓣分双层十二片，每片大小如掌，外部为玉白色，内部稍有血红色。花朵中心花蕊为金黄色，花香浓郁，沁人心脾，数十米皆可闻到。我第一眼看到之时，尽管花期未到，但仍仿佛看到一个美丽的花坛，雍容华贵，仪态端庄。其实，当地人民并没有把他们心中的花神看得多么华贵，相反，倒觉得此花更具有平民性。否则，民间不会传说此花是因为不顺应武则天而被贬出城的。也不会千百年来，每到花期，总会有成千上万的人前来进香许愿，希望花神能够保佑普通人家太平健康的。

在古县，关于牡丹仙子有着无数的传说。我们不管其传说的是否有真实性，但就人民的美好愿望来讲，我倒相信那一切都是真的。现如今，县、乡、村三级合力，以牡丹仙子为重心，全力打造文化旅游业，以期成为当地富民的新的增长点，这本身就是牡丹精神的一种美好的释放。记得在旅游节开幕式当天，古县各界从全国各地请来很多朋友前来助兴，但不曾想到的是，由于今年天气寒冷，花期往后延长，以至很多人前来不曾亲眼看到牡丹盛开的壮丽时刻，感到非常遗憾。有的人甚至认为今年会不会是个不祥之年。我听后感到可笑，不是笑人们在自然界前的无知，而更多的是笑我们自己太把自己看得如何高大如何不可一世了。也许正因为如此，牡丹花才会高傲地拒绝它的如期盛开呢。

不管怎样，当夜晚我走在古县县城，徜徉在色彩斑斓的涧河十里长廊时，看着远处巍然耸立的一代名相蔺相如的雕像，我想说，为了国家的发展壮大，蔺老夫子当年忍辱负重同老将廉颇上演了将相和的千古佳话。那么，今天的古县党政领导和人民一条心，以顽强的拼搏精神，借助牡丹仙子的神威，走出了一条和谐发展的文化旅游之路，这不正是又一朵盛开在古县人民心中的巨大的牡丹吗？文章至此，你还会有什么遗憾吗？不管你怎样想，我没有，真的没有。

作者简介

红孩：中国散文学会常务副会长，中国作家协会会员，出版的作品主要有散文随笔集《阅读真实的年代》《拍案文坛——红孩文艺随笔选》和散文鉴赏集《铁凝散文赏析》。主编中国年度《我最喜爱的中国散文100篇》和《中国年度争鸣小说精选》。曾获得第二十二届中国新闻奖、第二届冰心散文奖等。

群山环绕的绿色钢都

苏兰朵

从地图上看，鞍山很像一把钥匙。这一人造器物无意中赋予了这座城市一种金属的质地。在中国的城市群落中，鞍山的辨识度也恰恰与钢铁有关。一度，世人只知有鞍钢，不知有鞍山。鞍钢，就像一张巨大的面具，阻隔了人们对鞍山的想象，又像一顶坚硬的安全帽，遮住了这座山城秀美的容颜。曾经在建设新中国的奉献中备感荣光的鞍山人，想到这一点，总会有些失落，颇有点儿锦衣夜行的感觉。

行走在这座被称作"钢都"的城市，你其实不容易看到钢，倒是随便一望，就能看见连绵的山脉。一切景致因山而起：秋日时节，层林尽染，群山穿起红色或金色的披风，一座座、一处处像沉浸在喜悦中的嫁娘；冬季，白雪覆盖了精壮的森林，城市在洁白的背景中变得无比安宁；春天，梨花舒展着妖娆的身姿，在山野中吐露着生机与娇美；夏夜，醉人的槐花香气在城市的街巷中恣意流淌，连梦境都是芬芳的。

一个鞍山人，无法想象没有山的生活，很多人就居住在山脚下。雨后，推开家门，第一眼去看的是山间缭绕的云雾。东边日出西边雨，更是城里常见的小意趣。喜欢运动的鞍山人热衷于登山。平日里登东山、烈士山，假日里全家登千山。山，为这座城市带来了百分之四十八的森林覆盖率，一个开放式的森林公园就坐落在市中心，古木参天，面积达七十八公顷，像一颗巨大的绿色之肺，净化着都市的喧嚣与尘埃。又像一座岛屿，让飘浮于城市的心灵很轻易地就远离了疲惫。

所以，谈论这座城市，无论如何都得从山说起。

千山：南海八千路，辽东第一山

大约四亿年前，千山山脉一带是一片海洋，到古生代末期开始形成陆地。经过漫长的地壳变化，到一千万年前，初步形成了千山地貌的基本轮廓。如今，它与长白山山脉相连，绵亘数百里，是整个辽东半岛的脊梁；辽河、鸭绿江分水岭。其中最峻秀的千朵莲花峰就矗立在鞍山城东南。清代文人姚元之有诗云：明霞为饰玉为容，山到辽阳峦嶂重。欲向青天花数朵，九百九十九芙蓉。这就是千朵莲花山名字的由来——"千山不足千，人造一株莲。"

在东北三大名山（长白山、千山、医巫闾山）中，千山一直是以厚重的宗教文化闻名于世。而儒、释、道和谐共融一山，又是它最大的特色。

东晋的陶渊明在《搜神后记》中记录了这样一个故事，"丁令威，本辽东人，学道于灵虚山。后化鹤归辽，集城门华表

227

柱。时有少年，举弓欲射之。鹤乃飞，徘徊空中而言曰：有鸟有鸟丁令威，去家千年今始归。城郭如故人民非，何不学仙冢垒垒。遂高上冲天。"传说，当年丁令威化鹤归辽时，曾在千山停留。他伫立过的地方，被称作仙人台，是千山的最高峰。丁令威是中国道教中极负盛名的人物，有关他的传说，多与鹤有关。李白、杜甫、欧阳修等诗文大家笔下的丁令威都是与鹤站在一起的。在千山祖越寺里有一个来鹤亭，它名字的由来，想来必含期许仙人归来之意。清代才子王尔烈曾写诗吟咏这里："谁共青山不生灭，鹤来应为问真源。"这一传说流传了一千多年，到了1935年，在千山无量观和龙泉寺之间的山谷内，真的飞来了七十多只仙鹤。当时，山上的僧侣道士奔走相告，相约各庙观暂缓击磬鸣钟，免得惊扰了仙人的化身。山下的百姓也口口相传，皆以此为吉兆。当年4月1日的《盛京时报》报道了此事。"山不在高，有仙则名。"鹤成了有力的证据，使千山作为道教仙山的地位在关东更加稳固。

佛教进入千山虽晚于道教，发展却十分迅速。东汉时期，随着洛阳白马寺佛教文化的迅速传播，千山开始有了佛教徒的踪迹。唐贞观十八年（644年），唐太宗李世民东征高句丽，驻跸千山大安寺，客观上推动了千山佛教的发展。至辽金时期，千山已成为名冠关东的著名佛教圣地。这里必须提到一个人。1123年，金国世宗皇帝的母亲贞懿皇后李氏削发为尼，在辽阳清安寺出家，法号通慧圆明大师。后来因人事纷纭，疲于应酬，迁入千山灵岩寺（今祖越寺）静修。这是当时轰动金国的一件大事，千山自此披上了皇家宗教名山的外衣，众多佛教徒慕名前来，想一睹通慧圆明大师的风采。以今天的眼光来看，这位前皇后和唐太宗一样，成了形象大使，无形中提高了千山的知名度。千山与皇家的渊源，在清代达到了另一个高峰。康熙皇帝极爱这座故土上的山脉，曾写下《入千山》一诗："晓入千山路，烟光织翠萝。崎嵚缘石磴，宛转历岩阿。树杪朱旗出，藤荫玉勒过。物华看亦好，景色爱清和。"与祖父得偿所愿的山中体验不同，乾隆皇帝是三次想入千山未果，空留下三首向往千山的诗，成就了有关千山的另一段佳话。正如他在《寄题千山》中写的一样："千山胜景久芗哉，三度徒教寄咏回。"皇帝的吟咏胜过任何宣传，千山因而成为当之无愧的关东名山。明清两代，千山新建、重新修缮了大量寺庙道观。最鼎盛时期，建有九宫、八观、五大禅林、十二茅庵等四十余座庙宇。碑、塔、亭、阁、寺、观、庙、堂散落于山间。现在千山的寺庙建筑群依然保存完好，古朴的明清建筑已成为千山的一道人文风景，其厚重的文化艺术魅力绝不亚于千山的自然风光。明代诗人张鏊有诗赞千山："南海八千路，辽东第一山。"由启功先生手书成楹联，如今就悬挂在千山正门之上，向世人昭示着这座古老名山的辉煌往昔。

然而这些都不是千山作为佛教名山最值得书写的。1993年6月4日，一尊天然巨石弥勒大佛像被重新发现，千山自此有了分量最重的一张佛教名片。之所以说重新发现，是因为在弥勒大佛对面的山峰上，同时发现了隋唐时期的古拜祭台，而祭拜用的瓷器，经专家考证是清代的。这说明大佛一直都在，只是不为后世人所知。整个大佛由一座山峰天然形成，高七十米，头高九点九米，耳长四点八米，坐东面西，体态端庄，五官清晰，四肢比例匀称，令人惊叹！福建省福州市永泉寺方丈道长乙法师观拜大佛后，认为千山大佛比乐山大佛更有价值，因为这是天成大佛，是大自然赐给人类的瑰宝。世界佛教联合会副会长释觉光法师在参观大佛后，提笔题写了"天成弥勒道场"六个字。自此，千山屹立在华夏，与任何一座宗教名山相比都不再逊色。正如俗语所讲："看尽江南山水美，常怜北国穷山水。识得关东千山秀，不看五岳也无悔。"

与仙人台的道家仙气、天成大佛的佛教奇观不同，庙宇道观林立的天上天、五佛顶一线，呈现的更多是人的痕迹。在古刹龙泉寺中，住过一位清代大儒，他和他的传说，为千山涂上了一抹重重的儒家文化色彩，他就是清嘉庆皇帝的老师，曾经风靡一时的电视剧《木鱼石的传说》中的主人公——王尔烈。

被誉为"关东第一才子"的王尔烈曾经在千山刻苦读书，断断续续达二十二年之久，几经挫折，终于在四十四岁时，考中二甲一名进士，后被清廷任命为翰林院编修、太子侍读。在电视剧中，他以寻找木鱼石为名，启发嘉庆皇帝深入民间，体察民情。七十岁时，翰林院为其举办寿庆，赠"百寿图"屏风，将其时百余位名人的泥金字画装裱其中，堪称当世瑰宝。清代著名书法家伊秉绶、翁方纲和吏部尚书刘墉手书的"寿"字，《四库全书》总纂修纪晓岚的水墨仙鹤图，《红楼梦》印行者程伟元的水墨双松图都收录在其中。还有一幅没有署名的"寿"字，据分析为嘉庆皇帝所书。卸任回辽东后，王尔烈继续在盛京书院教书讲学，直至终老故乡。王尔烈的一生，践行了一位儒家学子完美的人生轨迹——寒窗苦读、金榜高中、出仕为官、辅主治国、名满天下、衣锦还乡。

令世人羡慕的还不止这些，他的婚姻也是一段千古佳话。王尔烈与陈月琴青梅竹马，因王母反对，劳燕分飞。后来，王尔烈在千山龙泉寺读书，竟偶遇陈月琴。原来陈月琴被情所伤万念俱灰，到木鱼庵剃度为尼。这次重逢令二人悲喜交加，于是频频相见。时间久了，木鱼庵释玄子禅师看出端倪，遂请本地德高望重名士出面斡旋，终使双方父母冰释前嫌，陈月琴还俗，二人结成秦晋之好，一段爱情有了圆满的结局。陈月琴的祖父就是清代著名学者陈梦雷。由此我们不难理解，为什么王尔烈对千山有着极深的感情。他一生为千山留下很多诗篇、楹联和书法作品。王尔烈当年读书的西阁，现在是千山一处著名的景区。他把这里命名为"琼岛虚舟"，并为它写下了诗意开阔的楹联："室狭如舟，蓬窗四启峰围岸；山深似岛，松生一派海生潮。"漫步西阁，想象王尔烈孤灯寂寞苦读的身影，你会由衷感叹人生命运中的因果关系。儒的道理与释的精神在此合二为一。

除了人文方面的贡献，千山山脉及其形成的地质结构还为鞍山地区积蓄了丰富的铁矿藏，从而在近代加速了这里演变为工业城市的速度，并阶段性地改变了鞍山作为城市的命运。（节选）

（原载《辽海散文》2014年第10期）

作者简介

苏兰朵：国家一级作家，中国作协会员。2006年开始发表文学作品，曾获中国作家出版集团奖、《长江文艺》完美文学奖、辽宁文学奖散文奖等。有诗歌、小说被翻译成德文、日文等在海外发表。

文圣故里

马鹏程

小时候，生活在风水沟，此村位于鞍山之东辽阳之南。

风水沟北、东、南三面环山，西面正对的大山有对峙双峰天然形成的一座山涧。泉溪有如玉带伴着清脆的歌声一路飘舞汇入南沙河中。环村诸峰似朵朵株莲争奇斗艳，簇拥出一块宝地，千百年来生生不息欣欣向荣。

最有名的山峰有两座。北沟最高峰叫白碹山，山下是座小学校。绿树红墙之间留存许多少年时代美好的记忆，那是我们追梦的起点。山腰遍布堑壕，从下至上竟有三道，而且道道相通。壕边的岩石上炮弹坑清晰可见，翻裸的沙砾已经严重风化。坡上没有乔木，只有少许沙棘、野草、棉槐还有刺玫花。山顶在解放战争时期至少被削掉两三米，白花花的菱镁石映着阳光闪烁，遇风则发出呜呜、哗哗、啪啪相交织的响声，仿佛诉说着昔日的苍凉与哀婉，令人心惊胆寒平生敬畏。

南沟次高峰无名，我管它叫翰林峰。此峰周围遍布油松、榛林、柞树、南果梨树；山花野菜品类繁多；松鼠、雉鸡、野兔、飞鸟蹿蹦跳跃上上下下来来去去好不热闹。

南坡之下有座小山村名曰孔雀（姓）台，两三百户人家依山散居。果林掩映中不见房舍，只能闻到鸡鸣犬吠，早晚见得袅袅炊烟。

清朝初年，此村蕴生出一大望族，四海之内皆知其名。关于曹雪芹的祖籍，旧有辽阳说和丰润说，近期又现铁岭说和沈阳说。与名人沾边，或许是种荣耀。我支持辽阳说，并不是想沾名人的仙气，只是觉得辽阳说论据更厚重、更翔实、更可信。曹雪芹的始祖曹锡远世居"沈阳地方"。因此沈阳说，甚至铁岭说也还靠点儿谱；因为历史上的辽阳、沈阳都曾为东北地区的政治中心，实际辖区较大且有重叠，所以这三种说法广义上讲应该是一个说法，即曹雪芹缘出五庆堂，是曹振彦的后人，若能证实这一点，丰润说基本上不成立。史料记载如下：

> 俊，良臣三子，世袭指挥使，封怀远将军。守御金州，后调沈阳，即入辽之始祖。
>
> ——《五庆堂重修辽东曹氏宗谱》
>
> 三子俊，以功授指挥使，封怀远将军，克复辽东，调金州守御，继又调沈阳中卫，遂世家焉。历代承袭，以边功进爵为指挥使，世职者又三四人。子孙蕃盛，在沈阳者千有余人，号为巨族。而金州、海州、盖州、辽阳、广宁、宁远，俱有分住者。
>
> ——《曹士琦《辽东曹氏宗谱叙》（顺治十八年）

明故孺人曹氏圹记·赐进士文林郎不孝男磐泣血记。

先妣孺人，姓曹氏，辽阳人。父讳俊，娶本郡朱氏。正统六年四月壬辰生先妣，性仁厚慈善，年十有九归家君。

——《辽阳县志》卷三十五《碑记志》

曹氏，辽阳人，父俊，孙敏之妻，事姑吴以能不欺称。

——《奉天通志》卷二一五《人物·列女》

曹锡远，正白旗包衣人，世居沈阳地方，来归年分无考。

——《八旗满洲氏族通谱》卷七十四
《附载满洲分内之尼堪姓氏》

墨尔根戴青贝勒多尔衮属下，旗鼓牛录章京曹振彦，因有功，加半个前程。

——《清太宗实录》卷十八：天聪八年甲戌条

平阳府吉州知州，曹振彦，奉天辽阳人，贡士，顺治七年任。

——康熙十一年刻本《山西通志》卷十七《职官志》

曹振彦，奉天辽东人，七年任。

——吴葵之《吉州全志》卷三《职官》

曹振彦，奉天辽阳人，贡士，顺治七年任。

——嘉庆《山西通志》卷八十二
《职官》"吉州知州"条

曹振彦，辽东人，贡士，顺治九年任。

——乾隆《大同府志》卷二十一
《职官》"大同府知府"条

两浙都转运盐使司盐运使，曹振彦，辽东辽阳
人，由贡士顺治十三年任。

——康熙二十三年刻本《浙江通志》
卷二十二《职官志》

曹振彦，奉天辽阳人，顺治十二年任。

——乾隆《敕修浙江通志》卷一百二十二
《职官》十二"都转运盐使司盐法道"条

曹振彦，奉天辽阳生员，顺治十三年任。

——《重修两浙盐法志》卷二十二《职官》

曹玺，字完璧。宋枢密武惠王裔也，及王父宝宦
沈阳，遂家焉，父振彦，从入关，仕至浙江盐法道，
著惠政。公承其家学，读书洞彻古今，负经济才，兼
艺能，射必贯札。补侍卫之秩，随王师征山右建绩。
世祖章皇帝拔入内廷二等侍卫，管銮仪事，升内工
部。康熙二年，特简督理江宁织造。江宁局务重大，
黼黻朝祭之章出焉，视苏杭特为繁剧。往例收丝则凭
行侩，颜料则取铺户，至工匠缺则佥送，在城机户，
有帮贴之累。众奸丛巧，莫可端倪，公大为厘剔，买
丝则必于所出地平价以市；应用物料，官自和买，市
无追胥，列肆案（安）堵；创立储养幼匠法，训练程
作，遇缺即遴以补。不佥民户，而又朝夕循拊稍食。

235

上下有经，赏赉以时，故工乐且奋。天府之供，不戒而办。岁比祲，公捐俸以赈，倡导协济，全活无算，郡人立生祠碑颂焉。丁巳、戊午两督运，陛见，天子面访江南吏治，乐其详剀。赐御宴、蟒服，加正一品，更赐御书匾额手卷。甲子六月，又督运，濒行，以积劳感疾，卒于署寝。遗诚惟训诸子图报国恩，毫不及私。江宁人士，思公不忘，公请各台崇祀名宦。是年冬，天子东巡，抵江宁，特遣致祭。又奉旨以长子寅仍协理江宁织造事务，以缵公绪。寅，敦敏渊博，工诗古文词。仲子宣，官荫生，殖学具异才。人谓盛德昌后，自公益验云。

——《江宁府志》卷十七《曹玺传》

曹玺，字完璧。其先出自宁枢密武惠王后彬。著籍襄平。大父世选，令沈阳有声。世选生振彦，初，扈从入关，累迁浙江盐法参议使，遂生玺。玺少好学，沉深有大志，及壮补侍卫，随王师征山右有功。康熙二年，特简督理江宁织造。织局繁剧，玺至，积弊一清，干略为上所重。丁巳、戊午两年陛见，陈江南吏治，备极详剀。赐蟒服，加正一品，御书"敬慎"匾额。甲子卒于署，祀名宦。子寅，字于（子）清，号荔轩。七岁能辨四声，长，偕弟子猷讲性命之学，尤工于诗，伯仲相济美。玺在殡，诏晋内少司寇，仍督织江宁。特敕加通政使，持节兼巡视两淮盐政。期年，蠲贷内府金百万，有不能偿者，请豁免。

商立祠以祀。奉命纂辑《全唐诗》《佩文韵府》，著《练（楝）亭诗文集》行世。孙颙，字孚若。嗣任三载，因赴都染疾，上日遣太医调治，寻卒。上叹息不置，因命仲孙频复继织造使。频字昂友，好古嗜学，绍闻衣德，识者以为曹氏世有其人云。

——《上元县志》卷十六《曹玺传》

另有大金喇嘛法师宝记碑、重建玉皇庙碑、东京新建弥陀禅寺碑等亦可为证。以冯其庸先生为代表的众多红学家已有点评论述，在此无须赘述，也不敢班门弄斧。冯先生称："碑史可鉴!"

我相信这些史料是真实的，所以我认可辽阳说。三百年来，没有任何一部文学作品可以超越《红楼梦》，因此称曹雪芹乃至祖父曹寅为文圣，应该不会有人反对。清初百余年，曹氏家族之繁盛、兴旺、显赫、辉煌已是笔下难书言之难尽。那日山中腾雾，贮于峰间遥望，文学巨匠曹雪芹，宛在云之巅。

北坡诸村曾有贾家堡、董家堡、秦家堡、张家堡、上沟、下沟、南沟、周家沟等称谓。直到关东才子王尔烈金榜题名、才压三江、名扬天下，才统称为风水沟，沿袭至公元1991年。

能够参与《四库全书》的编撰工作，王尔烈的才华应有公论。王公为人低调谦和，为官正直清廉，不愿结交攀营依附权贵，因此他的官始终做不大。乾隆皇帝知其德操文才，他才做了嘉庆皇帝的老师，才有了"木鱼石的传说"。嘉庆皇帝敬其德才与清廉，他才可以督造货币，才可以主理一方教育。并非只有达官显贵才能名垂青史，思想、操守、文章亦足以流芳百世名扬一方。辽阳人亦称其为文圣，文圣区及翰林府的称谓至今犹在。因为我觉得这座山峰便是王尔烈的化身，千华山中最美的那朵莲花，所以命名翰林峰。

昔人已没，后生中虽然人才辈出，但是迄今无人超越曹雪芹、王尔烈。无论是老总、官员、作家，还是体坛精英世界冠军，相比曹王都还逊色。

山腰有片墓地叫王家坟，百年之后的王尔烈便眠息于此。山间有一株柳树，传说有近三百岁的年龄。历经火灾及腐朽之后中干已枯。就当人们都认为它将死去的时候，在支干上居然衍生出了新的绿色，蓬蓬勃勃造就了一个百余平方米的荫凉；不仅强烈的阳光不能射入，就连普通的风雨也无法侵扰。荫凉下有一眼清泉，一年四季流淌，甘洌异常。泉中有红肚囊的哈什蚂游来游去，怡然自得好不快活。泉边有个石桌，石桌上有白底蓝花的小碗，还有若干石凳绕在桌子周围。不远处有大约两米长一米宽的青石板，平平整整地放着，那便是仙床。恍惚之间，似乎看见两位长髯飘飘的老者在饮酒对弈，那缓缓落下的棋子难道不是黑白相间的世界？那两个老者是谁？莫非就是曹雪芹和王尔烈。忽然，那两个人又变成了饮茶对语的金童玉女，莫非就是红楼梦中的宝玉和黛玉？此处有风水，不知仙人是否来过？这便是玉带溪主要源头之一。数百年前曾有一座圣水寺，求水者络绎不绝，可从山腰排队排到山脚。如今只能寻得残存的砖头瓦砾，幸有奇花异草环侍左右。也曾见过巨大的蟒蛇，但巨蟒从未伤人，或许那便是守卫这片圣土的生灵，但是，1992年以后，就再也无人见过。

山脚缓坡星布着数块耕田，虽有贫瘠，但多数都很肥沃，缘于积累了千万年的腐殖土中蕴含了丰富的有机肥，那便是底蕴。家中农业户口占比偏小，在1984年分产到户的时候，分到的土地很少，好在先于他人拓荒，秋后的收成仍然很多。又有公粮可吃工资可补，家境还算不错。我家那块地刚好分在翰林峰下的山脚，有丰厚的腐殖土又在古河道上方，因此旱涝保收。同母亲农耕之余，可以悠然见南山；可以躺在山坡上仰望白云蓝天；可以跑到古柳下去饮甘泉，避免强光和风雨；可以爬到翰林峰上捧着书本学习、憧憬、放歌、吟诗、习作……

群山之间的山村的确很静。从山上或者远处看，同样只见果园，杨柳树荫，不见屋堂。袅袅炊烟下，微风细雨间，皑皑白雪上，那是一幅古典的极美兔极静逸的水墨画。村中的玉带溪汩汩流淌，声响稍大，但那是歌声、是音乐。时有波澜壮阔惊天裂地的交响乐章，时有缠缠绵绵柔声细语的笛箫合奏，时有明月千里离人复归相拥相依的小夜曲；时而像老者在讲述村里一桩桩一件件美丽的故事和传说，时而像青年在描画在阐述一个天堂般的未来。因为将要动迁的原因，我家的茅草屋并未翻建。想想诸葛孔明先生的隆中茅舍，想想陶渊明的仙居，想想诗圣杜甫为秋风所破的草堂，反倒觉得有些诗意。那是我小时候的财富。房前屋后自是种得畦畦小菜，纯绿色的既鲜嫩又味美。最恋那几十棵桃树杏树李子树，还有樱桃和南果梨，既有鲜果可吃，又有鲜花可赏。蜂飞蝶舞花如雨雪中，闭目乌藤下，盘膝银壁间；幽幽东阁，笔走草堂，那是我的少年我的家乡。最爱那可以飞上树的鸡，可以拱门的猪，可以挨家跳过矮墙而不被追打的狗，生活如此安静如此简单如此惬意。

春季好声音是布谷鸟的歌声，从早到晚，勤奋的小鸟四处催春，唤醒冬的沉睡，唤来大地春回。玉带溪里噼噼啪啪轰轰隆隆冰面破裂，融成寒水奔涌向前。梳理好的田垄就像是铺在古琴上的五线谱，只有勤劳的人们才能弹奏出美好的乐章。

盛夏理应听涛，那是风吹林海的涛声。年轻的杨树俊秀挺拔，主干直插云霄，宛如弱冠之年的少年郎，英姿勃发。虬枝蓬勃缓缓生长的柞树便是老男人。它的牺牲与奉献赋给蚕的生命，于是有了蚕丝和美丽的衣裳，有了破茧而出的传说。它的叶子还可以包饼，果实可以磨成棒子面。它是奉献型的"老男人"，相信它可以得到最宽最广最真挚最热烈的爱。

慢慢地长大，慢慢地看着山村西面筑起大坝，整个山村动迁移民，慢慢地看着寂寞山村变成水库变成风光旖旎的高山平湖。

2002年，秋之月满，驱车还乡。正是"老男人"展示风采的时节。漫山遍野的红叶迎风摇曳美不胜收。长青之树与我共同成长，年逾不惑却风采依旧。借得小船荡于湖上，平静的湖水微起波晕。透过水镜，我看到了曾经的秋收。大豆、高粱、水稻、玉米、南瓜堆积如山，场院上人来车往好不热闹。一张张熟悉的面孔从我面前滑过，许多苍老面孔已经逝去，许多青春面孔已经苍老，许多娃娃脸已是青春年少正当年。

突然，湖面结冰了。天上还飘着雪花。房顶上都覆盖着厚厚的雪。家家户户都在扫雪，小同学们也在学校的操场上扫雪，更小的孩子溜着冰车，抽着冰尜。杀年猪了，左邻右舍聚集一堂，欢声笑语伴着炊烟飘荡。过年了，家家户户总把新桃换旧符。餐桌上摆满了丰盛的佳肴。小朋友们穿上新衣服挨家挨户地拜年，那结冰的水面不是湖，是时常入我梦中的那条玉带溪。

（原载《辽海散文》2014 年第 12 期）

作者简介

马鹏程：辽宁省散文学会常务副会长，辽宁省传记文学学会前会长，鞍山市散文学会会长。代表作有长篇小说《寻梦》、诗集《浪涌松江》、文集《心海微澜》等。

秋水长天微山湖

李国征

　　暮秋时节的微山湖，很难有恰当的字眼形容她的壮美。夕阳半坠，晚霞满天，湖面上宛若万点金鳞跳动不止，阵风吹过，芦花谢去的苇塘像是万顷波涛，发出深沉有力的低啸，动人心魄。东天边，一弯新月若隐若现，成群的鸥鹭盘旋觅食，清脆的鸣叫构成"长空雁阵啼秋月"的迷人景致。愈来愈浓的暮色中，南下的驳船一艘牵着一艘联袂而行，高亢的船工号子仿佛在天边回荡。三两只小舢板咿呀摇过，身披蓑衣的渔夫单手划桨，不时举起小泥壶饮上一口，那份旁若无人的洒脱自得与微山湖豁达的襟怀是那样相得益彰。

　　京杭大运河自涿郡逶迤南下，把北京、天津、河北、山东、江苏、浙江两市四省穿成一线，直达余杭，全长一千八百公里，沟通海河、黄河、淮河、长江、钱塘江五大水系，成为南北交通的水上大动脉，驰名中外，但很少有人知道，微山湖段正是它的一个重要节点。宽阔的湖面，其实也是运河的主航道。

地理概念上的微山湖，其实是一个湖泊群的泛称，它由山东与江苏交界处的微山湖、昭阳湖、南阳湖、独山湖四个彼此相连的湖泊组成，因此又被称为南四湖。南四湖南北长一百二十公里，东西最宽处二十五公里，水域面积达一千二百多平方公里，在中国六大淡水湖中，以其独有的集山、岛、林、湖、舟楫、芦荡、荷花于一体而为人所称道，加之醉人的夕阳残照、孤岛炊烟、渔舟唱晚，构成了和谐统一的迷人画面，被誉为"苏鲁边界天然大公园"。

值得一提的是，微山湖能够为世人熟知，还应该感谢作家刘知侠——他的那部红色经典《铁道游击队》，还原了20世纪中叶发生在微山湖上那段可歌可泣的光辉历史，一首《弹起我心爱的土琵琶》歌曲，让名不见经传的微山湖走进千家万户，也走进亿万人心中。今天的很多人，都是带着"朝圣"的心情，走进微山湖，来亲身体验七十年前的烽火岁月。微山岛上铁道游击队与日伪军作战的堑壕遗迹，芳林嫂居住过的渔村小李庄，都被按照当年的情境保留或复制了下来，游人们可以穿上游击队员的对襟褂子，腰插驳壳枪，肩扛三八大盖，圆一个抗日英雄的梦想。

一个湖泊能够承载三千年的历史，不能不说是一种传奇。微山湖，在她静谧的湖水深处，却激荡着波澜壮阔的王朝鼎革的大戏。这里最早的上古痕迹要算坐落在两城乡的伏羲庙了，史载，伏羲和女娲兄妹曾经在此生活，后人为纪念他们，就在这里修建了这座庙。秦汉之际，微山湖周边也是汉高祖刘邦起事的地方。北宋初年，梁山好汉更是在与微山湖相连的北部八百里水泊聚义，上演了一部轰轰烈烈的"替天行道"的大戏。
南四湖中最大的岛屿微山岛上，也有自殷商至汉末的无数遗存。登上岛子西北部的凤凰台，有一座商代墓葬，墓主是殷商末年著名的贤臣微子，微山湖便是因他而得名。微子的故事，当地人都能讲出一些，传说他是帝乙的长子，商代最后一个王纣王的庶兄，因纣王荒淫无道，导致天下离心，作为王室贵胄和辅政大臣，微子屡次劝谏，但纣王不但不听，反欲加害于他。微子无奈，便向太师箕子、少师比干求自保之计，箕子认为："今诚得治国，国治身死不恨；为死，终不得治，不如去。"意思是说，如果舍生取义能换得君王勤政治国，那是值得的；若非如此，那就不如远走他乡以避祸。于是微子只身逃离都城，来到微山湖，卜宅而居。周武王灭商，纣王自焚而死，微子肉袒面缚，左牵羊，右把矛，膝行而前，向武王说明自己远离纣王的情况。周武王很受感动，乃释其缚，"复其位如故，"仍为卿士。后周成王封微子于商族发祥地商丘，以示不绝殷商之祀，国号为宋，爵位为公，准用天子礼乐祭祀祖先。由此微子成为宋国的开国君主。传说他为政贤能，深为百姓所爱戴。微山岛这座墓葬前有一块汉代古碑，上有西汉名儒匡衡所题"殷微子墓"四字，横额为"仁参箕比"，"箕"便是指箕子，"比"指比干，其典出自孔子所称"微子""箕子"与"比干"为"三仁"。

千百年的地表运动，极大地改变了微山湖的地貌。历史上，微山岛是与陆地相连的山丘，岛西侧原本为汉代留侯张良的封地，称为"留城"，现在已经湮没在湖水中，不过张良的墓却被保留了下来。这座红黄黏土加鹅卵石夯筑而成的古墓建于清代，墓前有清乾隆二年（1737年）所立石碑，上题"汉留侯张良墓"。除此之外，微山岛上还有许多可供游人凭吊的古迹，比如岛的东部有目夷墓。目夷字子鱼，微子的17世孙，宋襄公时为相，是春秋时期著名的政治家和军事家，"子鱼论战"在今天仍是一篇不可多得的战争谋略之论。

从行政区划上说，微山湖属微山县管辖，但是游览微山湖的最佳切入点却在滕州，这里濒临烟波浩渺的微山湖之一的独山湖，东依沂蒙山脉，北邻孔孟之乡，五十五公里长的湖岸线上，有着丰富的物种资源、数十平方公里的芦苇荡、国内外罕见的水上森林，特别是万亩野生红荷，点缀得山水辉映，风光旖旎，如诗如画，美不胜收，游人至此，无不流连忘返。

放舟月下，但见星光迷离，渔火缥缈，黛绿色的湖面在晚风摇曳下泛起一圈圈涟漪，似乎包容着无尽的秘密在水下。世界仿佛静止了，唯有目力所及的地方，那条渐渐淡去的鱼肚白色的天际线在告诉人们：微山湖，又一个秋夜来临了！

（原载《辽海散文》2014年第2期）

作者简介

李国征：中国作家协会会员，主要代表作有旧体诗词集《芜茗斋小酌》，散文集《孤帆远影》《九州之旅》，长篇小说《饭局》《传国玉玺》《女市长》《后备干部》《提拔·逆淘汰》等，作品曾被译为日文出版。

东山岛览胜

汤士安

福建省有两个岛屿县,一个是海坛岛的平坛县,一个是东山岛的东山县,两个县都居于海中,各具特色。前几年我曾游览过海坛岛,为它的秀美风光所迷,至今仍回味无穷。去年又浏览了东山岛,为该岛的名胜古迹、人文景观所震撼。

东山岛位于福建省南端,北、西与漳浦、云霄、诏安三县为邻,东侧面向大海。

我们是由厦门出发,南行经云霄县由八尺门进入东山岛的。八尺门为进入东山岛之门户,明末清初原为一条宽一百八十丈、深六尺的波涛滚滚的海峡。传说过去只有八尺宽,后随着时间的变迁,这一海峡越冲越宽了。当时因民族英雄郑成功曾在此岛内踞岛反清,清兵曾数次进攻,均战败。清康熙年间朝廷为断绝人民与郑成功的联系,曾迁出岛内居民,在海峡对岸修筑高八尺、厚四尺的城墙,设兵把守,不准人们出入。新中国成立后,人民政府为畅通岛内外交通,于1960年在海峡上建了长六百二十米、宽十七米的海堤，将海峡拦腰切断，海堤成大道，天堑变通途。我们就是由这条海堤大道进入东山岛的。

岛上道路都是水泥路面，宽阔平坦，路两侧树林葱郁，浓阴罩路，花草流香，行进在路上，身心畅爽。我们此行主要是参观该岛名胜古迹，因铜陵镇古迹众多，所以我们便直驱该镇。入岛行数里，忽见在一村镇前面右侧出现一个广场，广场中间耸立着一尊巨大的塑像。我想，在此建立塑像，一定是该岛重要人物，所以下车前去拜谒。

广场上绿草如茵，塑像周围有艳丽鲜花环绕，汉白玉的基座上，是一位身着宽袖长衫，头罩明代方巾，长髯飘胸，手拿书卷的老人，昂首挺胸，目视前方。这是何人？气势如此潇洒轩昂，面目如此凛然。急看基座上的介绍，才得知这是一代名臣，伟大爱国者黄道周，明末隆武朝武英殿大学士兼吏部、兵部尚书，明万历十三年（1585年）生于东山岛深井村中一个农家，父亲黄嘉卿略通文墨，曾购买纲鉴纲目教授黄道周。道周少年时就知读书上进，常到当时本岛的东屿"山石室"读书，后随兄长边耕边读。十四岁游广东博罗与外界接触，十六岁返回故乡东山岛，遵父命研习科举文章，二十三岁父病亡，家境贫苦，到漳浦县一个退职官员家做塾师。三十七岁（1622年）考中进士，曾任庶吉士、翰林编修，在崇祯朝官至少詹事助理府事，正直敢谏，声闻朝野。因此也惹怒了皇帝，将他贬出京外。清军入关，崇祯朝亡，他不甘屈服，力保南明王朝，曾在弘光朝任礼部尚书，在隆武朝出任首辅，武英殿大学士兼吏部、兵部尚书。他力主收复国土，驱除清军，见手握兵权者恃权观望，不肯为复兴明朝出战，他以一腔义愤，向隆武帝请缨北征。隆武帝也是满腹壮志，时刻想收复失地，重整江山，就批准所请。黄道周以自己亲友、学生为骨干，亲往江南募兵，于隆武元年（1645 年）7 月出发，因为他英名远扬，所到之处，不但有人捐款捐粮，许多青壮年人还踊跃参军，行至中途，就得义勇万人，他便率万军出信州，攻取婺源，进军徽州，中途来攻清军，双方大战童家坊，怎奈他孤军深入，所率人马缺乏训练，与能征惯战的清军交锋，很快被打败，他与一些将领都不幸被俘。清廷知其是个英才，威望很高，许其高官厚禄，劝其投降。黄道周怒斥侵略者，宁死不屈，清廷无奈才将他处死。在临刑时，他撕下衣襟咬破手指，写下"纲常万古，节义千秋，天地知我，家人勿忧"的血书，壮烈就义于南京。我过去没有读过南明史，对黄道周这个人物知之甚少，今天一见，他乃是"留取丹心照汗青"的文天祥式的忠贞之士，不由得肃然起敬，急忙跑到附近草丛中，手撷一束野花，恭恭敬敬地献在黄道周塑像前，才登车前行。

因为见到了黄道周塑像，我想更深入地了解黄道周。听说岛上有黄道周故居和黄道周纪念馆，我们便驱车直奔深井村。越过了铜陵镇走进铜山古城，走过著名的关帝庙，前行一公里来到一个山村——深井村，这村因为有一口深井而得名，村中都是闽南古民居，青砖黛瓦古朴整齐。黄道周故居坐北朝南，有一院落，院门前右侧竖有一碑，上边镌刻"黄道周故居"五字，步入院内，见院内有正房三间，两侧各有两间厢房，均系农家住屋，极为简朴。进入正厅，正厅中高挂一幅黄道周的画像，看上去有四十余岁，头罩角巾，身着素服，面目肃穆，气势威严，浑身透露出凛然正气，铮铮铁骨。充分表现出这位民族英雄忠心耿耿、威武不屈的性格。想起他率领同仇敌忾的抗清将士北上征敌，一心恢复大明江山，最后为国捐躯，真是令人崇敬！

参观故居东西两屋，屋中陈列着黑色的床柜、桌椅和少许文物。参观了这里展出的黄道周生平事迹，仿佛找到了他的根。黄道周就诞生在这幢屋子里，他的童年、少年、青年几乎都是在这里度过的，他跟父亲学习经书，自己研读经史，与兄长日出而作，日落而归，夜深人静时这屋中还透出灯光，他在灯下苦读……这里是孕育了一代文豪、英雄的摇篮，奠定了他为国为民族奋斗抗争的精神，更是一代大书画家，大学者的根基。看到生于斯、长于斯的一代英豪的摇篮，更增加许多感慨，为他的刻苦学习精神感动着、赞佩着，也受到他的精神激励。有首谒黄石斋（黄道周字石斋）诗云："见说铜陵毓圣贤，石斋芳烈可熏天。纲常万古谁能偈，节少千秋孰比肩？"我认为这是对黄道周恰当的评价，深为赞许。

离开黄道周的故居，我们又去参观黄道周纪念馆。纪念馆在风动石景区内，馆前有一门楼，通体彩绘，门楼匾额上有"黄道周纪念馆"六字，乃全国人大常委会原副委员长彭冲所题。入门楼，来到大厅前，大厅上石匾有四个大字"节义千秋"，笔力雄厚苍劲，乃刘海粟手书。下有洁白大理石的黄道周雕像，这尊塑像手持书卷，潇洒飘逸，英姿勃勃，一派学者的风度。门两侧石柱上有楹联为：浩然正气直与文山同壮烈，卓尔奇才长教左海焕光芒。这楹联是对黄道周的高度评价。步入纪念馆大厅，大厅内首先是用文字、画图、部分文物介绍黄道周平凡而又轰轰烈烈的生平。幸运的是，这天纪念馆正在展出黄道周的书画，在这里我们看到数十幅他的书法与绘画作品，不但使我大开眼界，还知道了他不仅是位政治家，还是一位大学者、大书画家。我不懂书画，却觉得他的书画非同一般。在馆内听介绍说，他的书法峭厉劲秀，刚中带柔，拙朴沉毅，独成一体，他被视为明代最有创造性的书法家之一。他的画作，画风高雅，结构严谨，功力雄厚，山石如铮铮铁骨，松枝则挺拔刚健，松树有的拱地参天，有的豁腹虬形，如《松石圈卷》。他画的《武夷泛棹图》，画出了卓尔不群的武夷山川之灵秀，草木之神韵，云气之缥缈，惟妙惟肖。我从参观纪念馆中得知，黄道周还是一位大学问家，他对文学、史学、政治、军事、教育、天文、地理、诗赋、论疏均有较深造诣。明书赞扬他："学贯古今，所至学者云集。"该纪念馆建于明代，原为崇文书院，后改建成四合院的堂屋，取名为"明诚堂"，黄道周曾在这里讲学。他的弟子数百，遍及闽浙赣苏皖。明代地理学家、旅行家徐霞客赞扬黄道周："圣人惟石斋，其书画为馆阁第一，文章为国朝第一，人品为海内第一，其学问直接周孔，为古今第一。"这四个第一，全面概括了黄道周的人品、文品、业绩，他没有过誉，而是恰如其分。我这次来到东山岛首先接触了黄道周这位历史人物，等于形象地读了一部黄道周传记，尽管对他了解得还不太细，但已在我心中树立起一座丰碑，从他身上学到了中华民族许多熠熠生辉的精华，时时为他的爱国精神、民族气节而感动，而震撼，更为他的高尚人格、才气、学识、胆略而敬仰，我为东山岛出了这么一位杰出人物，也为中华民族出了这样一位民族英雄而自豪。此次到东山岛深感收获颇大，确有不虚此行之感。

固若金汤铜山古城

离开黄道周纪念馆，我们去游铜山古城。

铜山古城雄踞于东山岛东北之铜山上，建于明洪武二十年（1387年），明太祖朱元璋为防御倭寇侵扰，派江夏侯周德兴在铜山险要地带筑城，因此城建在铜山上，后来人们称其为铜山古城。古城依山临海，环山而建，并非方城，顺着起伏的山势而行，有时弯曲，有时笔直：长一千九百多米、高七米，巍峨雄伟地耸立于海疆的危峰峭岩之上，扼守海疆，形势险要。古城防卫体系具备，有女墙八百多垛、窝铺十六个。东西南北各一门，东门名"晨曦"；西门名"思美"；南门为"答阳"；北门名"拱板"。我们是从西门进入古城的，城门用大块青砖砌筑，上面城楼高耸，城楼红柱黛瓦，双层飞檐斗拱，甚为威严。我们入城后，看过几处景点才登上城墙，城墙为花岗岩石筑砌，十分规整坚固，脚下的石砌马道，宽有三米，甚为平坦，女墙规整美观，内墙为树木掩映，由城上下望，如置身高空，不由得咂舌。沿着长长城墙前行数百米，来到古城的东北角，城上有一秀丽的亭子，白色石柱上罩双层飞檐黄色琉璃瓦顶，很多人立于亭内眺望大海。今天晴空如洗，天空瓦蓝，万里无云，大海没有大的波涛，显得平静，仿佛是一块巨大无眼的蓝色绸缎铺向天边与天空相连，无比辽阔。这里此时寻找不到宋代大诗人苏东坡说的"海上涛头一线来，楼前指顾雪成堆。从今潮上君须上，更看银山二十回"的景象，这里水平如镜，阳光下粼光闪耀，远近无数小岛，都如一枚枚翡翠般浮在湛蓝的大海中，置身于此，令人心旷神怡。再观铜山古城，这座石筑的古城十分坚固，而且雄踞海滨高山之上，确是铜墙铁壁，居高临下，一夫当关、万夫难攻之势。

铜山古城巍然屹立于山海之间，咽喉要地，在历史上发挥过重大的作用。明代倭寇经常侵袭我国东南沿海各地，给沿海民众造成无尽的灾难。为防止倭寇，明朝不但在这里修筑了坚固的城池，还建立了水寨，设置了福船、哨船、冬船、快船等各种船只四十六艘，派一千一百四十一名官兵在山城镇守。倭寇曾多次侵扰铜山，遭到铜山军民迎头痛击，狼狈逃窜。

明嘉靖十三年（1534年）和万历十年（1582年），抗倭英雄戚继光曾两次率领他能征善战的戚家军进驻铜山古城，并在铜山与九仙山设立水寨，在这里训练将士，修造战船，加固城防。嘉靖年间倭寇来侵东山岛，戚继光立于铜山城头，勇敢地率部迎敌，指挥对靠近海边的倭寇船只用大炮轰击，对登陆向城上进攻的倭寇用箭射，用石头砸，打得倭寇抱头逃窜。仍然贼心不死的倭寇，又强攻岛的南端宫前湾，戚继光采取迂回战术，将登岛的倭寇从海上到陆地包围起来，一时间，人喊箭鸣，金鼓叮咚，硝烟弥漫，杀声盖过海涛吼声。经过几番鏖战，将倭寇彻底歼灭，从此倭寇不敢再犯东山岛，使东山岛沿海得以安全。

明末清初，民族英雄郑成功率抗清将士镇守东山岛，以铜山古城为抗清的基地，在这里招兵、筹饷、训练水师、督造战船。清顺治年间（1661年），郑成功在这里统兵扬帆出海，去收复被荷兰侵略者占据的宝岛台湾。现在铜山古城内外还遗留着郑成功屯兵处和营房、水操台遗址，我在城中关帝庙前目睹了其军队用的饮水井"万军井"。

铜山古城是英雄的古城，光辉的古城，历经数百年战争洗礼，留有多少先烈的英勇杀敌，保卫国家民族的闪光战绩，它记录下了铜山军民可歌可泣的英勇战斗史，谱写了中华民族反抗侵略者威武不屈的胜利篇章，想着古城往昔的光辉，心中禁不住受到鼓舞，对它涌起深深的敬意。我手抚着城墙再观古城内外，昔日硝烟弥漫、金戈铁马的保卫国土大战场，如今到处充满了和平恬静的景象，城上城下游人如织，海上那些翡翠般小岛十分美丽，许多船只在海上往来、运输、游弋、打鱼，在蓝天阳光下海鸥成群结队飞翔，景色更令人着迷。

我们依依不舍地走下铜山古城，在参观过闻名中外的风动石后，离开了铜山古城。

施琅收复台湾出兵处

看过电视连续剧《施琅大将军》《康熙大帝》及读过清史的人都知道，是清代大将军施琅率兵收复了台湾。来到东山岛后，听人介绍说，施琅大将军率兵出海的地方就在东山岛宫前湾，我就决定去看一看这个具有重要意义的地方，便驱车前往宫前湾。

铜山古城在东山岛的东北，宫前湾在岛的南端。我们驱车南行，不但道路宽阔平坦，绿树夹道，过了几个村镇，村镇都是栉比的楼房，造型新颖，街镇繁荣。

我们来到宫前湾更是一番新的景象，宫前湾有一个宫前村，原先是个小渔村，是一片片石室土屋，而今整齐街道两旁都是造型新颖的白色楼阁。村中心车水马龙，商贸繁荣，一派现代城市的景观。这里在清康熙年间叫平海村，后来因村后建有一座古寺庙天后宫，遂改名为宫前村。

来到宫前村前面，迎海而立，展现在眼前的是一个弧形的海湾，如同一道弯弯的月牙儿，拥抱着大海，海水湛蓝，阳光下金波万顷，熠熠闪光。下午海上起了风，海水掀起浪花，浪花在沙滩上卷来又退去，有节奏地激荡，洁白的沙滩，细软平展，白色的海鸥在海上空盘旋飞翔，眺望东山港那里船舶林立，桅杆高耸，往来的船只不断出入，机声隆隆，呈现着渔港的繁荣。

谁能想象得到，这样秀美的港湾，昔日竟是古战场。在这里曾经写下许许多多威武雄壮的英雄史诗。明崇祯七年（1634年），焚烧抢掠无恶不作的荷兰侵略者来攻东山岛，大帅徐一鸣率领东山岛军民与之血战，巡海道高登龙率领水军与之配合，在铜山城将侵略军打得大败，荷兰军船队退到这宫前湾。东山军民同仇敌忾，英勇奋战，将荷兰侵略军停在宫前湾的舰船全部烧毁，杀得侵略军狼狈逃窜，尸横沙滩，血染大海，首领被斩，全军葬身海湾。这一仗打出国威，表现了中国人民无畏的英雄气概和不可战胜的精神，从此，荷兰侵略者再不敢进犯东山岛。

抗日战争时期宫前湾又奏响了一曲歼灭敌寇的凯歌。日本侵略军曾二度登上东山岛，宫前村人民惨遭残害。宫前村人民对日寇痛恨万分，1943年6月日军一艘运输船随风漂到宫前湾，英勇的宫前村人民生擒活捉上岸的三名日军，然后载着抗日军驾船出海，经过一场激烈海战，俘获船上日军和运载的物资，并将该运输船炸沉。

值得大书的是清康熙年间，大将军施琅由此率军出海去收复台湾的一曲战歌。

施琅，福建晋江人，早年为明总兵郑芝龙的部将，顺治年间归降了清朝，隶汉军镶黄旗。郑成功由荷兰人手中收复台湾后，力主抗清复明，召施琅到台湾与他一起抗清，施琅不从，郑成功用计拘捕了他的家属，施琅奉旨到台湾与郑成功谈判，郑成功便放了他的亲人，施琅用计脱逃回归大陆，郑成功大怒，杀了他的父亲、弟弟与儿子、侄子。施琅含恨茹痛。

姚启圣做福建总督，对台湾郑氏政权进行招抚，由于政策得当，郑氏五镇大将廖玚等率部来归，从而削弱了郑氏力量。康熙二十年（1681年）郑成功子郑经死，其子克塽即位，内部矛盾重重，清康熙皇帝想乘机收复台湾，任命施琅为福建水师提督，负责规复台湾。

施琅到达福建后，不久就率兵来到东山岛，调整兵力，建造战船，在宫前湾训练水师，那时宫前湾大军云集，战舰如云，每天水上、陆地都在紧张训练。施琅深谙水战，他审度风势，待机出征，有利的风势久等不到，至此一年没有发兵。朝廷内外便纷起杂言，有人弹劾说他按兵不动。施琅为排除干扰，顺利进军台湾，上奏皇上给他独自征剿的兵权。康熙帝知人善任，批准他独掌兵权，不受任何人辖制。施琅制订了作战计划，派人潜入台湾，联络旧部为内应。他懂得风向并有丰富的海战经验，在他掌握了有利的进军风向之时，遂于康熙二十二年（1683年）六月初十调舟师齐集宫前湾作战前动员，一时宫前湾海面上战舰林立，旗幡招展，数十万水师个个精神抖擞，威武雄壮，斗志昂扬立于战舰之上，万众一心攻取台湾。施琅又请来福建总督姚启圣共商发给粮饷与犒赏的银两，姚启圣早盼他出兵，今见他誓师出兵喜不自胜，立即答应所请。六月十一施琅又在宫前湾大营内召集各镇、协、营众将，部署作战任务。六月十三又举行祭江仪式，全军将士列队宫前湾的沙滩之上，旌旗招展，遮天蔽日，刀枪闪光，气吞山河。海边摆上香案，猪、羊等祭品，他和姚启圣一起，跪地祭拜海神，祈祷出征马到成功，一举收复宝岛台湾。烧了表文，将祭品送入海中，三军肃立，顶礼膜拜。六月十四，施琅身穿甲胄，腰悬宝刀，登上帅船，一声令下，万船齐发，扬帆出海，雄壮威武场面，盛况空前。他采取先攻克澎湖列岛，后攻台湾的战略，因为掌握了天象，半月风向不变，大军顺风而行，顺利攻下澎湖，又经过一场激战，台湾胜利收复，郑克塽政权举旗投降，归附清朝，从此中华一统。施琅大将军收复台湾丰功伟绩，世人铭记，青史流芳。这里，宫前湾为收复台湾也做出了巨大的贡献。

想着施琅大将军在这里率兵出海的雄壮情景，望着宫前湾美丽的风光，听着海湾内众多游人的高亢的歌声和欢声笑语，心中无比愉悦。

日色已经平西，夕阳洒在大海上的金线闪光耀眼，我又深情地望了一会儿大海，心中默默地说：宫前湾，宫前湾，你为保卫海疆、统一祖国、民族振兴做出了巨大贡献，人们会永远记住你的功绩，祝愿你今后在振兴中华的事业中再立新功。

（原载《辽海散文》2014年第4期）

作者简介

汤士安：中国作家协会会员。著有长篇历史小说《后金演义》《北三国演义》等三十部作品，2010年获中国通俗文学艺术终身成就奖。

石庙香火

刘庆业

岫岩杨家堡镇有一座唐代的古石庙，闻名遐迩。

去的那天是农历四月十八，正赶上一年一度的庙会，所谓择日不如撞日，这或许暗含此行注定会有不同寻常的收获。

古庙在山里，那天通往古庙的山路上，小轿车、轻卡车、摩托车，排成长龙，鱼贯而行。在狭窄的路段竟需等好长时间方能通过，骑马、坐轿赶庙会的场面恐怕只能在影视上见到了。时近中午，庙会进入尾声，很多游人开始吃午饭了，山路旁的林荫下多个小饭摊生意红火，饭摊主人忙得不可开交。饭摊前的游人喝羊汤、吃筋饼，还不时用余光瞥瞥我这个姗姗来迟的香客，大概是笑我上庙祈福不知早点儿来。

前面半山腰的平地豁然开朗，一块刻有"卧鹿山石庙"的石碑赫然入眼——石庙就在眼前。它的右上方还立有一块"松树秧石庙"的石碑，表明这座石庙位于卧鹿山下，坐落在松树秧村。当地人称之为"老古庙"，岫岩人的口音讲起来我一直听是"老虎庙"。其实，石庙的大名叫"效圣寺"，早在唐代就彪炳青史了。上圣水桥向东，登上石阶，来到山门，山门的墙体、脊、盖瓦的用料一色是花岗岩，浑然天成。穿过山门，石庙正殿立于其上，为三间石屋，除门窗为木制外，墙体、廊柱、梁架、屋顶、殿脊、吻兽等均是石制结构。屋顶前坡由十八块大石板组成，石板精雕细刻成瓦状，严丝合缝，宛如整体。大殿内供奉着释迦牟尼、南海观音、地藏王、如来佛、二郎神五尊石像，造型古朴，个性鲜明。正殿外面两侧各有木兰树一株，一生一死，生者玉体临风，阔叶碧绿油光，死者躯干不倒，枝条虬蟠虬结。石庙的僧人为什么没有把死树挖走？在这一生一死之间，似乎有一种无形的力量冲击着拜访者的视觉。默视良久，既会为碧绿喝彩，也会走过去抚摸僵死的枝干，更为不肯枯朽、不肯扑倒的气质礼赞。

　　庙前敬香的人陆续离开，香火阑珊。袅袅青烟在殿脊上稍作停留，然后就不遗痕迹地袅袅飞向殿后卧鹿山的密林和山峰上面去了。卧鹿山，绿树成林，碧绿一片。在她那高大伟岸的身躯之下，面前的石庙越发显得静穆，卧鹿山的顶峰仿佛山的魂魄化作一只金鹿高卧石庙之上，令石庙里面蕴藏了难以掩饰的仙灵之气。在石庙四周漫游，看巨石叠加而成的山墙和后墙，看山峰之上清虚无尘的蓝天，心生敬畏，此行原只是来拜庙，此刻却感觉不朝山是种缺憾。卧鹿山与老古庙相辅相成，山呵护着脚下的石庙，石庙守望着肩头的卧鹿。遗憾当时没有向当地人询问建庙之材的来源，现在猜想这些巨石该是出自这里的深山吧？那么，卧鹿山不仅为石庙提供了躯体，也把自己的魂魄寄寓石庙之中，唯有如此，才会使这座千年古刹灵光四射。

千百年来，老古庙累聚了多少奇迹和传说，没有人能讲得系统和全面。岫岩一个同事曾经写了篇《古庙三奇》的短文，总结归纳老古庙的特色：一奇，古庙均是石制，即石墙、石瓦、石链、石桁、石柱；二奇，石桁能报雨；三奇，四百多年的古松死而复活。这里我要对第二奇累赘几句。石庙里两条巨大的石桁，每条重近3吨。石桁之奇，在于它的湿润程度可以测雨。石桁重润则有大雨，微润则有小雨，不润则不雨，试者无不心服。据说，1982年那场大水，有很多人就因看了石桁重润而做好了防洪准备，减少了不小的损失，至今当地还有一些农民靠观看石桁来安排农活。石桁测雨，当然还有待做出科学解释。不过，我臆想，会不会是老古庙有一条不为人知的初生脐带，向深山、向苍天吮取生命的汁液，并在生命攸关的时刻给生灵以示现？我不懂这方面科学，仅臆想而已。

老古庙的断代曾经引发争议，据后来考证，老古庙系初唐所建。这里发现过一座石碑，高五尺，石质粗糙，风雨剥蚀，碑文模糊，难以辨认，碑文的结尾处"贞观年尉迟恭监修"的刻字明显可见。《奉天乡土志》记载：嘉庆二十年（1817年），有柏姓者鉴于效圣寺，草堂三楹，易被野火延烧，遂募捐重建。建庙时为一劳永逸计，遂建成巍然屹立的纯石结构的石庙。可见，老古庙确系初唐所有，而纯石结构则改制于清嘉庆。

老古庙是辽宁境内现存最大、保持最完好的石庙。千年生而不死，血脉畅通，容光焕发，是何等壮阔的生命！我为之震撼，恋恋不舍，久久不愿离开。辗转东侧廊房，抚摸石筑钟楼内悬挂着的一口古钟，仿佛那浑厚悠扬的钟声隔绝着尘俗。余音里，老古庙显得更加幽深。走出正殿，我把目光定格在门前的两块拴马石上，时间已经把它们雕刻成神奇的艺术，上面的拴孔好像两只深邃的眼睛审视着我。我在西侧的碑林院流连，几十座石碑错落有致地摆放着，有的文字清晰可见，有的已模糊不清。悠悠岁月的洗磨，在它们身上留下的沧桑印记，似乎在诉说着曾经的风雨。其实，鞍山地区已有几千年的巨石文化，海城析木石棚即是一例，岫岩也有诸多石棚，石棚文化展示了历史的图腾。这石庙，可说是古老巨石文化的延续，是鞍山地区历史文化的光彩。

我相信，大多来这里的人，不仅消解了烦恼，而且老古庙之奇，石庙之文化，又为人们带来了诸多思考。这可能就是老古庙虽处偏僻深山，至今仍香火不断，拜者如云的原因。因此，进老古庙，岂止是拜佛，还要看它的纯石建筑。这就是人们对神奇的历史文化的赞赏，历史愈久远它的文化魅力就愈炽烈。

一座规模并不大的古石庙，即融合了巨石文化、宗教文化、科学文化、建筑文化、生态文化、民俗文化，可观可思！

（原载《辽海散文》2013年第2期）

作者简介

刘庆业：1956年生于海城。辽宁省散文学会理事，鞍山市散文学会党支部副书记，《辽海美文》编委、编辑。创作有《百年留守》《难言悲喜的遗存》《磕头》等散文近百篇，其中数十篇在地方报刊上发表。

避暑山庄踏歌行

李金平

　　早闻承德避暑山庄的大名，最初只道它是当年皇帝消夏避暑的地方，后来才渐渐了解到它不仅仅是一个皇家园林，更是一个政治文化中心，康熙、乾隆在这里一住就是大半年，八国联军进北京，慈禧也逃到了这里，那几个丧权辱国的条约便是在这里签订的，小小承德，不仅浓缩了中华锦绣河山，更记录了中国的历史兴衰，神秘而又令人神往。这次坝上之旅，正好路过承德，于是便不顾旅途劳累，经过了七八个小时的颠簸之后，终于在深夜抵达，匆匆找了家宾馆住下，次日清晨便开始了一天的游览。

　　踏进这个闻名遐迩的皇家园林，映入眼帘的是阅射门，门上方悬挂一蓝色匾额，康熙皇帝亲笔题写的"避暑山庄"四个镏金大字，端庄遒劲，熠熠生辉。进去大门就是正宫区，所看到的就是几座古朴的大殿，甚至不及恭王府的规格，样式与普通的清朝建筑无异，并不别致。据介绍，清帝为了在此接见少数民族时显示自己简朴从政，大殿没有雕梁画栋，全是青砖灰瓦，乍一看确实简简单单。可仔细端详，主殿用的柱、梁、木材，竟是极其珍贵的金丝楠木，这朴素的外表下面暗藏着奢华。穿过大殿两侧的游廊，踏上小径，来到花丛簇拥的"四知书屋"，这是皇帝读书品茗、批阅奏章的地方。"四知"源出于《周易·系词》："君子知微、知彰、知柔、知刚。"清王朝所采用的刚柔相济、恩威并施的统治权术由此可见端倪。

避暑山庄是宫苑合一的格局。正宫区的后半部分称为"后寝"，是皇帝和后妃生活起居的地方。皇帝的寝宫名为"烟波致爽殿"，不过令我惊异的是，皇帝的居所虽然是豪华装修，但也就是"三室一厅"。皇帝寝宫东西两侧，各有一座两开间的花园式小院，东院是皇后的寝室，西院是贵妃的住所，尤其西院的小小屋舍中，更引起游人注意，咸丰十一年（1861年），慈禧在此策划了"辛酉政变"，于是叶赫那拉氏垂帘听政，改变了中国历史。看看屋中的摆设，想象当年皇帝皇后在此居住的情景，沧桑百年，物是人非，不禁感叹。

出了山庄北行，在避暑山庄的东北部，环列着十二座规模宏大、气势磅礴的寺庙（统称外八庙），是为了顺应蒙、藏等少数民族信奉喇嘛教的习俗而修建的，"因其教而不易其俗"，通过"深仁厚泽"来"柔远能迩"，以达到清王朝"合内外之心，成巩固之业"的政治目的。这些寺庙，建筑精湛、风格各异。因为时间关系，我们只乘车游览了素有"小布达拉宫"之称的普陀宗乘之庙，远远望去，这里与避暑山庄不同，可以说是一派富丽堂皇的景象，在阳光照耀下熠熠生辉，雄伟壮观……

由于时间有限，我们选择了景色最美的湖泊区。沿着通向湖心的道路向"莲心岛"走去，穿过"月色江声"的"冷香亭"和荷塘，原来岛上也别有洞天。水清清，树成荫，人造山上，繁花铺锦，碧涧如玉，真谓"花红涧碧粉烂漫"，当之无愧的北国"江南"。岛上有几座规模不小的别院，都有康熙、乾隆的题字，当年皇帝理政完毕，就在此间游玩，或在院中读书。最北端，是一座颇为壮观的"烟雨楼"，此楼四周环水，登楼眺望，可以一览周围的湖光山色。我们去的时候，虽没逢上下雨，不能目睹其景观，但不难想象：密密的雨丝，编织成一张半透明的帏幔，把整个"山庄"罩住；帏幔中，青山隐隐，绿树迷蒙，淡淡的湖面上升起一层轻雾，并渐渐向上升腾着，又向四周漫开。如果这时你站在楼上，看着周围的树木，楼、台、亭、榭等景物若隐若现，一切都觉得如此神秘莫测，虚幻缥缈，便会认为自己置身于空中楼阁，有一种飘然欲仙之感。

在游览途中，我们遇到一位"口琴老人"，留下了难忘的记忆。

穿过曲径长廊，一阵激扬的口琴声迎面扑来，前面一位头戴遮阳帽的老者正有节奏地吹着口琴，我们踏着口琴的旋律与老人一路同行。听到熟悉的歌曲，我们一行情不自禁地高声同唱：《我们走在大路上》《工人阶级硬骨头》《让我们荡起双桨》……一首首经典老歌，拉近了与老人的情感距离。交谈中，当老人听说我们来自鞍钢时，他的眼前一亮："我们真是今生有缘。我在20世纪50年代也在鞍钢工作过，后来调到承德钢厂，现已退休安度晚年。""口琴老人"的自我介绍，使我们有了"他乡遇故知"的感觉。老人主动当起我们的向导。"口琴老人"在避暑山庄，可称得上是一位"名人"。一路上熟人不停地向他问好、打招呼。老人几乎每天都来避暑山庄吹口琴，他能吹奏几百首歌曲，还有二十多首外国的国歌。他还是位友谊的使者。

在途中，我们遇到几位来自德国的游客，老人向他们吹起了德国国歌，他们感到很惊喜，停下脚步，用掌声向"口琴老人"表达敬意。

我们与"口琴老人"一路踏歌而行，不知不觉中度过一个多小时，为了留下这次难忘的邂逅，我们与"口琴老人"共同合影留念。

依依不舍告别"口琴老人"。老人走了几步，又回头向我们招手致意，老人口琴声再次响起："啊！朋友，再见；啊！朋友，再见吧，再见吧……"

啊！再见——"口琴老人"；再见——"避暑山庄"。

（原载《辽海散文》2013 年第 4 期）

作者简介

李金平：辽宁省作家协会会员，先后在《人民日报》《工人日报》《冶金报》《鸭绿江》等报刊发表诗歌、散文、报告文学作品一百余万字，出版《蓦然回首》《涛声依旧》等六部著作。

发现身边的美

曲金凯

这些年旅游是很时兴的一件事，每逢节假日，各旅游景点人满为患，大家蜂拥而至的目的就是要欣赏美、享受美。自觉不自觉地，我也加入了"驴友"的行列，可是兴致勃勃的旅游并不都尽遂人意，往往是逛景不如听景，不是旅游景点盛名之下难副其实，就是人头攒动，竟看后脑勺了，高兴而来扫兴而归。近些年我很少再跟团旅游了，有时间就宅在家里，或到周边转转。正应了不知是哪位名人的那句话，生活并不缺少美，而是缺少发现美的眼睛。其实我们身边已经熟视无睹的风景，细细品味，也很有味道。于是把看到想到的东西记录下来，就有了下面这些文字。

——题记

春临"桃花街"

　　我相信，这是一条最短的街，西起中华路向东不足五百米。

　　我相信，这是一条最美的街，不仅因为我的家在这里，还因为这是一条真正的"桃花街"。

　　绵绵春雨，把喧嚣的城市清洗得干干净净，也把街道两侧的桃花催开。数十株桃树一夜之间一齐绽放，或白，晶莹似雪，或粉，娇嫩鲜艳。桃树这东西怪得很，先开花，后长叶。虽没有樱花那样有名，但不是樱花胜似樱花，整个树冠就是一个花团。一个一个花团相连，把整条街道汇成花的海洋。

　　这条美丽的街道叫"卫生街"，名字的由来可能源于靠近市中心医院或市卫生学校，十几年前这里有所小学就是以这条街道命名的，叫卫生街小学。路口是鞍山钢校三舍和军分区大院。不过那时道路没有现在这么整洁，更没有桃花，周围的房子以平房居多，还有一个小工厂和一个大水坑。小时候我家住在山南街，虽说隔着烈士山，也不算太远，但对卫生街几乎没有一点儿印象。

　　20世纪70年代，一起学徒的好友大刚家住卫生街，我们关系密切，经常到他家玩，对这个地方渐渐熟了起来。大刚家是一座三层楼房，他住二层东头，外面有一条走廊，水、电、煤气俱全，还有暖气，有厨房，还可以在屋子里上厕所，在当时算作比较高级的住宅了。与我家住的山南街"筒子房"相比简直是天壤之别，当时不仅羡慕甚至有些嫉妒，时不时地总冒出来"什么时候我们也能住上这样的房子呀"的想法。

改革开放以后，卫生街发生了很大变化，军分区大院迁走了，小工厂搬走了，大水坑填平了，卫生街小学也合并了，唯一剩下的老建筑钢校三舍也拆迁了。一座座住宅楼拔地而起，形成了一个粗具规模的住宅小区。这里西临烈士山，东靠二一九公园，北面是市中心医院，南面是钢铁学院（现已动迁建成大德翠韵豪庭豪华住宅），距市政府和中心商业区不远，步行也就是十分钟的路程，交通十分方便，是一个在市区内难得的闹中取静的好地方。当初把家选在这里，看中的就是这份便利、安静与温馨。

没想到的是，当初的羡慕成了现实，20世纪90年代末我成了卫生街的居民。刚来时路边的桃树刚栽下没几年，并没引起多少注意。几年的工夫，在园林工人和周围居民的呵护下，小树长高了，树冠丰满了，给卫生街增添了一抹绿色。

又是一年春草绿，又是一年花开时。去年的暖冬让桃花早早就含苞待放，一场突如其来的寒流，带来了倒春寒，我想今年的桃花要受影响了。令人欣慰的是，桃花依旧。不畏春寒的桃花，还是那样鲜艳，还是那样锦簇，还是那样清香。卫生街依旧是"桃花街"。

又闻五月槐花香

早起散步，我追寻着那股诱人的芳香，信步来到烈士山。可以说我完全是凭着嗅觉前行的，像蜜蜂采蜜一样直奔山间那片茂密的槐树林。

在繁华的闹市中，一座青山突起，给城市增添了一片绿色，给市民一块休闲娱乐的好去处。山上的树以槐树居多，成片的槐树林几乎把整座山包拢起来。这种槐树俗称"刺槐"，因嫩枝上有刺而得名，乔木属，花穗为白色，果实像豆荚。每当槐花盛开的季节，远远望去，一片洁白。像飘浮在山间绿树丛中的白云，层层叠叠，波浪起伏；又像冬天松花江畔的雾凇，洁白似玉，随风摇曳。

我对槐树怀有特殊感情，不仅是因为它的花香，因为它给城市添绿，更因为它曾经救过我们一家人的性命。20世纪60年代初，家中粮食严重短缺，缺少副食，单靠定量的口粮难以糊口。父亲把槐树的落叶搂回来，兑点儿苞米面就成了主食，虽说很难吃，但比起橡子面和柞树叶子淀粉不知要强上多少倍。就是这片片小叶子帮我们度过了那个困难的年代。

我自认为是个起早的人，其实比我早的大有人在，特别是那些外地的养蜂人闻香而来，搭起帐篷，吃住在山里。槐花蜜是蜂蜜中的上品，具有很高的保健作用。槐花蜜洁白透明，具有特别的味道，闻一下沁人肺腑，舔一口满嘴余香。养蜂人为招揽顾客，现酿现卖，吸引了不少遛早的人前来光顾，成为5月里的一景。

由于天气的原因，今年的槐花似乎比往年开得更晚一些。冬去春来，当春花渐渐消去之时，槐花填补了这个时段的空白。恰逢鞍山创建国家级文明城市，盛开的槐花给我们这座城市增色不少。创城成功，鞍山人应该给这香气袭人的槐花颁奖，授予"最具人缘奖"，因为它为创城立了头功。

二一九公园印象

有亲戚从远方来，在家里招待，晚饭过后，家里"领导"提出要到二一九公园转转。亲戚说，多年前去过公园，真山真水还是很不错的。我说今非昔比，经过改造已经焕然一新，值得一看。

其实我家离公园并不远，多说也就千八百米，尽管这样近，去的时候还是非常少。别看我向亲戚介绍新公园说得头头是道，其实这几年一直忙于工作，估计至少有两三年没去了，公园近几年有啥变化我也不晓得。

穿过几栋楼房，越过二一九路，就来到公园的南门。与其说是南门不如说是南部，公园的围栏已经全部拆除，"碧绿山水半入城"，得天独厚的真山真水完全融入我们这座城市，一面是湖光山色，星光倒影；一面是高楼林立，霓虹闪烁。仿佛是一幅美丽的山水画，画在城中，城在画中。四周的绿化带是别具匠心的立体装饰，高低起伏的草坪和花团锦簇的花坛、灌木丛把公园和城市有机地连接在一起，几条石板甬路蜿蜒起伏，把一对对游人送入鲜花绿树之中。

亲戚被这眼前的景色惊呆了，都说公园变样了，但她绝没有想到会变得如此漂亮。她印象中封闭的公园开放了，出售门票的房子和铁大门没了，与平民的距离感消失了。人们茶余饭后可以免费到公园游玩，二一九公园完全成了鞍山人民享受生活的大花园。亲戚羡慕地说，你能住在这么漂亮的公园附近，真是有福气呀!

信步来到劳动湖畔,微风吹动一池碧水,顿时觉得十分清凉。湖边的彩色地砖铺就的人行道干净整洁,华灯齐放,把公园照得如同白昼。虽然已是傍晚时分,这里依然游人如织。来这里的人有搭肩靠背、情意绵绵的情侣,有劳累了一天、饭后散步的工薪族,有身着运动装、锻炼身体的青年,也有手牵着孙子、孙女,优哉游哉的老者。湖畔自发的形成几个不同的区域,有跳健身操的、跳交谊舞的,有吹拉弹唱的,也有引吭高歌的。

我也被这眼前的景象陶醉了,都说鞍山人时尚了,但我绝没有想到变得如此休闲。在身着不同的款式和颜色服装的人们身上看到了对美的追求,在优美的舞姿和悠扬的乐曲声中看到了精神上的惬意,在每个人热情洋溢的笑脸上看到了生活的富足。

二一九公园是以鞍山解放纪念日命名的城市公园,从命名到现在已经经历了半个世纪的风雨沧桑。说她老,是因为她积淀了六十多年的历史变迁。她在原有的基础上实现了新的蜕变,展现在我们面前的是一个崭新的公园,一个市民享受的崭新的乐园。她是新鞍山的象征,新生活的缩影,是新鞍山人精神风貌的写照。

(原载《辽海散文》2014年第6期)

作者简介

曲金凯:辽宁省散文学会理事,鞍山市散文学会常务副会长,鞍山市作家协会会员,鞍山市诗词学会会员,研究生学历。高级政工师、经济师。曾荣获全国劳动模范称号,现已退休。喜欢散文诗词绘画,多年来笔耕不辍,作品散见于国内各报刊。

京城杂忆

李洪来

第一次游北京

"灿烂的朝霞，升起在金色的北京……"这是20世纪70年代风靡全国的北京颂歌。1975年刚从农村抽调回城的那个初冬，我是从收音机里聆听到了女高音歌唱家张越男所唱的这首令人陶醉、令人浮想联翩的抒情歌曲。听歌时我屏息凝神，全身心地沉浸在优美的旋律中了。那一刻，我所受到的震撼至今难以忘记。

去北京其实是我向往已久的心愿。记得刚上中学时读了一本《北京赞》，书上有谢觉哉的《瞻仰天安门》、吴晗的《我爱北京》、冰心的《仰望天安门》等文章。看完后，北京就在我心里扎下了根，曾多次在梦中去了北京。随着年龄的增长，我心里的这个想法就愈加强烈。上班有了收入后，就下决心攒钱去

272

一趟北京。然而那个年代大多数家庭仅能解决温饱，想攒点儿钱绝非易事，只好日复一日、年复一年地期待着。

有道是苍天不负苦心人。1980年春天，我工作的那个小厂，接了一批压胶垫的急活儿，厂里临时成立了突击小组，我很幸运地被安排进了这个小组。为了赶任务，领导决定搞承包按劳分酬。全小组的六个人甩开膀子干，半夜才回家。等到月底核算，每人能得一百二十元奖金，比平时工资多了两三倍。这对于吃了几十年"大锅饭"的工友们来说，无异于天上掉下来一个大馅饼。

手里有了这笔钱，我那去北京的念头就活了。等到这批活完工后，我就迫不及待地请了事假，买了张火车票就去北京了。那时到北京住宿需要介绍信，我没地方开信，就托老同学的亲属把我介绍到中国科学院第一招待所住下了。

当时心里就一个想法，来趟北京不容易，要抓紧时间多逛些地方，于是就选那些最有名的景点游了起来。第一天上午就到了天安门广场，我兴奋地沿着人民大会堂、人民英雄纪念碑、历史博物馆等转了两大圈，还特意去摸了摸中南海那高高的红墙。直到天气转阴了，又淅淅沥沥下起了小雨，我才急忙跑到天安门城楼下的金水桥旁，花钱照了一张全身相。尽管当时头发、衣服已有些淋湿，但实在舍不得再抽时间为照相而跑一趟了。

五天时间去了十几个地方，故宫、颐和园、香山、八达岭、北海、鲁迅故居、琉璃厂、王府井等全都逛了一遍，到哪都觉得亲切而美好，心里热乎乎的。有时累得腿都抬不起来了，可还是咬紧牙关坚持着。那时，国内自费游北京的少而又少，都是利用出公差才去北京一饱眼福的。因此，旅途中谁听了我是"自费"而来，都瞪大了疑惑的眼睛瞅我几眼。

我每天回到招待所后，同居一室的六七位教授、工程师都围着我，让我讲述观感。他们都是从祖国四面八方来科学院参加计算机培训的，没有时间出去观光。有一位高级工程师说："我在北京读了四年大学，也没去过这么多地方，真是太遗憾了。"也就是从那一天起，我从这些教授、工程师的讲述中，知道了电脑是怎么一回事，我们国家很快就要进入计算机时代了。

弹指间三十余年过去了，《北京颂歌》依然是我最喜欢听，也最喜欢唱的一首歌："北京啊……北京……我们的红心和你一起跳动……"

天下第一吃

"天下第一吃"乃北京全聚德烤鸭之雅号。据考：全聚德的挂炉烤鸭技术是从清宫御膳房流传出来的，以"皮脆肉嫩，鲜美酥香，肥而不腻，瘦而不柴"的独特味道而成为美食界的传奇。我第一次吃烤鸭也是第一次去北京的那次，民间盛传的"不到万里长城非好汉，不吃北京烤鸭真遗憾"的说法，令我怦然心动。于是尽管手头拮据，还是咬着牙去了前门全聚德烤鸭店。那天上午10点钟前入了店门，瞧见已有三十几人在站队等候，我思量费不多长时间就可一饱口福，就坦然地站在了排尾。然而真是令人意想不到，烤鸭出炉速度很慢，好长一段时间才能有几个人吃上，还有一拨拨的白皮肤或黑皮肤的外国游客鱼贯而入，随即被面带笑容的服务员请入楼上后屋的雅间。等到了中午饭口时，我眼瞅隔几个人就可交款了，可是像午休了似的，一个多小时也没往前挪动一步。我时至今日还糊涂着，是店里有中午暂停营业的规定呢，还是出于礼貌先可着外宾供应呢？那时人都像小姑娘一样规矩，没见谁站出来粗声大气地问一声，都鸦雀无声地等待着。我几次想一走了之，可只有几步之遥了，又心有不甘。后来外宾陆陆续续地离开了，速度也就明显加快了。14点刚过，交上了七元钱，开了张巴掌大的小票，一盘烤鸭（半只），一碗鸭架汤以及荷叶饼、甜面酱、葱丝，像变戏法一样摆在了我面前。我仅吃了一片鸭肉，喝了半口鸭架汤，就像孕妇的妊娠反应似的，肠胃里一阵折腾。也许是连日劳累又站等太久，也许是饥饿过度的缘故，反正连整口的汤也没喝进去。缓了会神儿，把甜面酱抹在荷叶饼上，又卷上了鸭肉和葱丝，装进了塑料袋里，然后匆匆离开了那里。记得半夜回到沈阳家中，才有了吃饭的欲望，可是烤鸭已全然变了味道。

改革开放后，全聚德连锁店、加盟店已遍地开花。吃烤鸭已不再是什么稀奇事。我有次和朋友到沈阳黄河大街上的"老鸭坊"吃烤鸭。席间，我把那次"天下第一吃"变成了"天下第一悔"的故事讲给他听。朋友开口说："值。"然后即是一番宏论，大意是名菜也好，名酒也罢，满足胃口需求是次要的，主要是求得精神享受、心灵满足，能感受到其深厚的历史文化气息足矣。京城著名收藏家、美食家王世襄曾给一家饭店题写一副对联"举杯皆欢喜，到此即神仙"，下联的含义即是此意吧。我事后细想，朋友所言也确有几分道理。

新千年伊始，大兴参观考察之风。有一次我与同行从南方考察后又转回北京。火车还没进站，就有人提议到全聚德品尝一把烤鸭，领队的头儿说："那地方太贵，找个小店吧。"真是天遂人愿，在所住旅馆的胡同里找到一家全聚德加盟店，窗口玻璃上还贴着几个大字：全市最低价烤鸭，三十八元一只。那个晚上，一桌人吃得唇香四溢，兴致极高，且一连上了两大盘烤鸭。我见大家吃得如此有滋有味，也借酒劲顺嘴胡诌了几句顺口溜："二十年前吃烤鸭，半日排队钱枉花。如今万千全聚德，欲饱口福如归家。"

魂牵梦绕潘家园

在玩收藏品的圈子里，几乎无人不知潘家园。这对于京城的玩家来说叫作得天独厚，而对于我这个千里之外的铁杆爱书人来说，却要逾越许多障碍才能实现到潘家园淘宝的愿望。这些年来，为淘书而如何节衣缩食自不必说，就那份辛苦也可想而知。

行走淘书之路多年，最值得回味、留恋，收获最大的也可说非北京潘家园旧书市场莫属。徜徉于潘家园旧书摊，让我在获得了不少珍贵的旧书刊的同时，也获得了不可替代的精神享受。

北京潘家园旧货市场全国最大，它形成于1992年。因其货主凌晨黑咕隆咚出摊，淘宝者拿手电筒照明，故初始曾有"鬼市"的雅号。那时的媒体报道：时见某人在此花一千九百元买了套明万历版的《十三经注疏》，转手卖了十几万；有人花二百元买了个元朝花瓶，后来卖了几十万；也有人花几百元买了一对明式黄花梨太师椅，结果卖了二十几万……于是，潘家园更增添了神奇兼神秘的色彩，想不声名远播都难。

我初到潘家园是在1995年仲夏。周末晚7点，匆忙登上卧铺大客。次晨，走进了潘家园市场大院。记得当时有三四排、百多个旧书地摊，我从头排开始逐摊搜寻。民国新文学书是我的重点目标，而最先收入囊中的是杨绛的戏剧《风絮》初版本。这让我的心气儿更足了，瞪圆了眼睛满市场转悠。两个多小时之后，共入手了七本民国版书，数量虽不多，但足以令我兴奋不已。

逛完一遍地摊之后，又开始拜访那两趟书屋。书屋里多是珍稀书刊、线装古籍和外文书，因价钱昂贵我不敢问津，只是浏览一番，也算开阔了眼界。稍作休息后，我又对书摊进行了第二遍、第三遍梳篦子，凡是能进入我收藏专题或有一定收藏价值的悉数拿下，直到拉杆箱及两个背包都塞无可塞。

首次的潘家园之行，我高兴了好多天。晚饭后，找出几本书，擦擦封面、封底，或用胶水粘下开裂的书脊，那时刻，真是喜不自禁。从那时起，潘家园成了我心驰神往之地，每隔一段时间，只要腰包里攒足了钱，就即刻登程。那年国庆节，我一次就在一安徽刘姓书商手中，买了田间、陈荒煤、沙汀、峻青、刘绍棠、邓友梅、铁凝、贾平凹等名家的一百多本签名本。

苦心人，天不负。十余年间数十次的潘家园之行，我淘来了许多宝贝，如民国新文学书，鲁迅的《中国小说史略》毛边本，冰心的《超人》，巴金的《春》《灭亡》，臧克家的《烙印》，庐隐的《灵海潮汐》，俞平伯的《读诗札记》，田寿昌（田汉）、宗白华、郭沫若合著的《三叶集》，周作人的《自己的园地》，徐志摩的《巴黎的鳞爪》，沈从文的《长河》，以及新中国成立后出版的期刊《人民文学》《收获》《诗刊》《集邮》杂志创刊号等。与这些宝贝一同收入囊中的，还有不少出版于各个时期的精美绝伦的名家画册……

在2008年市"第二届十大图书报刊收藏家"评比活动中，我十分荣幸地进入了沈阳市"十大图书报刊收藏家"的行列。

当年的北京潘家园旧书市，那是我梦中的"圣地"。

作者简介

李洪来：辽宁省散文学会会员。曾在《沈阳日报》《沈阳晚报》《藏书报》《辽宁老年报》等报刊发表小说、散文、随笔、美术评论数十篇。

昆虫的灵性

巴音博罗

　　大自然的努力在于生长的快乐。它使草木萌发，花蕾绽放，百鸟啁啾，大河流淌。它造出泉水以使游鱼荡漾活力，它安排阳光以备花瓣得到亲吻；它让萤火虫在夏夜里持灯探路，它给丑陋的虫豸穿上花衣蜕变成翩跹蝴蝶……这是大自然的魔法，也是大自然的美妙。正如法国伟大的昆虫学家法布尔在其《祖传影响》一文的最后得出的一句惊人结论"本能就是天才"一样，在复杂、微观的大地深处，昆虫为严酷的生存环境所表现出来的妙不可言的、惊人的灵性，正反映出其坚忍不拔地为个体与族类而斗争的昆虫本性。

　　这是"晦暗多于光明"的生命哲学。当我以非昆虫学家的身份把我人性的目光放低、放低，再放低时，我会有办法使自己成为昆虫界中的一蝇一蚁、一蜂一蝶、一蚤一蜕……我用这种渺小动物的灵性获求它们那不易觉察的快乐。我还必须拒绝长期以来已有的固有意念而去接受各种欲望，各种怪诞的章法。似乎只有如此我才能"以虫之心"得到大自然的宽恕和爱戴。

昆虫是大地上的先知。如果说人类想飞的欲念来源于鸟儿的话，那么鸟儿的飞行本领却归功于昆虫。据说，两亿年前，昆虫就是地球上唯一能飞的动物了。虽然鸟类以其娴熟的飞行技巧逐渐超越了昆虫，但"无弦之箭"蜻蜓的飞行速度可以和男子百米奥运冠军相媲美。若以体长倍数来计算蜻蜓的飞速，就连最新式的超音速飞机也自叹弗如，因为时速两千千米的喷气式飞机，每秒钟也只能飞越机长的五十倍距离，而蜻蜓每秒钟则可达到体长的两百倍左右。可见昆虫之飞，已达到了造物之神的极致。

而最让我们匪夷所思的则是昆虫类的跳技。如果说撑竿跳世界冠军，苏联运动员布勃卡以横杆的每一次些微上升来提升着人类有史以来最大限度克服地球引力所做的努力得到展现的话，那么头小无翅、体长仅仅几毫米的跳蚤的二十二厘米跳高世界纪录，却足以使任何善跳的高等动物心虚和脸红。因为看起来毫不起眼的二十二厘米，却是跳蚤自己身长的上百倍！况且它不借助助跑，也没有利用那根制造精良、弹力极大的撑竿。

记得散文家周涛有篇文章的题目就叫作《虫子，爬吧》，可见人类对于昆虫的直观认识大多停留在一个"爬"的态势。这是一种丑陋的形象，完全区别于走、跑、跳以及飞的轻盈和自由。当我们把"飞"的优雅赋予鸟类时，我们会由衷地说："鸟在头顶，注定要我仰视。"（周晓枫语）

但昆虫在大地的深处。昆虫纲也是动物界中最庞大的一纲，大约四亿年前就在地球上出现了。目前，全世界已知的动物约有一百五十万种。所以昆虫之"昆"字，乃众多之意。据我国昆虫学家朱弘复教授查考，"昆虫"两字正式运用到科学上来，虽出于日本学者之手，但他们也是根据中国古书上的来源。

动物学家们的研究结果表明，自然界没有一成不变的生物。在长期演化过程中，会不断出现新的类群，而各个种类之间的千差万别，主要决定于不同的遗传物质。因此生物的进化，实际上就是遗传、变异与选择了多种因素综合作用的过程。而昆虫在漫长的进化过程中，比其他任何动物在生存上具有更多的"长处"。除了它们的躯体本身具有既轻又坚韧的"外骨骼"和胸部发育出翅膀（大部分昆虫），能够自由翱翔于空中，求偶觅食，躲避敌害，选择栖息场所之外，昆虫类还往往具有"变态"的本领。从"爬"到"飞"，从"穴居"到"筑巢"，从相貌丑陋的"虫豸"到花衣丽裳的"天使"……这种奇特神秘的"双重生活"特别类似于人类在古老的梦想和宗教传说中的三种境界——天堂、炼狱、地狱——神、人、魔。

我小时候对《西游记》中所描写的故事深信不疑，并且暗暗期盼自己某一天也能具有孙猴子的那种上天入地、变化多端的非凡能力。甚至现在，当人到中年的我一遍又一遍阅读但丁的伟大史诗《神曲》时，我也身临其境地跟随古罗马时代的大诗人维吉尔游历了地狱和炼狱。人类因为具有傲慢、嫉妒、愤怒、怠惰、贪财、贪食、贪色这七宗大罪，所以需要死后将灵魂在炼狱中一级级洗濯，然后逐步升向山顶——那是一座地上乐园——直至到达九重天而大彻大悟，从而抵达了真理和至善的光明之境。相比之下，人类的"变态"何其惊心动魄！与虫类相似，但比虫类更艰难、痛苦乃至残酷。"在那些火里的是幽灵；每个幽灵都卷在燃烧他的火里。""哦，痴狂的阿拉克尼，我看到你已一半变成了蜘蛛……"这是超越生命之上的一种重构，所以生命使我敬畏。

其实古人对昆虫的见识就已达到很高的境界了。"庄周梦蝶"一直就是我们所津津乐道的。那个在梦中大觉大悟的人乃是生与死的大觉大悟，更是"梦"与"觉"的打通。而"究竟是庄周做梦变成蝴蝶，还是蝴蝶做梦变成庄周"更是千古之绝问。如果我们至今仍把这故事在理念上割裂成梦与醒两部分，则大错而特错了。庄子的意义在于打破人为的"觉、梦"之别，而达到那种"梦而不梦，觉而不觉"的天性要道。这和但丁的"神曲"是不一样的。庄子认为，人必须自觉人的存在，是和无限时空中大自然的有机运作息息相关的。人必须用自然观察一切。这也是庄子哲学与诸子百家的最不同之处！

在庄子《天运》第十四中，有这样一篇有趣的文章，叫"鸟虫的风化"。其中老子曾对孔子说，有一种益鸟叫作白，只要雌雄对看一下，眼球都不必动，雌鸟就会受孕。还有一种虫子，雄的在上风叫，雌的在下风应，雌虫也会受孕。这种受孕叫作风化。当然，庄子写下这段话的意思是：只要有道，怎么做都行。而我想说的是，古人对如此渺小的昆虫类的感应与认知。

至若唐代小说家李公佐的《南柯太守传》，则把人与虫之关系推向更加真切直观的极致。小说中主人公淳于棼得到大槐安国国王的宠信，贵为驸马，出任南柯郡太守，加封赐爵，有宰相之尊，荣耀显赫，不可一世。但醒来不过是倏忽一梦，身子仍然卧于厅堂之上，仆童仍然在廊下用扫帚扫地，而东窗下没有喝完的酒还在那里清亮地放着……当淳于棼得知那大槐安国乃一蚁穴时，不禁"生感南柯之浮虚，悟人世之倏忽"。于是绝弃酒色，隐遁空门，似乎一辈子都过完了。

我对这样一则故事深信不疑，亦如长久以来我一直相信动物中的许多奇异之事一样。那只不过是人们迄今为止尚无法证实和发现的动物科学而已，绝非迷信与邪说。人对昆虫持有的童心与惊奇，恰恰体现了昆虫自身的神秘性、价值性和趣味性。苍蝇停落在垂直的玻璃上却不会下滑，跳蚤能跳超出自身一百倍的距离而不至于跌断了腿，蚯蚓被切成两段又会重新生成两条完整的蚯蚓，水黾在波平如镜的水面上兴致盎然"闲庭信步"如履平地，以及蜣螂放屁，屎壳郎推粪球，蜻蜓点水，青菜上的乌壳虫装死，等等。

我们在夏日里有幸倾听过蝉的优美歌喉，也会在繁星满天的夜晚欣赏到蟋蟀的迷人琴技，而螽斯嚯嚯的哨音何其清脆，叩头虫嗒嗒的撞击又常令我为这可怜的小家伙会不会一不小心撞破了头骨而暗暗担心。至于蝗虫的唧唧声可远没有蜜蜂的嗡嗡声来得让人欢喜，而苍蝇和蚊子那恬不知耻的哼唱则完全令人厌恶和痛恨了。尤其是蚊子，在偷喝别人的血液之前还要喋喋不休地强调一大堆理由并发出令人浑身不舒服的腔调，更是让人恨不得立刻拧断它那纤细的脖子而后快。所以诗人余怒在他的诗里忍不住要发出一声咒骂，并发誓要在"12点30分取消你"，然后像一滴药水，滴进睡眠。但钟敲十三下，"苍蝇的嗡鸣：一对大耳环仍在我的耳朵上晃来荡去。"

当然，昆虫没有声带，发声部位也不在口腔内，它们的发音实际上是躯体上特殊的发音部来完成的。如果说雄蝉以"知了、知了"的洪亮鸣声而成为昆虫世界的大音乐家的话，那么雌蝉却是一句话都说不出的哑巴。同样，如果蝗虫在把腿节内侧做"弓"，前翅纵脉当"弦"来尽情演奏优雅的"田园弦乐曲"的话，那么蟋蟀的"二胡独奏曲"不过是用右翅的锉子摩擦左翅的摩擦缘而发出的靡靡之音而已。

不仅如此，昆虫也没有"鼻子"和"耳朵"。若是你捉到各种昆虫仔细端详一下，就会发现它们头上都有一对触角。虽说有的细长，像一对鞭子，有的生着许多分支，像两把刷子，有的非常短，更像两把锤子，但它们能和鼻子一样，起着闻气味的作用。甚至有的昆虫（除去蜜蜂和蝴蝶）还要用它来寻找食物和配偶。假如一只蚂蚁被截断了触角，它不仅不会辨认回家的道路，不能识别自己的蚁后，还会因为误入别人的家而惨遭被咬死的噩运。昆虫的耳朵也很奇怪。如蚊子的耳朵生在触角上，蟋蟀的耳朵生在小腿上，飞蛾的耳朵却是生在胸部。虽说如此，它们的听力反倒特别灵敏。它们不仅能听得见每秒钟几十次的节律变化，科学工作者还发现不少昆虫能够听到超声。

例如许多飞蛾因为能听见"死亡之神"蝙蝠发出的超声波而迅速逃离危险区域，才不至于成为那个模样凶恶的怪兽的口中美餐。

作者简介

巴音博罗：中国作家协会会员，国家一级作家。《中国当代少数民族文学史论》《东北文学五十年》等权威著作誉其为20世纪90年代以来诗坛涌现的最优秀的少数民族诗人之一。著有诗集《悲怆四重奏》《龙的纪年》以及中短篇小说、散文一百余万字。

藏羚羊在情场的血肉之争

王宗仁

藏羚羊难以平息的繁殖锐气，在青藏高原上迟到的春天里静静绽放。雪山是襁褓，草场是摇床，藏羚羊用一种特殊的求爱方式，迎来了一个又一个它们生命中的新陈代谢轮回！

在可可西里，在羌塘草原，更多的时间，人们看到的是肥胖的雌藏羚羊携带着羊崽吃草、栖息或长途迁徙。享受着融融母爱的小羊也许还难以体会到母亲的艰辛和孤单，乐此不疲地围着母羊跑前窜后地嬉闹着，乐极时还兴致有加地爬到母羊的背上亲昵一番。雌羊呢，大概心绪承受的寂寞比付出的体力还要沉重，便常常仰起头对天长啸数声。那是在呼唤它的情侣呢！

此情此景，就让人们不得不有了这样一个疑问：那些在情场上豁出生命拼斗的雄藏羚羊此刻去了哪里？它们躲之远去了。

躲开的原因也许有多种，但是有一个因素不能排除，这就是雄藏羚羊在求偶时遇到的惨不忍睹的"待遇"，使它们心有余悸且记恨永远。

到底是什么样惨不忍睹的"待遇"呢？

"僧多粥少"带来的后果

细心的志愿者，经过多次在藏羚羊比较集中的太阳湖、月亮湖地域观察，统计出了这样一个大概的数字，雄藏羚羊和雌藏羚羊的比例为三比二，有些地域雌藏羚羊的比例甚至更低。雌雄比例失去平衡后带来的直接后果是一妻多夫，这样雄藏羚羊的求偶性欲就难以满足。藏族人将这种情况比喻成"僧多粥少"。

雄羊为了得到雌羊的欢心，总是千方百计地献殷勤，顺着雌羊。比如，把草肥水美的地方让给雌羊，而它去啃蓬着小刺的荆棘叶。再比如，碰上天敌的袭击，雄羊就迎险而上保护雌羊。还比如，夜里在草滩息栖时总是雄羊站在一旁放哨……在可可西里盗猎活动最嚣张的20世纪90年代初，据统计每天有一百多只藏羚羊死于罪恶的枪口下，其中百分之七十为雄羊。

多情的行动换来的未必就是如愿以偿的欢爱。

雄藏羚羊求偶之难之险，集中表现在春季交配的情场上，风生水起，凄惨有声……

血淋淋的求偶之争

季节轮回到4月已经好些天了，青藏高原的春天才迟迟略见色彩。公路边的冻土地上浸出了湿漉漉的软土，草儿萌吐出鹅黄色嫩芽。这个季节正是藏羚羊发情施爱的日子，青春萌动的力量使雄藏羚羊焦躁不安，雌藏羚羊也情窦欲放，难耐不安地渴盼着。

毕竟雄多雌少，彩球抛向谁家，只有决斗之后方可见分晓。

雌羊是骄傲的公主，此刻主宰着情场。它们静站在草场一侧一个不高也不低却可以通览全场的土坡上，看着大打出手的雄羊怎样拼打，坐山观虎斗。这时刻最能显示它们弥足珍贵的身姿，它们看着眼前的拼斗，聆听着那撕肝裂肺的惨叫声，按捺不住躁动的心。

扑入雌羊眼中的决斗情景是残忍的，但雌羊急待的只是结果：胜者就是它们的伴侣。胜的标志是：将对方斗跑、斗残甚至斗死。三者居其一就可胜券在握。

这是实实在在的你死它活的搏斗，斗勇也斗智——

有的是一对一的斗，双方的两只长角相绞在一起，几个回合之后便僵了起来。谁也不退让，谁也无法前行。就这么僵着，何时松动，双方都在瞅着时机。终于有一方招架不住了，不知是体力不支还是忍耐度有限，便松开绞着的长角，逃之大吉了。可是另一方并不饶过，紧追几步，本想给其狠狠的一击，但是见逃者是心悦诚服地认输，也就作罢。它第一个胜出。有的雄羊似乎深谙先下手为强之道，一交斗就将对手挤压在一个低洼处，用头死劲地抵住了对方的腹部，就是不松动，且步步紧逼。终于只听得一声惨叫，那尖利的长角抵进了对方的肚里。也许有的对手侥幸保住了一条命，但成了残疾。赢者也宣告为胜方。还有的雄羊是互相追跑着决斗，前面的雄羊跑得风快，追者也不甘示弱，穷追不舍。都是长跑健将，一时难分上下。跑哇，追呀，眼看后面的就要追上来了，可以设想得到一旦追上，后面的雄羊肯定是不会饶过对方的。就在这时候奇迹出现了，前面的雄羊灵机一动，突然很机智地卧进一个坑里，唯两只朝后弯成弓状的长角不动声色地露在坑外闪着杀机。后面的雄羊根本来不及躲闪，长角就恰如其分地刺进了五脏六腑，鲜血喷洒，一命呜呼……

决斗何时宣告结束，这个裁决权唯雌藏羚羊才可宣布。大约在有一半的雄羊死伤之后，那些坐在"看台"上的雌藏羚羊才走下来，准备接纳它们的如意郎君。没有想到就在这时，原先已经败下阵逃走了的雄羊重新返回，准备混入胜者的阵营内，偷吃禁果。这当然是痴心妄想了，立即就被几只得胜的雄羊识破，它们又将准备混入的雄羊赶跑。往往也有这样的情况，由于胜利者的得意忘形，放松了警觉，趁机混进来的个别败者还是有的。

雌欢雄跃的情场

决斗的结束，就意味着雌雄交配的开始。最有意思的是，发情作乐的情场就在血迹斑斑的决斗场的旁边。一边是杀身战场，另一边是做爱温床，为何要做这样的选择，不得而知，只能去想象——这种意味深长的鲜明对比，也许更能衬托出雌雄交配来之不易。生命换来的爱情果实要倍加珍惜。

羊们在无忧无虑地嬉闹着，雌欢雄乐，一派乐和图景。雌羊大概是故意卖俏，并不立即把绣球抛出，总是在雄羊的多次追逐之后，才那么羞羞答答又是心甘情愿地"缴械投降"。和煦的阳光洒满草滩，风儿徐徐拂动草尖，羊们很快活地沉浸在滑润似水般的幸福作乐之中。雄羊的长角上不时闪着亮色，不知那是阳光的反射还是雄性体内的激情。

有一只雌羊舒展着四肢安详仰躺在草地上，颇有一番风骚卖俏的姿态，显然它是在招惹雄羊的亲近。果然有一只雄羊跑了过来，它正要动作时，冷不防又来了一只雄羊，两雄争风吃醋，于是争夺就难以避免地展开。它们又是抵又是挡，抵者气势汹汹，挡者顽抗对斗，互不相让，互不服软。两虎相斗必有一伤，其中一只雄羊被对方拼斗得头青面肿，一只眼睛被长角顶伤，淋淋鲜血涌流，只得逃之夭夭。谁知这个胜者并没有摘到爱情果，就在两只雄羊拼打得不可开交的当儿，那只雌羊已经被第三只雄羊乘机占有了。鸠占鹊巢，第三者！

交配场地虽然也偶有雄羊斗弱争强的现象出现，但总的气氛是亲密和谐的。交配前雄羊之间看似荒蛮的争强斗胜，实则是动物生育过程中优胜劣汰的必然。傍晚始于清晨，有时太多的凄惨胜于瞬间的快感。留下的优质雄羊担负着繁殖纯优后代的使命，它们在情场上用难以抑制的喜悦躁动起青春的活力快乐！

（原载《辽海散文》2013年第6期）

作者简介

王宗仁：1939年出生于陕西扶风，1958年入伍。国家一级作家。出版报告文学、散文集三十余部，题材以青藏军营为主。《情断无人区》《五道梁落雪，五道梁天晴》《藏羚羊跪拜》等散文选入初中语文课本。《藏地兵书》获得第五届鲁迅文学奖。

奔 女 石

石 英

说起来，那是十多年前，当时陕南安康和西安之间的铁路尚未通车。不消说，秦岭的高速公路亦未动工，只有一条盘山公路崎岖蛇行。欲向公路边移得上几级，我这外行还真说不准，还知此车迎面半扇大山，山左还是万丈悬崖，这之间是窄生生的弯弯道，汽车小心翼翼地转了过去，对面车也"碰"了过来，在我的感觉中，仿佛只有几寸距离没有"擦肩"。俗语说的"擦肩而过"，形容人来人往尚可，假如是汽车真的擦肩，恐怕就很难"过"得去了。

然而，就是这样的一条秦岭公路，当年我还是走过一个来回。是出于不得已的选择，还是为了亲历奇谲而不惜冒些风险？事隔多年，还真的是记不准了。也许是两方面的原因都有吧。

路途险象固多，但奇景也多，言其目不暇接亦不为过。事后我本就不想一一赘出，现在更不再一一追记。不过，有一桩记忆——影像的情景的印象深刻，多少年来一直极其清晰地晃动在我的眼前，没承想在事隔十多年后由于一个偶然契机我是非将它写出来不可了。

那是一个梦，一个吓人的梦，梦中重历了当年乘车过秦岭的惊险，醒来时还忐忑不已。第二天早晨，为了冲淡昨夜惊梦的不安，一幅温馨而不乏浪漫的秦岭意象应约而来，这就是我要写的"奔女石"。

那是当我们的中巴由北向南行进在一处较平坦的地段时，右侧约二百米仍有错落的山石，而且连绵向更高处的山脊。这时，我特别注意到，在山石的阵列中，有一雕塑般的形象矗立，不，不是一般的突兀，而酷似一个呈奔跑姿态的女子，通身闪射出一种暗白的色泽，却极青春，极富有活力。我们车中的同行者随后也注意到了"她"，他们提示司机同志停一下，借此也可"方便"。但更多的目光还是不肯放过欣赏这尊奔女石，而且不由得发出各种各样的议论。有的说这位石女是静态的，有的却说"恍然是动态的"。这时恰好起风了，好像是东北风。在我的感觉中是风推着她走，忽然我的感觉又变了，好像是她拽着风走。

于是，在我们眼前，矗起一幅顶天立地的大写意画，背景是蓝天和滚滚的白云。再仔细看去，这"奔女"还有披散着的长发，甚至还有飘飞的围巾。哦，太生动，太"给力"了。此刻我忽然意识到：也许只是因为"她"，秦岭才有了永恒的青春。虽然，我并没有忘记眼下正是秋天，但"奔女"将秦岭的四季调化得总是春意盎然，生机勃发。

我们同行者中有一位肯动脑筋的小伙子，他忽闪着两只大眼睛问我："您说她的目标是啥？追的什么人？"这问题真不好回答，当然知道他也只是一种逗趣而已。其实在我看来，多少个旅者就有多少种猜测，而"奔女"的心中肯定只有一个目标，争分夺秒，去追那个"唯一"。这固然是人的想象，但我相信，大自然的非常物象应该是有灵性的。

　　虽然，我们眼前的"她"，也许永远也追不到，但直至变成化石也不肯放弃；或许还因如此，她才永远保持着这追奔的姿势。

　　我们上车继续前行了。从理性上说，"奔女石"无疑是被我们甩在后面，而且愈来愈远；但另一方面，不知怎么我愿意她赶在我们前面，为了维持我这后一种感觉，竟不忍透过车窗去看外面。而其他人也没有说话，至于他们想的什么，我不知道。

　　有"奔女"在，整个秦岭就是动的。

作者简介

石英：中国散文学会名誉会长。主要作品有长篇小说《火漫银滩》《同在蓝天下》《追不回来的岁月》等，散文集《秋水波》《母爱》《石英军事散文选》等。

最后一片野性草原

素 素

尽管我是一个特别喜欢旅行的人，不去非洲却是我给自己设定的一道藩篱。在近二十年的出行记录里，曾去过欧洲、美洲和大洋洲的许多国家，可我从未制订过旅行非洲的计划。

在我的印象中，非洲不是随便可以闯入的地方。那里靠近赤道，阳光炽烈，或大漠无边，干燥而死寂，或水深草长，荒凉而神秘，对于没有任何经验的外来者，那里绝非一个好的选择。不要以为这是出于个人偏见，而是我的脑子里有一根不喜欢冒险、不习惯刺激的神经。

如果说还有什么障碍，那就是非洲的生存状态让我紧张，也让我心疼，不想走到近前去直面它。21世纪，非洲向这个世界传达出了前所未有的人道主义危机。干旱与瘟疫，引发的是饥饿与疾病，一直被许多探险家、旅游者心向往之的非洲，如今或许成了地球上的最令人不安的角落。我不是戴安娜，面对病苦的非洲难民和儿童，可以拿出巨额善款；我也不是朱莉，可以领养黑人孤儿。如果看见了那些骨瘦如柴的生命，我只会为自己的无奈而落泪，为自己的无能而羞愧。

与许多小资女人一样，我想专门去一次西班牙和葡萄牙。这两个大西洋岸边的国家一直被我留在计划里，当有一天买了机票成行，我会从西班牙转道摩洛哥，就算我去过了非洲。我承认，这是受了《北非谍影》（即《卡萨布兰卡》）的蛊惑，在短暂的行期里，我将在里克酒店坐上片刻，喝一杯味道纯正的咖啡，听黑人钢琴师弹那支令人无限忧伤的曲子。由亨弗·莱嘉和英格丽·褒曼一起演绎的爱情与战争，当年曾揪紧了多少女人的心哪！

非洲另一个吸引我的地方，就是乞力马扎罗山了。最早是通过海明威的小说知道它，其后是通过小说改编的电影望见了它。土著视之为神山，外来者称之为非洲之脊。我认为，把乞力马扎罗留在这里，实在是造物主对非洲大地的眷顾。尤其是覆盖在山上的那些雪，在太阳的烘烤下，已经石化了的雪花，便暗暗溶解成白色的乳汁，灌溉着这片隐有亘古之谜的大陆。

达尔文曾断言，非洲是人类的摇篮。此说一出，整个世界都怔住了。心潮平静之后，便有无数的好奇者向非洲走来，肤色与种族各不相同的人们，像回到同一个祖先背井离乡的老宅后院，在乞力马扎罗山下，寻觅生命最初的讯息。

从非洲东部的大裂谷就可以看出，火山和洪水，曾将山川的肌肤撕扯得千疮百孔，自然与造化，却让这里变成了母亲强健的子宫。正因为这样，广袤的非洲大草原，在乞力马扎罗雪山的滋养下，不只有人类在歌声中起舞欢唱，更有动物在奔跑中嘶鸣吼叫。

曾几何时，非洲成了艺术家放飞奇思异想的地方，成了科学家考量生命与生态的露天教室。《乞力马扎罗的雪》，读者最多的应该是中国人，因为当年的中国很少有人敢走得这么远。《动物世界》，观众最多的也应该是中国人，因为中国的纪录片制作商舍不得出太大的价钱，也就没有谁会为一个镜头而在草丛里耐心地蹲守。

据我所知，中国也不断有人去过非洲。早些年是国家派的援建铁路工程队或支非医疗队，在马季和姜昆的相声里，已经宣传得广为人知。现在去非洲的人多了，面孔也复杂了起来，有的是去做生意，有的是去旅行。在旅行的队列里，有一支行迹特殊的人物，他们不是闲着没事来看非洲的玩家，而是背着专业器材来拍非洲的摄影家。他们不止来一次两次，而是一次又一次。他们的拍摄对象不是人，而是那些尚未绝种的野生动物。坐着电车去动物园，这是小时候的故事，打着飞机来非洲大草原，这是懂得珍惜之后的选择。

非洲大草原以自己的丰腴，犒赏了这些以相机快门辛勤捕猎的劳动者。于是，在我的手中，就有了这本比收获稻穗还有成就感，比挖出金块还有财富感的《灵性原野》。

然而，看着画册里的主角们，我突然有一种疑惑。在这个地球上，有成千上万种动物，有成千上万种植物，人类夹在动物与植物之间显得特别怪异，或者说特别多余。尽管有进化论之说，将人与猿扯在了一起，可我总觉得有点儿生搬硬套，人类更像是另一个星球的来客。这个地球正因为人类的插入，变得越来越拥挤，也越来越退化，人类却每天都在谈论着UFO，生怕外星人入侵。

对我而言，虽然不敢去非洲，却可以通过这本画册看见非洲。画面是一种特殊的文字。长焦全景，这是摄影家对非洲的宏大叙事；近焦特写，这是摄影家对非洲的细节描述。看《灵性原野》，以前由距离产生的陌生感，似乎已荡然无存。猎豹、狮子、长颈鹿、斑马、羚羊、火烈鸟、大象、野牛、狐狼、鳄鱼、鬣狗……像在温习书本上学过的功课，也像怀旧般逛了一遍动物园，对着画册，我仍能一个一个叫出它们的芳名。

最震撼的场面，应该是角马大迁徙。镜头竟然拍出了油画的效果，那些奔腾的角马就像是听到了拿破仑的号令，正以排山倒海之势向敌阵冲去。这说明，如今的非洲大草原，仍可看到令人欣慰的生态，仍有数量如此密集的角马。每年的春夏之交，一定会有百万只角马如激情澎湃的风暴和潮水一般，离开坦桑尼亚的塞仑盖地大草原，驰向肯尼亚的马赛马拉大草原。它们出发的地方是旱季，而它们去的地方正值雨季。它们就在这雨与旱之间来回地穿越。

然而，在肯尼亚的安博塞利国家公园，据说有连续五年滴雨未落的记载，从这个意义上说，角马大迁徙不啻是一场求生之战。在摄影家的镜头里，曾记录下这样的细节：在大迁徙的沿途，有的角马因为啃吃了干硬的草根和泥土，肚子便越胀越大，与同行的伙伴们也越来越远，最后只能在它们的身后悄然倒下。不出多久，就引来了成群的鬣狗和秃鹫。

在大迁徙途中，还有更令人不忍目睹的场面。草原上河流大而湍急，有的角马的冲刺动作稍稍慢了一点儿，就会被等在这里的鳄鱼一口咬住，不知有多少鲜活的生命就此没有了彼岸。也许因为知道河里隐藏着巨大的危险，角马向河对岸冲去的时候，几乎使出了全身的力气，动作夸张，如临大敌，大迁徙也因此多了一种在别处见不到的震撼，摄影家们也奢享了一场视觉盛宴。

当马赛马拉的秋天到了，它们就会再沿着原路回到湿润的塞仑盖地。虽然失去了那么多成年的角马，可是在这场大迁徙中，还会孕育出几倍于死亡的小生命。也许，这就叫物竞天择，生生不息吧。

摄影家的镜头拉长了我的目光。这本《灵性原野》至少告诉我这样一个事实：在这个世界上，野生动物已经越来越少，在非洲大草原上，却还有这么多食肉或食草的天使。想与动物永远为伴的人类呀，如果爱，可以去造访，脚步却不能太重。摄影家弄出的最大声响，不过是快门的咔嚓，而它已经是非洲动物耳熟能详的摇篮曲了。我能接受以摄影的方式呵护非洲。不带走一片叶子，一缕云彩，给产床一样的非洲留足种子。

（原载《辽海散文》2014年第6期）

作者简介

素素：原名王素英，中国作家协会会员，大连市作家协会主席。散文集《独语东北》获第三届鲁迅文学奖；散文集《张望天上那朵玫瑰》获第三届中国女性文学奖。现已出版十多部散文专著。

总把真情付梅花

王秀杰

古典诗词多以比兴艺术手法来实现托物言志。而被誉为"四君子"的梅兰竹菊自古以来便是高洁的象征，尤其是梅清香溢远、坚贞不屈、淡泊自守的品位更是被文人志士所推崇，成了诗词中喻举最多之物。这样一个传统，到了宋代得到了发扬，是因为那样一个备受屈辱的朝代，更能激起文人士大夫反对投降，主战抗击，统一中原的愤慨之情。从北宋签订澶渊之盟屈辱求和到北宋灭亡，从南宋退居江南苟且临安，直到蒙古军南下灭亡南宋，面对日渐衰微积贫积弱的国势，主战派和主和派的斗争从来没有停止过。"靖康之难"后，南宋的最高统治者更为沉湎声色，无心御敌，所以，主战派苦心构筑的抗金堤坝总是被主和派掀起的浊浪所冲毁。强烈的爱国主义精神贯穿了宋代文学的始终，而失意的主战派文人士大夫更愿意以梅花抒发心性，标榜气节，表示决心。以咏梅来表达内心之苦闷、愤慨、决绝在宋代便成为一种必然。因此，在历代千余首咏梅诗词中，一个宋代就占了半数，尤以南宋居多。

在浩繁的咏梅诗海中，不乏名篇，但给人深刻印象的是两个人的两首诗词，一为陆游的《卜算子·咏梅》，一为陈亮的《梅花》。而这两个人物在其作品中所寄寓的思想情怀，在八百多年之后，都曾引起过深谙古代文史的共和国领袖毛泽东的共鸣，他在晚年最后的岁月里反复听读的十大古代词作中就有此二人的作品。

陆游是南宋著名爱国诗人。在饱经丧乱的生活中受到父、师先辈的爱国思想影响，力主抗金收复失地以救国报民。二十九岁时，会试、殿试都名列第一，因位居秦桧孙子之前，对策时被以"喜论恢复"之名而黜落。直到秦桧死，陆游才由孝宗赐为进士第一。有一点倒没错，陆游的骨子里确是主战的。之后，他在几处做地方官，均因反对屈辱求和主张北伐，遭到排挤而去职还乡。最后蛰居乡间二十年中写下了许多豪迈悲壮的爱国情思之作，尤其绝笔诗《示儿》，表现出一个杰出的爱国者至死不渝的报国心愿和忠贞节操。

陆游爱梅花，写过不少梅花诗词，而《卜算子·咏梅》中所表达的意境情怀最为动人："驿外断桥边，寂寞开无主。已是黄昏独自愁，更著风和雨。　　无意苦争春，一任群芳妒。零落成泥碾作尘，只有香如故。"上阕写梅花的遭遇：那枝梅花孤零零地长在荒凉的驿亭外断桥旁，再加上黄昏时袭来的风雨，其凄冷境遇可想而知，这不正是屡受排挤的作者自身的真实写照吗？从写作手法上说，这是蓄势，为下文做铺垫。下阕写梅花的品格：一任百花嫉妒，却不想费尽心思去争芳斗艳；即使凋残零落变成泥土灰尘，也会依旧保持芳香如故。以"末句想见尽节"，振起全篇，全词之高潮由此达到：诗人一股脑儿地抛开了前面梅花的凄凉、衰落等种种不幸，让人相信，即使压力再大，那个兀傲形象也会"独标高格"，不会屈服。

托物言志，陆游借咏梅而自咏，把梅花的神韵、风骨、气质、品格与自己的情怀完全融为一体，表达的是报国无门"开无主""独自愁"的凄凉心境，以及粉身碎骨而矢志不移的决心和虽被"碾作尘"仍然"香如故"的孤高，这正是一个失意英雄不屈的宣言。

陆游一生接连不断地为秦桧等小人嫉妒、排挤、诬陷，不幸的梅花就是他身世的缩影，梅花就是他高洁品行的化身。陆游歌咏的这种梅花风骨是被他终生持守的，七十八岁作《梅花绝句》六首，仍充分表达了他对笑傲寒风的梅花的由衷赞赏。"高标逸韵君知否，正是层冰积雪时。""雪虐风号愈凛然，花中气节最高坚。"他对梅花的钦佩是不加掩饰的。而"何方可化身千亿，一树梅花一放翁"句，甚至幻想有什么办法可变幻出千千万万个自己，使得每一棵梅树前都有个放翁在歌唱。他真是把自己与梅花融为一体啦！同样喜欢梅花的毛泽东主席欣赏陆游的这首《卜算子·咏梅》词，他在1961年底于杭州反其意作词一首："风雨送春归，飞雪迎春到，已是悬崖百丈冰，犹有花枝俏。　俏也不争春，只把春来报，待到山花烂漫时，她在丛中笑。"毛泽东主席的词与陆游的词题、调韵相同，立意蕴含却截然不同，所写梅花不是愁而是笑，不是孤傲而是骨傲，创出一种前所未有的精神格调和战斗气息，给面临反华高潮、三年困难时期的国人以鼓舞。但二者以梅花自喻的比兴手法却是相同的，而且在对陆游词作欣赏的基础上，也把陆游以梅言志的情怀推崇到了更高层面。然毛泽东主席意犹未尽，一年后的冬日，在其所作《七律·冬云》中出现了"独有英雄驱虎豹，更无豪杰怕熊罴。梅花欢喜漫天雪，冻死苍蝇未足奇"的诗句，以热烈绚美的意境又强化了这种中华民族不屈的英雄傲骨和时代气象。

陈亮也是南宋著名爱国词人。他才华横溢，但一生未仕，光宗时策进士，擢为第一，却未得赴任便溘然逝去。他是南宋杰出的思想家，立场鲜明地反对议和，反对苟安一隅，力主北伐，收复中原失地。《宋史·陈亮传》称其"志存经济，重许可，人人见其肺肝。"正如他在中状元后的《报恩》诗中所说："复仇自是平生志，勿谓儒臣鬓发苍。"可见，他恢复中原的政治主张至死未变。陈亮不仅以言论警策震惊天下，在文坛上也是一条"不作妖语媚语"的硬汉。其词著名，亦工诗，笔力矫健，气势豪放，词作传世有七十余首。

陈亮的传世诗仅四首，但英姿超迈，直追李白诗风。其中《梅花》诗脱颖而出，足见作者超乎寻常的功力，及对梅花精神的深刻体悟。其诗曰："疏枝横玉瘦，小萼点珠光。一朵忽先变，百花皆后香。欲传春消息，不怕雪埋藏。玉笛休三弄，东君正主张。"稀疏的梅枝横斜着，如玉石般刚劲；花萼如雪珠般光泽晶莹。树老、枝疏、干瘦、含苞待放正是梅的贵相标准，表达了诗人对高洁俊俏梅花的赏识，亦为下文铺垫。一朵梅花突然率先绽放，芳香的百花也就随之开放了，为传递春讯的梅花，又哪怕严冬的冰雪欺压！诗人抓住梅花凌寒先放的特点，写出了其不畏艰难敢为天下先的品质，颂扬了梅花坚贞不屈的精神，寄寓了他强烈的爱国之志，表明了诗人为报效国家不怕打击抗争到底的决心。这既是咏梅，也是在咏自己。玉笛呀，不要再反复吹奏《梅花落》的曲子了，因为春神就要来到人间为梅花做主。进一步以对独立挺然梅花的描述，来表达对投降派的强烈谴责。

正如清人汪景龙所评，其"诗有奇气，如其为人"。尤其是"欲传春消息，不怕雪埋藏"句，最为确切地表现了他不怕牺牲的决绝精神。陈亮曾在一年中连续三次上书孝宗帝，痛斥奸佞，力陈统一主张，最后均未被采纳，反引起当权者的不满，被指斥为狂悖，遂三次被诬下狱。

陈亮的抗金主张始终是鲜明而坚决的，虽九死而未悔。出于爱国者的责任心，为驳斥投降派，拿出向朝廷陈述的北伐策略，1188年，第三次出狱后的陈亮亲赴北面长江的京口考察地形，登北固山多景楼写下了那首感动了铮铮硬汉毛泽东的《念奴娇·登多景楼》词。上阕借批判东晋统治者偏安江左，谴责南宋统治者不图统一；下阕抨击误国空谈，主张应像东晋祖逖那样义无反顾，中流击楫，收复中原。全词借景抒怀，慷慨陈词，纵论时弊，显示了一个词人兼政论家的大志与胸怀。此词正切此行之目的，也是其《梅花》诗中坚定的抗金主张的一个引申。尤其是词的开头两句"危楼还望，叹此意，今古几人曾会"，诗人登楼四望，不禁百感交集，感叹自己的这番心意，古往今来又有几人能够理解呢？挺拔的笔力由古及今，直抒胸臆。

有宋一朝，咏梅诗词达到鼎盛。但无论是比兴艺术形式的运用，还是遣情抒怀思想意蕴的表现，达到"诗言志"最佳效果的还是寥寥无几。而陆游的《卜算子·咏梅》词与陈亮的《梅花》诗却是其中翘楚，被古人论定为宋人梅花诗词中最好的两首作品，爱国真情是中华儿女世代相传的财富，一脉相承从古至今绵延未绝。

（原载《辽海散文》2013年第10期）

作者简介

王秀杰：辽宁省作家协会原主席、党组副书记。国家一级作家。20世纪80年代末期开始文学创作，已出版《鹤羽芦花》《与鸟同翔》《水鸟集》《千秋灵鹤》《遥远的乡音》等多部作品集。

海东青之歌

陆　萌

　　海东青不是"海的东西"，而是世界上一种最凶猛的猎鹰。海东青有"万鹰之神""战神"之美称。自古以来，海东青就是我国北方少数民族的图腾崇拜，是"民族之鹰"的象征。

　　在传说中，十万只神鹰才出一只海东青，因而海东青极具神话色彩。一千多年前，在天苍苍、野茫茫的北方大草原上，这种"万鹰之神"曾激起了契丹和女真两个游牧民族的深仇大恨，最终导致了大辽国的消亡，大金国的崛起。海东青由此成为千古绝唱。

　　我对海东青仰慕已久。在一个充满激情的冰雪严冬，为了切身感受和探寻女真人创造的"金源文化"，我曾踏着皑皑白雪，来到了位于黑龙江省哈尔滨市阿城区南郊的新修建的金上京历史博物馆，目睹了海东青的尊容，那种超乎寻常的敬畏之感油然而生，令人怦然心动。

　　只见海东青羽毛光亮，身躯矫健，势若凌空，两只又圆又大的眼睛犀利耀光，长长的嘴喙锐利弯曲，雪白的爪子如同银钩。它机警凌厉，昂首鸣叫，一派战神的雄姿。

据介绍，海东青是天空中飞得最快、飞得最高的鸟。它在高空飞行中发现猎物时，便迅速将两翅一收，像闪电一般来个鹞子翻身，然后又像飞镖一样迅速俯冲直下，捕捉猎物，百发百中。更令人惊奇的是，海东青居然是捕捉庞大天鹅的高手，可谓空中的"巨无霸"。

海东青原产于寒冷的鄂霍次克海岸，以及黑龙江、松花江、乌苏里江、辽河流域，栖息于海岸岩石、开阔山地、峡谷沟壑、近海岛屿、森林苔原地带。海东青生活的地域，也是契丹、女真等北方诸多古老少数民族世代居住的地方。

史料记载，这里的江河海岸曾出产一种奇大的珍珠蚌，而且珍珠蚌里有非常名贵的珍珠。珍珠蚌在每年入冬大熟，但因这里气候寒冷，坚冰数尺，人工无法凿冰取珠，古代先民只好望"珠"兴叹了。

后来，聪明的女真人发现了一个奇特的现象：在江河海岸上飞翔的天鹅最喜欢捕食浅水里的珍珠蚌，而且在食蚌后将珍珠提炼出来，久久藏于嗉囊之中。越是大天鹅、老天鹅，嗉囊中储存的珍珠就越多、越珍贵。出乎意料的是，天鹅的天敌居然是比它还小的海东青，成群结队的天鹅是海东青的最爱。

于是，女真人开始驯养海东青。从幼鸟到成鸟，经过反复驯化，最终收到奇效，开创了人类驯养凶猛飞禽的历史先河。女真人将驯化的海东青放飞天空，海东青就会迅速地捕捉到天鹅，并且不去吞噬，而是叼着猎物飞回到主人的臂膀上。女真人从天鹅嗉囊中采集珍珠，从而获取了大量精美绝伦的宝贝。

这样一来，海东青就成为名副其实的"海珍珠"，为女真人创造了大量财富，从而使女真人名声大噪，在北方诸多游牧部落里迅速强大起来。女真人和海东青结成了命运共同体，他们将海东青视为最高图腾，象征着机智勇敢、正直坚韧、拼搏进取、顽强向上的民族精神。

据考证，《山海经》"大荒之中有九凤"之说，很有可能就是指古东北的神鸟，即后世的海东青。《本草纲目》中记载："雕出辽东，最俊者谓之海东青。"唐代大诗人李白有诗曰："翩翩舞广袖，似鸟海东来。"

海东青名字的由来，一种说法是女真人语的汉译，"女真"又叫"朱理真"，"东方"的读音是"诸勒"，与"朱理"之音相通，"海青"的读音为"申"，"海东青"拼合后为"诸勒申"，与"朱理真"同音。因此有研究者认为，"女真"的含义为"东方之鹰"，而这个"东方之鹰"就是"海东青"。另一种说法是，海东青原产于大辽国东北境外的五国部落的东海岸上，本名"青鹘"，全称"海东青鹘"，简称"海东青"。据史书载："其物善擒天鹅，飞放时，旋风羊角而上，直入云际。"

清代文人沈兆提曾评价道："辽金衅起海东青，玉爪名鹰贡久停。"那么，神奇的海东青是怎样关系到大辽国和大金国的兴亡呢？

中国的北方历来是游牧部落民族驰骋的疆域。发祥于辽河上游西拉沐伦河畔的契丹，是继匈奴、东胡、突厥、乌桓、鲜卑等强盛少数民族之后的又一个强大少数民族。蓝天上的雄鹰，绿草原的骏马，是游牧民族的最高宠爱和精神象征。契丹人以"镔铁之躯"创建了大辽国，统一了散居在东北边陲的各个少数民族部落。

大辽国的一个基本国策叫"春水游猎"。每年开春，冰雪消融，辽皇帝都要从辽上京出发，行程数日后，到达长春州的一个叫鸭子河泺的"天鹅湖"，在此进行"春水游猎"活动。侍卫们身着墨绿色衣服，各拿锣鼓器具，埋伏在方圆几百平方公里的河畔上。皇帝头戴纶巾，身披鹤氅，立于上风口观赏。当回归的天鹅成群飞落到岸边时，探骑立刻举旗通报，然后远泊鸣鼓，使天鹅惊起腾飞。这时，皇帝就会神态庄严地下达圣旨：擎放海东青！

于是，蓄势待发、威武健勇的海东青便腾空而起，凌云擒鹅，气势无比壮观。有《契丹歌》云："平沙软草天鹅肥，胡儿千骑晓打围。皂旗低昂围渐急，惊作羊角凌空飞。海东健鹘健如许，韝上风生看一举。万里追奔未可知，划见纷纷落毛羽。"

最骁勇的海东青为皇帝捕捉到第一只天鹅后，皇帝龙颜大悦，手擎立下头功的海东青，耀武扬威地立于"春水"高台上，先献宗庙，后祭祖先，再当众致贺词，祈福盛世太平。各部落首领每个人头上都插上天鹅毛，以此为荣，向皇帝献媚祝捷。皇帝赏赐御酒，纵饮作乐，彻夜狂欢。"春水游猎"达到高潮，天鹅湖畔，鹅毛翻飞。

海东青给游牧民族带来了无尽的欢乐，也成为强国的象征。因此，大辽国对捕捉驯化海东青极为重视，专门设置了"鹰坊"机构，臣下以先捕或多捕海东青得重赏，也以失掉捕捉海东青的最佳时期而获重罪。大辽国统治者每年都强行向女真人索取海东青作为贡品。

然而，捕捉并驯化海东青极不容易，民间就有"九死一生，难得一鹰"的说法。女真人将野性十足的海东青用"捕鹰网"捕获后，要拜谢"鹰神格格"的恩赐，然后带回家，放在鹰房里，加上"脚绊"，几天几夜不让海东青睡觉，磨掉野性，以此"熬鹰"。再通过"过拳""跑绳"等环节，使其听从"喝令"。最后通过"勒膘"，强健肌肉，便于捕猎。

野生的海东青经过驯化后，就可以到山野之中"放鹰"了。女真头领手擎海东青站在高处观望，让族人用木棒敲打树丛，轰赶野物，俗称"赶仗"。当猎物奔跑或飞出丛林后，海东青立即尖叫一声，俯冲下去，抓捕猎物。女真头领取下猎物后，只给海东青吃一点儿动物内脏，不可喂饱，原理是"鹰饱不拿兔"。次年早春，女真人将海东青喂饱，除去铃铛和脚绊，放归大自然，过春天和夏天，以繁殖后代。

大辽国末代皇帝天祚，昏庸残暴，治国无方，导致民怨四起。面对即将崩塌的帝国大厦，他毫无理会，依旧打猎玩乐，而且在出猎时，必须让海东青和猎犬紧紧相随。于是，群臣们也极力效仿，手牵猎犬，肩搭海东青。一时间，辽朝王公贵族们都以肩搭海东青为时尚，人鹰共荣。海东青成为"国宠"，全民共追之。

为了完成进贡海东青的一道道大令，女真人几乎捕尽了境内所有的海东青，却仍然不能满足贪婪的辽国统治者的需求。契丹贵族除了向女真人索取海东青、榨取财物外，还要他们献美女伴宿，既不问出嫁与否，也不问门第高低，任意进行凌辱，美其名曰"荐枕"，这就更加激起了女真人的血海深仇。女真部落首领完颜阿骨打由于没有及时完成进贡海东青的旨意，险些被枭首示众。

失去了心爱女人和崇敬神鹰的女真人，再也无法生存下去了。于是，在一个怒火中烧的9月，女真部落首领完颜阿骨打率领精锐骑士两千五百人，举行了历史上著名的"来流水誓师"，以"辽政不纲、人神共弃"之罪，宣昭天下，起兵造反。

"金人不满万，满万无敌于天下。"完颜阿骨打发出豪言壮语，率领仁义之师，讨伐大辽，结果势如破竹，仅用了十二年的时间，就将辽国、北宋两个腐败透顶的王朝彻底推翻。雄踞中国北方二百多年的契丹大辽国灰飞烟灭，取而代之的是"鹰之族"女真人的大金国。

我曾经到过位于内蒙古赤峰市巴林左旗林东镇南郊的辽上京临潢府遗址进行考察。据说女真人在攻克辽上京临潢府时，将周长几十里的"皇城"和"汉城"焚烧殆尽，其野蛮的毁灭性破坏令人发指。一千多年来，辽上京遗址依然残砖碎瓦，一片灰烬，不能种庄稼，不能盖房子，可谓不毛之地。

女真人对契丹人如此深仇大恨，说明契丹人确实无情地伤害了女真人的"心灵"和"神灵"。这"心灵"应该是女人，这"神灵"应该是海东青。

辽上京遗址唯一能够看到的幸存"建筑"，是一尊坐落在巨大石基上的高大的石雕残像。它满身焚毁陈迹，历尽千年风尘，兀自茕立，守望废墟。一个文博工作者介绍说，这尊不规则的巨石残像，究竟代表了什么，多年来争论不休。有人说是"佛像"，也有人说是"石塔"，还有人说是宫殿的"顶梁柱"，莫衷一是。

我忽发奇想，感叹道："这是一尊海东青，守望着大辽国的兴亡。"那位文博工作者仿佛被"一语点醒梦中人"一般，惊诧道："海东青？海东青！"我添枝加叶道："你看那海东青的形象多逼真，似睡非睡，似醒非醒，似立非立，似飞非飞，欲哭无泪，欲叫无声，傲骨迎风，坚贞不屈，神祇也。"勤于思考的文博工作者垂下头，自言自语："原来如此，原来如此。"

大辽国鼎盛时期，疆域辽阔，南至黄河，东至日本海，北至北冰洋，西至阿尔泰山，无论是从国土面积还是军事力量上比较，大辽国都比北宋强大得多，故有"北雄南秀"之说。

大辽国留给我们现代人的著名建筑，竟然是独具特色的辽代"五个京城"的白塔。位于内蒙古赤峰市巴林左旗林东镇南郊的"辽上京"有南塔和北塔，位于内蒙古赤峰市宁城县的"辽中京"有大明塔，位于辽宁省辽阳市的"辽东京"有白塔，位于山西省大同市的"辽西京"有砖塔，位于北京市古代析津府的"辽南京"有天宁塔。这些高耸入云的八角形辽塔，仿佛是为海东青搭建的永久落台，让世人们知道一个关于海东青与契丹王朝的千古神话。

女真人问鼎中原后，欢天喜地，用自己崇拜的"神鹰"海东青举行"春水游猎"活动，别具风情，盛况空前。金代诗人赵秉文有《春水行》载："光春宫外春水生，鸳鹅飞下寒犹轻。绿衣探使一鞭信，春风写入鸣鞘声。忽闻叠鼓一声飞，轻纹触破桃花浪。内家最爱海东青，锦鞲掣臂翻青冥。晴空一击雪花堕，连延十里风毛腥。"

大金国传扬着金太祖完颜阿骨打与海东青的传奇故事：一次，辽国元帅领兵追杀女真人完颜部落。完颜阿骨打的父亲保护着怀胎十月的妻子退至乌拉山下，不幸肩头中箭，昏倒在杂草丛中。妻子摔下马后，提前分娩，生下了一个胖小子。正在此时，漫山遍野的辽兵攻了上来，情况万分危急。突然，从天上飞来一只银爪玉嘴的海东青，围着刚刚出生的婴儿飞来飞去，还不停地叫着："阿骨——打！阿骨——打！"

恰巧，海东青的叫声惊动了乌拉山的山神"阿古"，他听到喊"阿古——打"，以为是让他打辽兵，便怒吼起来，大大小小的山头都听到了阿古的呼唤，纷纷打开山门，让迅猛的洪水冲下山去，把辽兵冲得七零八落，死伤无数。完颜部落得救了，为了感谢海东青和山神阿古的救命之恩，他们便给新生的婴儿取名为"完颜阿骨打"，崇拜海东青为"恩神"。

千年风雨话沧桑，一片冰心在玉壶。我在金上京遗址与海东青合影，与金太祖完颜阿骨打合影，心里充满了敬仰之情，同时也产生一丝疑惑。试想，这里地处北方大漠荒野，交通不便，人烟稀少，物产不丰，一年四季有一半时间处于冰天雪地的状态，既不易守，也不难攻，怎么就会人杰地灵，成为大金国的首都金上京？

这就是历史，这就是后人无法理解的古代文明。契丹和女真这两个游牧部落，在不良的生存环境里能够揭竿而起，打遍天下，建立封建王朝，轮番主宰中国历史命运，足可以说明他们的民族精神之伟岸，民族血性之刚健，民族文化之包容，民族意志之坚韧。这就是他们的成功之本，难怪他们崇拜"战神"海东青到了极致。

更有甚者，在女真人的大金国衰败之后，草原上又一只雄鹰蒙古部落揭竿而起，打遍欧亚大陆，创建了比大辽国和大金国更加辉煌的大元帝国。几百年后，女真人的后裔满族人再次崛起，创建了大清王朝，走向中国历史发展最为辉煌之一的"康乾盛世"。

草原文化是游牧部落文化之根，对神鹰的崇拜可谓天经地义。萨满教是在草原民间信仰的一种世界上最古老的宗教之一。萨满教的神鹰赞歌如："遮雪盖地的金翅膀，怀抱两个银爪子，白天背着日头来，晚上驮着日头走。"神鹰是人间光明与黑暗的支配者，是"最接近太阳"的"天使"。

萨满神谕中传讲，天刚初开的时候，大地像一包冰块，天神让一只神鹰从太阳那里飞过，抖擞羽毛，把光和火装进羽毛里面，然后飞到世上。从此，大地冰雪开始融化，人和生灵开始繁衍生息。然而，由于神鹰飞得太远、太累了，半路打了个盹儿，不小心把羽毛里的火掉了出来，将大地的森林和石头点燃，彻夜不熄。醒来的神鹰懊悔不迭，忙用翅膀扇风灭火，用巨爪挖土盖火，不幸死于火海里，其英魂最终化成了萨满。由此，"萨满魂"就是不屈的"神鹰"。

在世居白山黑水地域的女真人家族神祭中，"第一铺神"就是"神鹰"，这是先世亘古沿袭下来的习俗。神鹰具有高居险处的胆量，高超的飞翔能力，高傲的精神气概，高强的战斗本领，在疾风骤雨中磨炼一双无比矫健的翅膀，在日月星辰中铸就两只锐利的眼睛，奋飞九天而不知疲倦，高瞻远瞩而不迷失方向，严寒风雪无畏向前，不达目的百折不回，无愧于人间崇拜的精灵。

在辽、金、元、明、清各朝代，国家均设有"鹰坊"机构，专司捕取和饲养海东青。因此，野生的海东青数量越来越少。到了清代，海东青更加稀有珍贵。如果一个刑徒捕捉到一只海东青并进献给朝廷，可免一切死罪。清朝康熙皇帝在阅兵时，看见胳臂上架着海东青的御林军，英姿飒爽，不由得龙颜大悦，遂写下赞美海东青的诗："羽虫三百有六十，神俊最数海东青。性秉金灵含火德，异材上映瑶光星。"

我的家乡在蒙古高原和辽河平原接壤的地区，那里是"红山文化"的发祥地，也是契丹大辽国的发祥地。在以"中华第一龙"为代表的红山文化玉器中，有一种神鹰玉器最为突出，考古界称其为"玉鸮"。"鸮"在上古时期就被认为是通神的飞行动物。五千多年前，红山先民将其制作成玉佩挂在胸前，表达了原始崇拜、自然崇拜和图腾崇拜，期望借助"玉鸮"来沟通天地，通达神灵，护佑生活。有学者推断，这种"鸮"就是原始的海东青。

记得在儿童时期，我们经常玩"老鹰叼小鸡"的游戏，唱着海东青的歌谣："海东青，是神鹰。白脑门，红眼睛，金翅膀，银爪子，飞得快，看得清。兔子见它不会跑，天鹅见它就发蒙。阿爸打猎它帮忙，抓了天鹅取珍珠。拴上绸子系上铃，吹吹打打送进京。皇上赏个黄马褂，阿爸偏要大铁弓。铁弓铁箭射得远，再抓天鹅不用鹰。"

中国历史文化中有许多关于海东青的古画、古乐谱、古雕刻、古神话传说。象征着中华民族的龙图腾，就采用了鹰的脚爪。《西游记》第二十八回"花果山聚义"有诗道："人似搜山虎，马如跳涧龙。成群引着犬，满膀架其鹰。荆筐抬火炮，带定海东青。"如今，海东青仍然是满族的图腾崇拜。爱新觉罗·溥杰曾题词"民族之鹰海东青"。

海东青，一个神鹰之歌，一个生命之歌，一个民族之歌，一个国家之歌，承载着中华儿女的飞天梦。

（原载《辽海散文》2013年第12期）

作者简介

陆萌：祖籍内蒙古赤峰。代表作品有长篇小说《君子》，中篇小说集《行云流水》，短篇小说集《红山结》，长篇纪实文学《天下玉石王》《世界最大玉佛纪事》等。散文《大辽之宁》选入《2006中国年度散文》和《中国精美散文选》。

关于朋友

庄文达

送战友　踏征程

"送战友，踏征程，默默无语两眼泪。"在我心中，送别他，不是那首让人悲痛不祥的哀乐，而是一部电影里的插曲，在耳边荡漾的充满深情的《驼铃》声。

我坚信，他还活着。

因为他还有未竟的事业，因为他还有许多朋友没来得及赶来与他话别。

《中国指画》杂志编委、中国手指画研究会秘书长、中国指墨理论研究院副院长、辽海指画院院长——尤刚，因病于公元2014年2月17日驾鹤西去。他只是驾鹤西去，又是完成一次指画创作的旅行。

一路风景，山高水长，朗月松间，品茗论道，指墨浸染，画如其人。雄放者尤刚，优游哉尤刚。

尤刚自成为著名指画大家虞小风和当代大写意画家刘荫祥先生入室弟子后，指墨造诣日趋炉火纯青，先后在东北、广东、浙江等地举办个人画展，被大大小小的买家收藏。

尤刚指画豪爽，为人也豪爽坦诚，他结交了许多朋友，将电话号码都储存在手机里，以便时常联系。正当他的指墨画越来越被行家看好，画作升值空间日新月异时，他却"酒壮画胆丹青指尖"走了。

尤刚走了，尤刚的手机还在。有朋友接过他的手机，查到号码，便给其生前好友打电话，"希望送尤刚一程"。

…………

物是人非事事休吗？

这不能不让我的思绪像没头的苍蝇一样，到处乱撞，触痛了我那一根根十分伤感的神经——

我也有许多朋友。从小学到职工业余大学，从沈阳电校到辽宁文学院，大半生走南闯北，特喜欢游山玩水，从农村到部队到工厂，又混进了从市里到全国的文坛圈，交的朋友哇，自然不在少数。

人固有一死。有些朋友英年早逝，我在送别时，常常自责：其实，在他生前，朋友之间是有很多机会相见的，如今，想见的时候，却阴阳相隔，再也没有机会了。除非，自己也有赴黄泉路那一天。于是，就生出了一个奇怪的想法：到那时候，我那些健在的朋友、推杯换盏的朋友，他们会来送我吗？

这些天，也不知怎么了，魂牵梦绕的竟然是那首《驼铃》声"送战友，踏征程，默默无语两眼泪……路漫漫，雾蒙蒙……一样分别两样情"，还有关于一些朋友的话题。

少年朋友今何在

前段时间，常常在报上看到"寻友启事"，大都是二三十年前的少年时期的朋友联系断了，想接续。

少年朋友今何在？这是个怀旧话题，因为情结所系。

少年没有怀旧，只有未来，只有憧憬；年轻人向前看，很少怀旧，也没时间怀旧；只有上了年岁的人，只有五十知天命六十耳顺的人，只有衣食无忧的人，才有资格才有时间怀旧。人就是有些怪：一闲下来，便常常要靠一些美好的回忆来打发日子。少年的美好，又和那些朋友分不开。

谁没有少年时的朋友呢？

我也有。印象最深的，是剑兰和宝域……我们分别结婚后，都开始忙生育、忙家务、忙工作、忙事业，就把联系都忙断了。

于是，我也开始寻找他们。可少年时那个住着我们十几户居民的小平房沈阳大院，早在20世纪末就被扒了，已经成了省城很有名气的"摩天大厦饭店"。找不到剑兰和宝域，我就在《沈阳晚报》和《辽沈晚报》上，也发"寻友启事"。杳无音信，思念愈甚，就常常梦见：少年那份天真无邪的童趣以及不计后果的冒险，还有为朋友两肋插刀的壮举。

"郎骑竹马来，绕床弄青梅"。我和宝域在一个大院里，都抢着剑兰玩"猪八戒背媳妇"。剑兰妈说她："半大姑娘家，整天跟一群小子疯癫，丢不丢人？"剑兰反驳道："你整天跟我爸在一个被窝里睡都不丢人，我丢什么人？"在努尔哈赤的福陵里，上树摘野果、掏鸟窝，下河游泳、摸鱼、捉虾，剑兰照样跟我和宝域玩；宝域的父母关进牛棚时，剑兰白天陪他，我就晚上陪他。冬天时，宝域说剑兰怀孕了。我也没多想，就带着剑兰去找当大夫的老姨，偷偷做流产……

　　说来也巧，今年3月，我和妻子去沈阳参加一个亲戚的婚礼，竟然巧遇了剑兰……因为妻子在身边，我不敢过分兴奋和热情，只要了她的手机号，说"再联系"就回到了鞍山。

　　从沈阳回来，我便和剑兰通了电话。从电话里得知，她和宝域没成为夫妻，但还有联系。剑兰的日子也不太好过，丈夫下岗在家，还是个酒鬼，喝醉了，就打她。

　　接了剑兰的电话，我坐不住了。我对她说，"你把宝域的电话号码给我。明天晚上，我们就在'摩天大厦饭店'见，我请客。"如果见到梦寐以求的剑兰和宝域，我想我会很激动，三个人会热泪盈眶地拥抱在一起。

　　第二天，我风风火火跑到沈阳，如约而至。可令人遗憾的是，我的热脸遇到了冷屁股。剑兰和宝域见了我并不热情。都是我回忆往事，都是我打听他们的家庭和孩子，都几乎是我问他和她答。席间，我竟然知道他和她都看见了那份"寻友启事"……刚过一个小时，剑兰竟然要告辞回家，说再回去晚了就吵架挨打。我拿出现金喊来服务员要埋单，宝域竟然刷了卡，还说我埋汰他。

分别时，我想把一个同学儿子要结婚的消息告诉他和她，但话到嘴边，又咽回肚子里。

从沈阳回来，我再也没有梦见剑兰和宝域。可偶尔还做白日梦：少年那份朴素热诚的情感，是多么弥足珍贵！可遗憾的是，成年之后，是再也找不回来了。

朋友阶段论

阿光是我的一个朋友，但他的"朋友阶段论"让我不敢苟同。

说来有点儿话长。

他早年与我同学，家虽贫，却好学。一毕业，又一同爱好文学、下乡、当兵、进厂工作，朝夕相处，形影不离。

平庸一辈子当工人，阿光不甘心。先上花班跑省城倒买倒卖，后就辞职南下办了公司……把酒话别那天，他流着泪说："咱们俩是发小，情同手足。君看'管鲍贫时交'，此道今人弃如土。但你没有。看三言二拍，你可以'羊角哀舍命全交'，你可以'吴保安弃家赎友'。我这一走，不衣锦还乡，绝不回来。所以，老父老母，还有妻儿，就全拜托兄长你照管了。"

没想到这一别，竟然二十多年后才相见。因为他父母病故，还有他儿子上大学，他都没有回来，都是我和几个朋友帮忙料理的。一开始，手机还打得通，后来他妻子去深圳找他，从此手机都打不通了。日有所思夜有所梦，我常常在夜里梦见他。富在深山有远亲，穷在闹市无人问。我觉得，从小到大都对得起他，是他有负于我。因此，内心便有些疏远他，渐渐地淡化忘记了。

没想到，去年国庆节前夕，接了他一个电话，说10月2日，在铁东最豪华的酒店为儿子办婚礼。并大言不惭，从深圳沈阳一直办到鞍山，又列"百人名单"，让我通知，捧场致贺。

我不往，只托一友捎去礼金，用学过的刘孝标《广绝交论》课文那页纸——刀裁"白纸黑字"包去。刘孝标在《广绝交论》中说：当下世路险恶，良朋之道早已绝迹，休戚与共之素交，如贡禹与王阳，范式与张劭者，如今已尽矣，而利交兴：一曰势交，依附有权势之人。二曰贿交，趋奉富贵之人。三曰谈交，巴结名望之人。四曰穷交，未发迹时相互利用，得志时遂分道扬镳。五曰量交，交友前权衡投入产出之利弊，要吃小亏占大便宜。这五种都是小人势力之交，朋友得权得势时趋之若鹜，反之则背信弃义，甚至落井下石。"因此五交，是生三衅：败德殄义，禽兽相若，一衅也；难固易携，仇讼所聚，二衅也；名陷饕餮，贞介所羞，三衅也。"我的意思很明显：时过境迁，你我难以再相处，就此一刀两断。

又一个没想到，婚礼办完，他竟然开着奔驰车，把我接到了寰球酒店下榻处，要单独和我"把酒一叙"。我说："你早已是深圳一家公司董事长，沈阳还有分公司。咱们现在不同道了，你还搭理我干什么？"他振振有词地说："人生就是一场马拉松赛跑，你的前后不可能永远只是那两个人。人生各个不同时期，都会有不同圈子的朋友。谁像你？三十多年不与时俱进，朋友倒是不少，但都是点背过时的朋友。有用时，你不交结；没用时，却偏偏走得近。不是有那句话嘛：不同道，不为谋。我没有错，错的只是你。我结识新朋友，不忘老朋友。童真纯情也罢，利益也罢，但你不能否认，朋友是有阶段性的。我大恩不言谢，但你要回报可以提。你既然开不了口，还怪罪我什么？"

他倒是蛮有理的，诡辩论否？

我心情很不是滋味。想反驳，却语塞。

何为朋友

见过少年朋友，阿光又抛出了朋友阶段论，尽管当时语塞，但不能不说，至今一直耿耿于怀，只能在这里"不吐不快"：人生识字糊涂始，越读书越老越糊涂。我竟然不知"朋友为何物"了。向人请教怕笑话，只能再一次请教书本，引经据典，也许有益——

一日，明月松间照，清泉石上流。郑板桥问打坐禅师："何为友？"禅师闭目曰："友有四种，一如花，艳时盈怀，萎时丢弃；二如秤，与物重则头低，与物轻则头仰；三如山，只要你肯攀，借高望远，送翠成荫；四如地，默默承载，一粒种百粒粮，平实无怨。"郑板桥大彻大悟："狐朋狗友、势力朋友，前一二种，如火如荼，皆酒肉朋友；后三四种，寥如晨星。三言两拍，再难找：羊角哀舍命全交，吴保安弃家赎友啦，世风日下，人心不古。"

现代美国畅销书作家汤姆·拉思看过上述典故，认为"四友论"太少太片面太灰暗，"八种朋友"才是人间正道，必不可少：1. 成就你的朋友；2. 支持你的朋友；3. 志同道合的朋友；4. 牵线搭桥的朋友；5. 给你打气的朋友；6. 开阔眼界的朋友；7. 给你引路的朋友；8. 陪伴你的朋友。为了力挺这八种朋友理论，他出版发行了《铁杆朋友》畅销书。他援引曾国藩的一段话说："久利之事勿为，众争之地勿往。勿以小恶弃人大美，勿以小怨忘人大恩。说人之短，乃护己之短，夸己之长，乃忌人之长。利可共而不可独，谋可寡而不可众。天下古今之庸人，皆以一惰字致败，天下古今之才人，皆以一傲字致败。凡成大事，以识为主，以才为辅；人谋居半，天意居半。"还有茅盾的一段话："在生活中，每个人都应当是春晖，给别人以温暖。在今天，人与人之间的关系，更应该如此。朋友之间，待之以诚，肝胆相照，不就是相互照耀，相互温暖吗？"鉴于此，他大声疾呼：古往今来的社会，都是人与人之间的组合体。如果把人际关系拿掉，一切事物都将消失得无影无踪。"友谊"至关重要，因为它自始至终影响着我们对生命的期待、健康的维护、工作的绩效，甚至婚姻幸福的感觉。基于盖洛普五百万访谈数据和精通的网上测试，你将通过本书找到生命中不可或缺的这八类朋友……人在旅途，乘公共汽车不可少。然而，我们经常在拥挤中迷失，不断上错车或下错车。但请你坚信，每一站都会有等待我们的朋友和我们等待的朋友。

朋友是什么？朋友是公共汽车吗？朋友是"多个朋友多条

路的”注解吗？

朋友是一幅向上攀登的风景／都喜欢攀上不攀下的应酬／没事的时候想着朋友／有事的时候也想着朋友／大多数忙着干自己事的时候／就忘了曾经朝夕相处的朋友／没事的时候／想起了朋友／想起朋友的纯情真挚／想起朋友的知趣风流／想起朋友的侠肝义胆／想起朋友的慷慨范畴／有事的时候／便去找朋友／一幅冰冷陌生的面孔／心寒得让人无法逗留／伤感从心头生起／疑惑这是不是朋友／朋友一词／被多少朋友的朋友／发酵变味成人生渡口／大呼花钱买上当／悔恨到此一游／势力之交／人生几度春秋／现在有很多人／真的渴望交朋友／真的就没有了朋友。

汤姆·拉思“八种朋友论”，虽然比中国禅师“四友论”阳光，却不完全是现实。因为他违反了哲学的“两点论”，任何事物都是一分为二的：月有阴晴圆缺，日有乌云雨雪。朋友，至少有两面性，不然，就不会有“穷在闹市无人问，富在深山有远亲”；也不会有“官娘子死了满街白，官人死了没人抬”“高朋狗死人吊孝，难友死后没人埋”。汤姆·拉思兜售“八种朋友论”，只有一个目的：无非就是要把他的《铁杆朋友》由梦想畅销变成现实促销。

于是乎，有人与汤姆·拉思大唱反调，抛出了“八种型朋友不能交”：

1. 自褒贬他型；2. 夸夸其谈型；3. 自私自利型；4. 惯于毁约型；5. 多愁善感型；6. 注重私利型；7. 特别无知型；8. 忘恩负义型。

岂能永远是朋友

人是社会一分子，人在旅途的过程，也可以说，就是不断交友不断工作不断人生的过程。

中国人讲究"在家靠父母，出门靠朋友"，于是就有了歌中唱的"千里难寻是朋友，朋友多了路好走。以诚相见心诚则灵，让我们从此是朋友。千金难买是朋友，朋友多了春常留，以心相许心灵相通，让我们永远是朋友！"但也有不和谐的音符，周华健唱的《朋友》则是另一个版本："这些年，一个人，风也过，雨也走，有过泪，有过错……朋友一生一起走，那些日子不再有。"

每个人都是独立的个体，结识新朋友，就忘老朋友，岂能永远是朋友？早在两千多年前，司马迁就在《史记·货殖列传》论得明明白白："天下熙熙皆为利来，天下攘攘皆为利往。夫千乘之王，万家之侯，百室之君，尚犹患贫，而况匹夫……亲朋道义因财失，父子情怀为利休。"

有些朋友是什么？

是生意朋友钩心斗角借钱不还大打出手，是普通朋友变成男女朋友直至结婚又同床异梦貌合神离，是"不穿朋友衣，却占朋友妻"，是"杀人之父兄，利人之货财，臣妾人之子女"……于是，有人编了一首《慎交友》顺口溜说："人在世，爱交人，为人处世要留神。逢人要讲七分话，不可全露一片真。画虎画皮难画骨，知人知面不知心。朋友交的满天下，真正挚情有几人？有茶有酒是兄弟，为难之时不见人。人敬富，狗咬贫，财大气粗小瞧人。酒逢知己要少饮，话到舌尖留三分。紧睁眼睛慢张口，恶语伤人生祸根。狐朋狗友害人命，慎重交友多留神。"于是乎，又有人参照郑板桥问打坐禅师的"四友论"，将"八种型朋友不能交"归结简化为"四种朋友不能交"：第一种人曰"疑友"，对自己过于自信，对他人充满怀疑；第二种人曰"怨友"，在你帮助他时，总抱怨你不到位不够意思；第三种人曰"妒友"，对你的进步，他特别嫉妒，经常是冷嘲热讽、恶语相伤；第四种人曰"索友"，他讨好巴结你，或是为了进入你的权势圈，或是为了索取你的财物。

更有一种风行的"交友论"：没有用的不能交，交友一定要交比自己有能耐的。归根结底一句话，就是"交上不交下"。如果真能用此理论来指导实践，那人世间还能交成朋友吗？岂不成了一种买卖？平衡，是大自然之法则。人类社会，也不能例外。每个人都有保持心理平衡之必须，交往亦是如此。如果不能维持一方或双方心理平衡，势必造成关系有裂痕难以为继。当心理处在不平衡的状态下，无疑要耗时耗力去调整，时间短尚可以，时间长谁能耗得起？在市场经济的生活大潮中，每个人都有自己的生活轨迹，谁会耗时费力非得去维持一个毫不坦诚又无足轻重的朋友或者一段不咸不淡的友情呢？

笔者认为，上述有些论述，都难免有一些偏激，其要害还是违反了"两点论"。

说到客观公正的两点论，我不能不推荐欧阳修在《朋党论》里面的一段话："大凡君子与君子以同道为朋——所守者道义，所行者忠信，所惜者名节，以之修身，则同道而相益。小人与小人以同利为朋——小人所好者禄位也，所贪者财货也。当其同利之时，暂相党引以为朋者，伪也，及其见利而争先，或利尽而交疏，则反相贼害，虽其兄弟亲戚，不能相保。"

从欧阳修的《朋党论》到板桥禅师"四友论"，再到阿光"朋友阶段论"，我仿佛有些大彻大悟：人在旅途，尽管道路不同、时间不同、驿站不同、阶段不同，但都似乎逃脱不出"朋友对等"的话题。但不管如何，"交友要交心，真心换真心。重义不重利，才能不生分"是没有错的。这倒让我想起了在网上看到的一段话："再好的缘分也经不起敷衍，再深的感情也需要珍惜眼前。歌可以单曲循环，人不能错过再现；情可以平平淡淡，心不能视而不见。在乎你的人不在乎天长地久，更在乎你想不想拥有；原谅你的人愿意原谅你的一切，因为不愿意失去有你的世界。其实在这个世上，能把你久放在心上的人并不多。"博弈之交不终日，饮食之交不终月，势利之交不终年。"懂得善待才能相守，珍惜当下才配拥有。

天干地支，六十年一甲子。一个到了耳顺之年就把生死都看淡的人，还有什么看不破、放不下呢？

扯得太远，还是回到送别尤刚的话题上吧。

尤刚有指画，还有名片。

有的朋友，有他的指画，但没有他的名片；

有的朋友，有他的名片，却没有他的指画。

有他指画的朋友，却往往关心指画的炒作与升值；有他名片的朋友，时常拿出来看看，依稀记得这个"齐白石第四代传人"的音容笑貌。我自然属于后者。

人都是很现实的动物。如果让我在"朋友论"中支持一方，我就是认可阿光的"朋友阶段论"，也绝不会被汤姆·拉思"八种朋友论"所迷惑。话说到这个份上，我还是要对古人板桥问坐禅师"四友论"加以力挺。要是刨根问底，那就是一句话："四友论"既符合国情又很现实，是中国特色，能不力挺吗?!

（原载《辽海散文》2014年第6期）

作者简介

庄文达：毕业于辽宁文学院第五届青年作家大专班，辽宁省作家协会会员，中国散文学会会员，有作品在《满族文学》《鸭绿江》《金山》等报刊上发表，有作品入选《鞍山文化丛书·鞍山文学精品（卷）》《中国散文大系·当代卷》。

人 与 狗

冯 丹

失宠的藏獒

曾几何时中国曾掀起一波疯狂的藏獒热，当时像尼波（藏獒的一个品种）那样低眉耷眼、流着口水的大藏獒可以卖出二十万美元的高价。而和当时截然不同的是，前些天看到一则新闻，尼波和二十只像它一样不太走运的藏獒被塞进了金属鸡笼，和其他一百五十只狗一起，被装进了卡车，它们可能会变成火锅配菜。这让我想起另一条有关藏獒的新闻：说是在浙江，两只藏獒因为咬伤了邻居和业主，引起群情激愤，结果，两只藏獒被沉河处死。

就是那种最古老的惩处方法——

我们在电视里看过的，犯了族规的男人或者女人，被装进木笼，沉到河里淹死。

这两则新闻都让我如噎住般难受。藏獒本来就是生活在高原的生物。它们的本性，就是仰望那片最宽广的蓝天，呼吸含氧量稀薄的高原空气。可是，它们被活生生地拉进城市，生活在最狭小的空间里，天天看到数不清的人脸，它们必然会性情暴躁，迷失本性，咬伤人也属于很正常的反应。

但是，人类不会宽恕这一切。他们不会想到，并不是藏獒自己愿意来到这个城市，甘受这些折磨。他们只看到，自己受伤了，所以，必须惩罚犯错者。

但是，犯错的是藏獒吗？

不知道是不是，反正，被处死的是它们。

忽然觉得很悲伤。是的，在这个世界上，人或者物都逃不过一死，但是，藏獒不该这样死去，它们应该死于与草原狼的恶斗之中，或者为了保护主人的安全而献出自己的生命，它们的长眠之地应该是那片高原，而不是这片冰冷的水里。

号称世界上最远古的生物之一，最优秀的犬类，藏獒，它拥有令人骄傲的血统和最无畏的精神。它是藏族人最好的朋友，在它的精神中，最高贵的品格就是忠诚。看过《藏獒》一书的人，都会被其中那忠诚护主的藏獒所感动。它们对主人的死心塌地，令所有人动容。

可能，也正是这本书的影响，使得太多的人想拥有一只属于自己的藏獒。于是，有人花几万、几十万把藏獒强行带出了那片属于它们的家乡。

不仅带出了它们的身体，还一定要拥有它们的心灵。

但是，想征服一颗藏獒的心，太不容易了。我想起曾经看过的新闻：在内地，有藏獒莫名其妙地从楼上跃下，最后摔死。很多人都在奇怪，它们怎么啦？吃最好的，住也是最好的，为什么竟然要跳楼？

很简单，这里不是家园。这里没有爱它们的人，没有一个它想誓死效忠的主人。

为什么没有呢？藏獒不会说话，但是，它有一颗比人还要清晰透澈的心，它知道，身边的人是爱它，还是只想拥有它。当什么都没有的时候，没有家园，没有朋友，藏獒宁可结束自己的生命。

大山里的精灵

一日无聊，和朋友聊天："你有没有被狗咬过？"

朋友开始是懒得搭理："不记得。"

再细细地想："还别说，小时候真就被狗咬过的。"

"多大呀？"

朋友用手比画着高度："我这么高，还是这么高的时候？忘记了。我们那时也讨厌，没什么好玩的。偷偷到狗窝里去摸小狗崽，是刚刚出生的。我和伙伴们一人捞一只，把它们训练成短跑运动员，然后让它们赛跑，我们在后面赶：快点儿，快点儿！"

我听得目瞪口呆："这个主意你们也想得出？"

朋友得意："当然，哎呀，那些刚出生的小狗，腿短得很，但是和我们很亲，好像是为了讨好我们，每只跑得都非常努力，好玩极了。可是……"

"可是什么？"

朋友遗憾："每天晚上我们把小狗送回狗窝，那是一只没有主的狗。早晨再拿出来。那个时候，母狗应该出去觅食了。没想到，有一天早晨，我们再去掏狗的时候，里面蹿出来的，是它们的母亲……"

我听得放声大笑："然后呢？"

朋友沮丧："那还用说，我们几个小伙伴被咬得哭爹喊娘。那个时候，我们的腿也短，跑得也不快，我好像被咬到屁股了吧。"

当朋友给我讲这个故事的时候，我几乎乐翻了天。

朋友感慨："我们这里的孩子，比不得城里的孩子聪明，但身体结实的，确实没话说。"

我也笑，却在暗自琢磨：都市的家长们，都喜欢孩子有一个无拘无束的童年，然而，如果真有这样一个精灵降生到家里，恐怕也要吃不消了吧？

（原载《辽海散文》2015年第6期）

作者简介

冯丹：辽宁师范大学毕业。鞍山市散文学会理事。自幼喜欢看书，爱好文学、诗歌、散文，曾任《北方晨报》要闻版编辑。

雪

田 冀

　　早晨起来撩开窗帘，看到窗外依然飘着零星的雪花。小区的空地覆盖了一层很厚的积雪，给人一种清冷、寂静的感觉。前几日还挂着黄叶的树木，一夜之间变得光秃秃的了；曾是色彩纷杂的小区也突然变简单了，简单得只剩下几株树干孤冷地站着——一切都在告诉人们，又一个冬季来临了。

　　其实现在冬天的来临照比以前，比如说，十年前，二十年前，的确是迟了很多。街头巷尾或者与朋友相聚聊天的时候，也有很多关于冬季变短的感慨，地球变暖已不只是科学家写在论文里的话题了，它已经越来越让更多的人感受到气候的变化对我们生活的影响。记得二十年前，沈阳的飘雪到了10月15日左右就到来了，而现在这冬天的第一场雪，整整迟了一个月。

　　其实，要想真正地感受雪，不应该在城里，而是到农村去。只有在农村的旷野，在农民的村庄，才能看见活着的雪……雪是有灵魂的，而这有灵魂的雪，只有落在大地上，和土地融在一起，才有灵性。雪花飘到城里，被水泥阻隔了和大地的联系，便算不上真正的雪。昨天，我从阜新路过彰武回沈阳，坐在车里望着窗外茫茫的雪原，真是感受到雪的生命了。它覆盖了旷野，覆盖了山丘，也覆盖了一个个村庄，好像很肆虐，又很饱满，很温暖，紧紧地贴在这土地、这山丘、这村庄上，真的给人一种生机的感觉。这是怎样的一种洁白的生机呀！

关于雪的记忆，要数童年的时候最深刻了。在偏远的辽东村庄里，几天的大雪下来，庭院里满是雪，紧挤着房门都推不开，房屋上压着厚厚的积雪，住在屋里让人有种喘不上气的感觉。所以，农村的除雪要用很长的耙子（农村专用的除雪工具）把房顶的雪先给耙下来，然后就用爬犁把院里的雪装到大筐里拉走，虽然已经叫不上那些除雪工具的名字了，但是那些工具是每家都必备的。

最难忘的景色是大雪后月光朗照的山村，真的像白天一样，一个银色的世界。不知你是否有过雪夜里赶路的经历，一个人走着，虽然夜不黑但仍然有些怕人，原因是你的双脚黏着雪走出的嘎吱嘎吱的声音，总让人感觉后面有人跟着你，这种感觉在我的记忆里特别深。

鲁迅先生描写绍兴的雪的时候，总是慨叹它没有变成冰冷坚硬的雪花。前几年到绍兴鲁镇去旅游，听当地的人们讲，这里几乎看不到雪花了，即使不甚坚硬的雪花也很少见了。而在北方，不管冬季怎样缩短，雪依旧会看得到的。比如在今天，你如果有兴致的话，可以穿上厚厚的棉衣到小区空地里走走，你可以忘情地听着你的脚步碾出的雪的歌唱。科学家们都在担心地球变暖给人类带来恐怖的环境，我想到的是，将来会不会即使在北方最冷的地方也见不到雪呢？忽然感觉这雪的珍贵了，虽然它带给人们的首先是寒冷。

雪留给我们的大概不只是寒冷的讯息，飘雪的季节也有诗意，也有追忆，也有怀想。不同的人触景生情，会想起很多关于雪的故事，关于雪的回忆。雪花飘在心灵的世界里，一个人一种感受，一个人一个故事，或美好，或忧郁，或感叹，或憧憬，正像今天晚上的我，即使搁下笔，心还会在这雪的世界里……

我家的空中田园

王兴军

　　我家居住的小区由郁郁葱葱的青山环抱：东眺千山山脉，南、西、北三面比邻玉佛山。顶楼南面二十多平方米的阳台上，有一处水泥砌筑的一米宽三米多长的种植槽，还有几个木箱和大大小小的花盆，这便是我家的空中田园，面积虽然不大，却也清馨怡然，给我带来无尽的乐趣。

　　清明过后，乍暖还寒，空中还偶尔飘着雪花，我便开始筹划着田园的种植，一个木箱上面还盖着一层尚未融化的积雪，头年秋天撒进的葱籽，就已经顽强地钻出积雪层，长出了一寸多长鲜嫩的葱芽，密密匝匝，青翠娇柔，预示着春天已经拉开了帷幕。再把另外几个木箱松了土，施了肥，撒进小青菜的种子，有生菜、苦苣、小白菜、菠菜、香菜、圆丁水萝卜等，播下了种子就播下了希望，就有了企盼。过了几天，撒下的种子变成嫩嫩的幼苗齐刷刷从土里钻了出来，有的是圆圆的两只相对的叶片，有的是尖尖的人字形的叶片，水嫩水嫩的，那么娇小可爱。到季了，又从市场买来几株黄瓜、西红柿、辣椒的秧苗，栽进种植槽里，大大小小的花盆也摆上了阳台，有虎皮兰、五叶梅、茉莉、米兰等，又种下了草本的九月菊、胭粉豆、步登高等花卉，整个晒台有绿、有红、有黄、有白，充满了生机。从此，厨房的洗菜水、淘米水都积蓄起来，下雨天再接些雨水，用来浇灌这些幼苗和花卉，磨豆浆下来的豆渣和鱼肚、鱼鳃等也都派上了用场，装进塑料桶里泡上水，放在阳光下晒，就成了上等的有机肥料。每天清晨，我像庄稼把式那样，像模像样地浇水、松土、施肥、拔草，精心侍弄这些绿色的精灵。为了它们茁壮成长，我买来几根竹竿，给长高了的黄瓜、西红柿搭上架子，看着它们的藤一天天顺着竹竿向上攀爬，我还学会了给它们掐尖打杈，一种"采菊东篱下，悠然见南山"的惬意油然而生。再过些日子，我家的餐桌上每天就有了纯绿色的鲜嫩的蘸酱小青菜。黄瓜、西红柿也相继开出了一簇簇黄色的花朵，黄得沉醉，黄得甜蜜，不娇不艳，不媚不俗。辣椒开出了细碎的白色小花，娇小灵秀，矜持婉约。过了几天，黄瓜花的底部结出了带刺的小黄瓜，翠绿翠绿的，像精致的工艺品，让人不忍采摘，西红柿也结出了一串串青色的果实。各类花卉也相继开放了，满盆粉红色花朵的五叶梅争奇斗艳，红、黄、橙、紫、白竞相绽放的步登高妩媚动人，白色的茉莉、米兰散发出沁人心脾的幽香，四溢飘散，牵牛花伸展着深紫色的花瓣，由五条红色筋线分开，花心处露出白色的花蕊，楚楚动人，点缀着田园。最惹人心醉的还是缸中的莲花，半米多直径的圆缸，从花鸟市场上买来莲花的根茎，栽进缸里，莲芽渐渐地从水面伸出，出现了几叶薄薄的叶钱，又轻轻地伸出水面，长出一枝枝亭亭的莲叶，当绿叶挤满了整个缸面时，几朵莲花悄然钻出水面，绽放出粉红色娇艳的花瓣，像锦缎般雍容华贵。阳台虽然距离地面二十多米高，也引来了蜜蜂和蝴蝶，在田园里穿梭嬉戏，蜂鸣蝶候。头天还细小的黄瓜，第二天就已经长大，一串串青色的西红柿悄悄地露出了红色的脸颊，像一颗颗绿玛瑙、红玛瑙，辣椒秧上也缀挂着串串尖辣椒和大青椒，这时，我不仅仅是收获了果实，更是收获一份快乐、一种情趣、一种意境。

傍晚时分，轻柔的晚风习习吹来，绿叶婆娑，枝杆摇曳，散发着乡土的气息，蔬菜、花草的叶子随风舞动，发出嗦嗦的音符，和着偶尔虫鸣的低吟浅唱，仿佛天籁之声，这时节阳台成了我家最吸引人的地方，每晚坐在田园边小憩，望着夜空繁星点点，嗅着阵阵果蔬和花卉的幽香，抚摸着眼前这些色调丰富的精灵，我的心充盈着生机，充盈着希望，享受着一种空中田园独特的魅惑和清爽，那种曼妙之美时常萦绕在心里，沉浸在幸福的梦境中。

（原载《辽海散文》2013年第12期）

作者简介

王兴军：曾任鞍山市玉佛山风景区管委会党委副书记、副主任，正局级调研员。曾在《鞍山日报》《鞍山文艺》等报刊发表多篇诗歌、散文和摄影作品。辽宁省散文学会副书记，鞍山市散文学会党支部书记、常务副会长。

文以载道　以文化人

文　畅

　　文以载道，是唐代的大文学家韩愈在"古文运动"中提出的主张，广为后世所运用和遵循。唐代的古文运动是以韩愈、柳宗元为首的一批文人提出的变革文风的重要主张，他们主要是反对和改变六朝时期那种写文章只追求辞藻绮丽，但内容空泛、浮艳华靡的文风。这场很有意义的文风变革，不仅对当时的文学发展，就是对后世的文学发展都起到积极的推动作用。它是中国文学史上的一件大事。当然，那时所提出的文以载道，主要是载儒家之道、先王之道，是主张写文章要为时而作，以意为主。虽然主张还有一定的历史局限，但其主旨是积极的，对后世影响甚大。文以载道已成为众多文人的共识和遵循。

　　今天，我们所提倡的文以载道，其内涵则更为丰厚了。主要是载马克思主义之道，载有中国特色社会主义之道，载以爱国主义为核心的民族精神和以改革创新为核心的时代精神，载高尚的道德和美好的情操，载与时代相契合、于人民有益的先进思想，等等。概言之，就是遵循文学的"二为"方向和"三贴近"原则。这既是人同正道，也是文学发展繁荣的宽阔之道。搞文学创作，无论写小说、诗歌，还是散文等体裁的文学作品，无一不应不思虑如何践行文以载道的问题。即使是写一篇千八百字的散文亦应如此。

再说"以文化人"，这是在以文载道基础上的新发展，是对文学基本功能的高度概括。所谓以文化人，就是用优秀的文学作品教化人、感化人、悟化人、美化人。文学是人学，既是写人，也是给人看的。应当通过文学形象的塑造，达到教化、感化、悟化、关化人的作用。教化绝不是离开文学形象空洞教条地说教，感化更是通过文学形象令人有所感动，而美化也是通过文学形象的塑造给人提供审美观照。一篇文学作品总得给人以某种启迪和感悟，让人们能够有所思考，这就是文学的悟化作用。我们读读名家名作，都会有这样的作用。现在有些文学作品，既不能给人以深刻的思想，也不能让人获得美的精神愉悦，有的甚至竟不知所云，或所云竟不知而何，这样的作品人民群众怎么能够喜欢？以文化人，重点在如何"化人"上。

要做到文以载道，以文化人，这就要求写文章的人本身就得有深刻的思想。作家同时也应是一位思想家，缺乏深刻的思想去写作，只能产生平庸的作品。还应有博厚的文学修养，文学修养博厚的人才能运用各种手段塑造丰富感人的人物形象。文学修养具有多方面内涵，为长期形成，非一蹴而就。这方面详说起来也可形成一篇大文章。凡是已经进入文学门里来的人都熟谙这个道理。塑造文学形象，其手法有高下之分、新旧之分，我们应当学学文学大家们是如何完美地塑造文学形象的。散文这种文体最忌平铺直叙，其中也要有形象。

文以载道，以文化人，只八个字，文字简单，但践行不易，但它确实是文学发展的可贵方向，必须努力践行之。

（原载于《辽海散文》2013年第4期）

作者简介

文畅：原名邢德昶，1939年生，辽宁海城人。中国作家协会会员，辽宁省作家协会顾问，鞍山市市委原常委、秘书长，鞍山市人大常委会原副主任，鞍山市作家协会原主席，鞍山市散文学会原会长，国家一级作家。出版著作有《杜鹃的性格)》《山水人情》《国宝灵光)《心灵流泉》《情系鞍山》《漫谈散文创作》《望园斋文丛》《回望云烟》等十余部；另主编《文秘工作实用大全》《中共鞍山地方史》《天下大观》等十余部。曾获辽宁文学奖、东北文学奖、第三届全国冰心散文奖等省级以上奖项。

后记：梦牵辽海诵华章

马鹏程

散文集《一生不借谁的光》出版了。我心绪难平。

2019 年的某一天，我把整套双月版《辽海美文》送给时任市委书记的韩玉起同志。韩玉起说，做文人要有风骨，要有情怀。我主持编撰《辽海散文大系·鞍山卷》时，韩书记指示："要出就出精品出佳作，把新中国成立以来建市以来优秀作家的优秀作品都收进去，我们不知道以后会是什么情况，但是一定要做到当下最好。"2020 年春节前夕，我捧着《辽海散文大系·鞍山卷》热泪盈眶，因为它是我们的心血，就好像是我的孩子。它是鞍山自建市以来最完整、最具代表性甚至唯一的一部散文专著。不知来者为谁，至少前无古人。鉴于当时只收录鞍山本地及在鞍山工作过的作家作品，而且由于版面有限，多以在世作家为主，大部分已故作家和外域名家的佳作没能收入。

编撰这部《一生不借谁的光》是我的夙愿。此书仅收录了 2013 年和 2014 年双月版《辽海散文》中八个栏目的精品佳作，以飨读者。听风堂内雨中读书，最爱还是《辽海散文》和《辽海美文》。自2013年以来已刊印了三十期，五百余万字。此刊凝聚了我与编辑李忠顺、庄文达、冯丹等诸位老师，以及已故文畅老师、戴喜东先生乃至周兴华、初国卿、王雪丽、葛江洋先生太多的心血，凝聚了我们散文学会、我们辽海人的情怀、热情与担当。

《辽海散文》是《辽宁散文》的延续与升华。周兴华、文畅两位老师不仅为《辽宁散文》做出了卓越贡献，而且他们的为人为文令人仰慕。恩师文畅《文以载道 文以化人》虽然篇幅较短，却似我们茫茫文海中的导航明灯，文短但意境悠远。读中国散文学会原会长王巨才先生的《雅安，你会美丽如前》使我如临其境。无论是汶川大地震还是雅安地震，都对人民的生命和财产造成了重大损失，但是中国人的坚强不屈坚韧不拔、一方有难八方支援、人民同心众志成城的民族精神体现得淋漓尽致；再有就是重建家园的信心，纵使身经万般劫难，我们的祖国、我们的家园依然会美丽如前。金河的《野长城》、王秀杰的《总把真情付梅花》、苏兰朵的《群山环绕的绿色钢都》等名家名作，不失为精品散文，耐读耐品。以上是为《辽海文章》栏目文章。

《辽阔海天》栏目，收录了蒋子龙、高洪波、孙惠芬、王雪丽、王宗仁、陆萌、马晓丽、素素等作家的作品。蒋子龙老师的《昙花一现》散文，很短。但是名家随手拈来便呈现给读者一篇佳作。孙惠芬的《野草一样的童年》是我非常喜欢的一篇文章，研读此文，仿佛又回到了记忆中的从前，人生中最难忘的岁月。明照先生用诗一样的语言来写散文，或者说他的散文本就是诗歌长卷。非常唯美，独树一帜。放眼中国，有此功力者恐怕也是寥寥无几。王宗仁老师的藏羚羊系列入选过中小学课本，也在许多大刊上发表。能够赐稿《辽海散文》，我们感到无比光荣。我知道这些大作家在意的不是那点儿稿费，而是友情。很多作者与文畅老师都是挚友，这是先生留给我们辽宁散文界的财富。所以，就算再苦再难，就算得罪再多的人，我都将竭尽全力去捍卫传承。高洪波、马晓丽、素素的大名，想必更是在中国作家中无人不知。

《前尘影事》栏目，收录了叶广芩、徐光荣、马鹏程、庄文达、魏丹、江洋、杨柳等人的作品。叶广芩老师《母亲的辉煌》这篇怀念母亲的文章，是我所读过的缅怀先人的作品中较好的一篇，隐隐有些鲁迅先生的味道。去年见到徐光荣老师，依然神采奕奕，他对辽宁传记文学的贡献不亚于文畅、周兴华两位先生对散文的贡献，是中国传记文学界的泰斗级人物。陈玙先生《夜幕下的哈尔滨》影响广泛。邓洪文《话说邓友梅》、罗定枫《我与萧乾》，这些响当当的名字无一不是当年辽宁乃是中国文学界的翘楚。他们的"前尘往事"展现在我们面前，真情流淌令我们这些后辈动容。李成汉先生在鞍山散文界与文畅先生同为泰斗级人物，他的散文《二弟》，剑走偏锋，但是文章写得好。深情实感跃然于笔端，令你感同身受，娓娓道来便是好文章。王玮兄的父亲王建中老师，也是新锐作家。一门三代文学家，不知在省内有无第二家。与建中老师虽未谋面，却有书信往来。王玮兄为人厚道与之常有交往。不是说好人的文章就一定会好，但是王玮先生的文学功底深厚，又做了多年的杂志编辑，写出的文章自然厚重，读之常常令我不能释卷。

《文化丛林》栏目，收录了巴音博罗、文畅、朱东惠、董俊生、马鹏程的五篇文章。巴音博罗多才多艺，首先是诗歌，然后是散文，继而绘画。他的散文存量不多，但是篇篇都是精品。朱东惠的巨著《大河风流》脍炙人口，由单田芳先生改编成长篇评书播出后，更是传遍大江南北；其散文也是独树一帜。董俊生老师六十九岁仙逝，鞍山文坛从此损失了一位旗帜性人物，他是诗人协会和《诗友》创始人，对鞍山文学所做的贡献有目共睹。至于恩师文畅无须用文字表述。

《感悟随笔》栏目收录了卜庆祥、王兴军、庄文达、王立光的几篇佳作。王立光是营口地区的文坛领袖，也是我的良师益友；这几年对我在文学之路上的成长帮助颇大，深怀感激之情。庆祥兄是现任鞍山市作协主席，他做过领导当过教授，但骨子里更像是一位文人，作品虽无大江东去的气魄，却是涓涓细流，足以涤荡我的心灵。

《江山胜迹》栏目收录了王充闾、刘庆业、李金平、石英、红孩、李国征、汤士安、曲金凯的作品。王充闾先生的《银榕》我品读多遍，是难得的佳作。石英老师的《奔女石》虽短，却是神来之笔。红孩老师是中国散文界的一杆旗帜，他痴迷于为中国散文的发展与繁荣奔走操劳。他很忙，但是依然会挤出时间，让自己喜欢的汉字在笔尖流动、组合。每每读到他的文章，总会有一种油然而生的敬意。

十年前，一个偶然的机会使我与《辽宁散文》结下了不解之缘，于是与忠顺、文达、振平一起恭请文畅先生，共同创建了鞍山市散文学会，接办了易名的《辽海散文》双月版。我又连续两届当选辽宁省散文学会副会长，并在2020年被增选为辽宁省传记文学学会副会长。

时代各有不同，精神一脉传承。从十年前起，我的生命便和辽宁散文融到了一处，我为之哭为之笑为之奔走为之呼号，倾注了我的满腔热血。灿烂时我躲在一旁享醉翁之乐，艰难时我默默地坚持守望。但是我并不孤独。李忠顺、王兴军、杨柳、庄文达、李金平、曲金凯、刘庆业、白士良、王树华、杨成菊、李德义、邓义宏、于洪满、雪琼、栾瑶、闫学鸿、刘文慧、高山等文友一直与我风雨同舟。每个人都在通过自己的方式，不计代价和报酬的无私奉献，才有了我们《辽海美文》的今天。

编撰此书，李忠顺、庄文达副主编花费了大量精力，出版社的编辑按照题材对全书的作品重新进行了编排。没有我们的不忘初心，继续砥砺前行，就没有《辽海散文》双月版和《辽海美文》的赓续。在此由衷感谢。无论明天是什么样的天气，至少风雨中我们走过了昨天走到了今天；尽管世间诸事繁多，魂牵梦萦的仍是我们笔下的辽海文章。"白日不到处，青春恰自来。苔花如米小，也学牡丹开。"袁枚的诗句涌满我的心胸。